.

此致敬礼

马步升 著

天津出版传媒集团

百花文艺出版社

图书在版编目（CIP）数据

此致敬礼／马步升著. -- 天津：百花文艺出版社，
2024.3
ISBN 978-7-5306-8696-6

Ⅰ.①此… Ⅱ.①马… Ⅲ.①散文集-中国-当代
Ⅳ.①I267

中国国家版本馆 CIP 数据核字(2024)第 044071 号

此致敬礼
CIZHI JINGLI
马步升 著

出　版　人：薛印胜
选题策划：汪惠仁　　责任编辑：王　燕　徐　姗
装帧设计：彭　泽
出版发行：百花文艺出版社
地址：天津市和平区西康路 35 号　邮编：300051
电话传真：+86-22-23332651（发行部）
　　　　　　+86-22-23332656（总编室）
　　　　　　+86-22-23332478（邮购部）
网址：http://www.baihuawenyi.com
印刷：山东临沂新华印刷物流集团有限责任公司
开本：880 毫米×1230 毫米　　1/32
字数：200 千字
印张：8.625
版次：2024 年 3 月第 1 版
印次：2024 年 3 月第 1 次印刷
定价：68.00元

目　录

浮光掠影

一

　　一个人的成长史，其实是一部个体眼中世界的缩小史，和一部个体心灵边界的扩张史。有一次参加有关文化遗产保护的专家论证会，一位自小在兰州黄河边长大的老专家，几乎有些义愤填膺地说，兰州水车作为一个地标式的文化品牌，如果非要复原的话，按照原来的尺寸肯定做不到，但也不能缩小到不像样子。你看看我们复原的水车算个什么东西，那么矮小，那么猥琐。我从小总是在水车边玩耍的，那个水车，真叫个气派，高大辉煌，后脖颈都撑直了，才可望见顶端；叶轮旋转起来，水声喧天，水花飞溅，让人感觉到南北两山都在旋转，满城楼宇街衢都在旋转，天地日月都在旋转。再看看我们现在复原的那个东西，那能叫复原吗？主事者面面相觑，有一人几次嘴唇嚅动想说什么，最终没有说。老专家离开后，主事者翻出老专家说的那座废弃水车的原图，把复原图搁在一起让大家看，发现复原的水车非但没有缩小，按比例还扩大了不少。

　　这是什么原因呢？

　　其实，每个人稍稍回想一下自己的成长史，都会相当惊讶地发现，自己一直生活在一个陌生的世界中。童年眼中曾那么高大伟岸的男人，长大后，发现他充其量只是一个中等个儿，而且形象相当猥琐。是他变了，还是你变了？当然是你变了。那时候你太弱小了，见过的人和经历过的事情太少了，世界对你来说是一张白纸。初次见到的花是美丽的，初次吃到的饭是好吃的，初次见到的人是强大到可以包打天下的，包括连自家温饱都不能保证的父母。突然有一天，当你感觉到这一切都在向相反的评价转化，而且这种转化让你动用情感、道德、理性，以及所有自己可以动用的力量都无可逆转时，只能说明一个问题：你长大了。当你突然发现，你出生成长的那个小山村或小街巷，不再是天下最美丽的地方时；当你突然觉出，你向来认为是天下至味的家乡食品，充其量只是无数美食中的一款时；当你突然意识到，你的父母不过是为了基本生存而苦苦挣扎的亿万对夫妻中极其普通的一对时，你完全不必为此背负情感和道德的重压，你不过发现了一个基本事实。对事实的评价固然关涉情感道德的倾向，但事实本身是没有倾向的。而在这个时候，你仍然坚持热爱自己的家乡，仍然对过往怀有绵密深邃的情愫，对自己的父母仍然怀有无可替代的尊敬，这个时候，说明你至少是一个身心健全的人。

情感和理性，有时候是两回事，而有时候，恰好是一回事。在同一个人那里，情感与理性偶尔发生冲突是正常的，但双方老是打架，乃至长时间水火不容，就是情感与理性的双重缺失。我们不妨把情感比作血肉，把理性比作骨头，想想谁能离开谁？当然，这也许是世间最蹩脚的比喻。有时候，我们往往会用最蹩脚的比喻去开辟通往复杂地段的道路，自己也明知，不这样说还容易明白；这样说了，反而让人更莫名其妙，但还是要这样说。人发明了语言，学会使用语言，所使用的语言越来越繁复。当初的目的也许是为了把某种情形表达得更清晰，而实际呢？语义更显含糊，人对语言的理解状态，反而倒退回到当初的懵懂情形。比如，"沉鱼落雁"是用来形容超级美女的,怎么个沉鱼,怎么个落雁,并没有具象的形体在眼前展现,人们各自代入自己的生活经验去理解,一个惊世美女宛在目前。但即使这个美女站在面前,仍然不能用更为直观的语言去描述;勉强进行描述,"沉鱼落雁"仍是首选字眼。可是,假如有一个较真的人或聪明的人,把这个美女按照自己的理解,用具体直观的语言描述出来,诸如身高多少、体重几许、胖或瘦、黑或白,虽一目了然,但却更让人不知所云,反不如那几个虚幻的字眼更让人有形象感。

许多人都自诩是清醒者。屈原曾自诩:"举世皆浊我独清,众人皆醉我独醒。"为此,心下焦灼悲愤,把自己折磨得"颜色憔悴,形容枯槁",最后,不惜自沉清流而以自清。可是,屈原真的清醒,真的像他自诩的那样是举世唯一的清醒者吗?在我看来,他还不如那位渔父清醒。渔父提醒他:"圣人不凝滞于物,而能与世推移。"屈原听不进去,或者不明白这个道理。两人之间产生过短促的语言交锋,三观不合,多言无益。"渔父莞尔而笑,鼓枻而去。"渔父究竟笑什么?一个老人笑成莞尔模样,必然有他认为的可笑之处或可笑之人。这还没完,也许渔父觉得他有必要挽救眼前这个不清醒的人。他妄图用歌声唤醒这个业已迷失理性人。他唱道:"沧浪之水清兮,可以濯吾缨,沧浪之水浊兮,可以濯吾足。"多么直指人生常理的比喻,多么深情温柔的呼唤,但那颗已经深陷迷局的心,牵引着那具早已疲惫不堪、千疮百孔的躯体,还是义无反顾地走向了汨罗江。

一个人是否真的就像他所自认为的那样清醒,真的不重要。清醒者,理应向屈原致敬;不清醒者,何妨与渔父握手。或者相反,如果把渔父当成清醒者,那么,仍然可以与渔父握手,向屈原致敬。毕竟,屈原是以生命为赌注而上下求索的。

需要追问的是:真的清醒又能怎样?就个人的身心感受而言,清醒带给自己更多的只是忧伤、煎熬和绝望。人的生命是有限的,人的能力是有限的,人的需要也是有限的。当明白了这些属于每个人的有限性以后,该怎样选择自己的生命方式?或者,反正都是有限的,活一天算一天,得过且过,过不去那就停下吧。或者,以有限追求无限,只管低头拉车,不必抬头看路,当一脚踏上有限的悬崖后,最后一眼,看见的也许就是传说中的无限。屈原沉入水中的最后时刻,搞清了什么是有限和无限了吗?"功名富贵若长在,汉水亦应西北流。"这是李白的诗句。听起来有些颓废,细想起来又觉得是一种清醒。

因此,所谓的清醒,大抵都是自认为的清醒,只是个体在特定情形下的一种错觉;只要没有看透生死,只要还在努力活着,也就意味着你并没有彻底看穿人生的内幕。人生的舞台不过就是一个祭台,每个人都是祭品,昨天是他,今天是我,明天是你。不可能让祭台空着,一时一刻也不能空着。祭品是一条永不停工的生产线,人们给这条生产线起了一个很好听的名字:生生不息。有供给,当然就有消耗,供给越充分,消耗越慷慨。在正式出版的教科书中,经常有"歼敌无数"字样。这是虚数,很多时候,却是精确到个位数的,比如几十万几万几千几百几十几。一方的功劳簿,一定是另一方的招魂幡。要是把这么多尸骨同时摆放在某个特定空间中,无论一个人的心有多硬,对对方有多么仇恨,让他将尸骨一一观览过来,他的心都会颤抖的。但把这个内容放在书本里变成文字后,哪怕是亲手杀死一只鸡都会生出不忍感的窈窕淑女,也常常会无动于衷。一张纸在生与死之间砌了一道隔墙,让鲜活的生命变成了没有生命的文字。人们在述说财富时,往往会用到"富可敌国""富甲天下"之类的形容词。其实,贫穷会限制人的想象力,没有亲见那么多的东西,真的无法想象,平日难得一见的金银珠宝,真的可以像土木砖石那样堆积如山。

死人和金银珠宝的情形有些类似。有的人终其一生,亲眼见到的死人并不多,对于成千上万人的死亡并无具体概念,更无法想象成千上万的尸体摆放在一起,会产生什么样的视觉效果和心灵震撼。

一种真实通过文字虚化以后,大约会生出一种间离效果。没有经历战争残酷的人,容易轻言战争;距离死亡尚远的人,往往会轻言死亡;不懂得赚钱之难的人,往往会生出一夜暴富之心。

二

第一次登上西沙群岛的永兴岛,该岛现在是三沙市的首府所在地。知道西沙群岛已经是几十年前的事情了,那还是因为一场规模不大的海战。在万里之外我们这些乡下顽童的意识中,那是一场美丽的战争。我们打赢了,丢失的海岛收回来了,这是激动人心的大美丽。由此诞生的几部文学作品,让遥远大海上的美丽落实在书本上,我们可以随时双手捧着这份美丽,并且旁若无人大声朗读出这种美丽。

心心念念几十年,才有了一趟西沙之行。

头天晚上说是第二天一大早去西沙,心已经开始如大海般摇荡。多年来,去过地球上无数的地方,对于传说中的天下美景也多有领略。去陌生的地方,业已成为人生的常态,心底是会有些荡漾的,但只是涟漪,而非波澜。这次,一个晚上,心底的风暴一阵又一阵,直到飞机升空。也曾在空中俯瞰过太平洋、印度洋,还有许多大大小小的海,而这次的凭空瞭望,却让我真正感受到了什么是海阔天空。人的视野目力是有限的,无论身处多么博大无限的境地,也无论能见度有多高,目力所及,也只有眼前那么一片。那种无限感更多的是由认知程度导致的:哦,这里的面积有多大;哦,这里的人文历史有多长久。而当下感受到的却是无限,那种唯余莽莽不知今夕何夕的无限感。云层以上的天空,大约所有的空域都是无甚区别的,阳光灿烂在上,云层或密或疏在下。区别在于身下的云层和透过云层看到的地表。在去南海之前,我正好应邀为杂志社编著了一期南海专题文字,有关南海的前世今生、南海的纷争由来、南海的海面海底、南海的未来走向。而我此前只到过海南岛,站在海边,极目远眺,也只看见过南海的海边。

我在文字中看见过南海的全部或大部分,但那只能算作心灵的游历,现在则要身临南海的内部了。

飞机在云层上面疾飞,这只是出于认知,其实那天万里无云。飞机之上是无尽的天宇,飞机下面是静谧的海面。偶尔有一片片白云划过,仿佛给一蓝到底的海面绣上了一朵朵白花。即便是高空俯视也看不到边际的蓝,一朵朵白花点缀其中,人们所期望的美丽,大约这就是极限了。我第一次漫游新疆时,在路途中,过那么几分钟,便会情不自禁地说:"江山如此多娇,引无数英雄竞折腰。"走了许多天,说了无数回。一句话,无论多么辉煌动听,一再重复,没完没了地重复,都会烦人,也会自己烦自己。可是,忍不住啊,情不自禁啊。古今中外描绘山河壮丽的诗句,我还是记得许多的,可是,在新疆,这一句却是无可替代的。南海之行,又遭遇到了语言的局限性,不过,我没有像在新疆那样让别人听见,我只是在心灵深处,一遍遍吟诵:"江山如此多娇,引无数英雄竞折腰。"只有真爱江山者,才可写出如此诗句;只有真英雄,才甘愿为壮丽山河而折腰。

在西沙之行开始之前,我已经完成了对国内所有省份的拜访,包括西沙所在的海南省也曾多次造访。最为粗浅的游历,也去过该省份两三个以上的地方。我是学历史出身的，我知道我们曾经丧失过多少国土，对每一片国土的丧失过程大体都有所了解，这一直是我的心障，我为此痛惜，为此惆怅，也痛恨丢失这些国土的祖先们。我毫无通融之心地认为，无论在怎样一种情形下，一寸国土都不可丢弃。但在某一个黄昏，在国界的某一个小高地上，我望着快要隐没在天之尽头的夕阳，回身审视通往边界的戈壁便道，心中一动，忽然对先前坚持憎恶过几十年的丢失了国土的先辈们，油然生出无限的敬意，也为自己先前的求全责备而愧悔。如今我们乘坐着性能优越的越野车，从日升走到日落，才走到这块小高地上，别说在依靠步行或脚力的时代，即便在距当下不远的时代，从适合人居住或屯集之地到这里，单纯走一趟，都是常人难以胜任的艰险之旅，更不要说与强敌刀兵相见了。我们的先辈在那种国运衰弱、强敌环伺的艰难困苦中，虽然丢失了大片的国土，却也为我们保住了基本的版图。

历史从来都不是僵死的标本，而是活生生的实体，只有回到历史现场，才可准确理解历史。人与人之间需要体贴才可互相理解，互生爱意，历史又何尝不需要体贴呢？体贴历史背景，体贴历史现场，体贴历史人物，方可生出靠得住的历史见识。任何历史结果，都是由至少两方面以上的因素导致的。我们需要广阔优越的生存空间，对方不需要吗？当需要与需要发生强烈碰撞时，历史的结果便产生了。没有主动丢弃的国土，只有万般无奈的被动。在长达一百多年的被动中，我相信，每丢失一寸国土，我们的每一个祖先，哪怕是被刻上耻辱柱的前辈，当时都是心有不甘。区别只在于，有的心有不甘的前辈搏命向前，哪怕是飞蛾扑火般的搏命；有的则心不甘情不愿，接受了屈辱的事实。

面对任何一件事，在做出评判时，要看愿不愿、敢不敢把自己植入特定情形。我或我们该怎样、会怎样，而不是你或你们该怎样，而没有怎样。任何话都好说，任何事都难做，一寸山河一寸血，我走过的每一寸国土上，或繁花似锦，或蛮荒凄苦，土层中无不渗透着先辈们的热血。当飞机在西沙机场缓缓降落时，我的目光紧盯着双脚即将踏上的土地。多么小的小岛啊，无尽大海中漂浮的一片树叶，四围的海水在激荡，那片树叶在坚守。

这片树叶是坚实的，候鸟可以在此歇脚，养足气力，飞向它们心中恒定目标；渔民可以在此休整，躲避风暴，继续远航；战士们可以在此书写保家卫国的生命华章。当我走下飞机舷梯，一脚落在西沙的土地上时，虽然穿着坚硬厚重的登山鞋，脚心还是感到了某种颤抖。这就是西沙吗，我童年时为之热血沸腾的所在？而见到西沙时，我已经"可怜白发生"了。在那个衣食无着、朝不保夕的艰苦岁月里，我每天浏览着家中仅剩的两本地图册：一本《中国地图册》，一本《世界地图册》。一颗童年的懵懂之心，从黄土山坡满世界飞窜，虽然不知道明天的早餐在哪里，却由此懂得了世界很大，走出眼前的黄土高坡就是远方，还有更远的远方。后来，回首自己走过的路，我常常一厢情愿地认定，人的一生无论干什么，也无论困窘亨通，有两种见识当为必备。

一个是地理。地理让人确定自己当下所处的位置，时时警醒世界有多大，这个世界除了自己当下落足的地方，还有远方，更远的远方，远方之外还有远方。这会使自己免于迷失于当下的那点自我。对于世界，我是可有可无的；而对于我，世界却是万般皆有的。我活在这样一个无边无际、无穷无尽的未知世界中，怎么会沦落为孤苦无依者呢？

另一个是历史。真的没有任何准备，也毫无明确目的，玄虚一点说,可能是历史将我拉入了历史的朋友圈;朴实一点说,高考时,在那样一个录取率低到百里取一的时代,我万般幸运地比录取分数线高那么一点点。我的历史成绩稍好一些,无可选择,只有试着把历史专业填写在志愿表上。进入历史系的课堂后,我惊异地发现,原来我对历史有着天然的兴趣。我在历史专业没有什么建树,只是一个坚定的历史发烧友,持续研读史学典籍数十年。而历史对我最大的启迪,不过是,我们从那个时间段走到了这个时间段,而我们所有的人,古人今人无论谁,都没有真正走出过一本地图册。

地理和历史,空间和时间,有限和无限,有为和无为,有所不为和为何而为……人类在混沌时代所纠结的难题,在文明号称已经发达的时代其实还是难题,至少也是待解的命题。人生苦短,时空永恒,一个人终其一生,究竟为何而为,几乎在还没有理出明晰的头绪时,已经来不及理出头绪了。只有认识到自己的局限性,乃至人的局限性后,种种局限,也许才是个体和群体奋勇前行的理由和动力。

海面是平静的,像是一面镜子,将天空的云朵,还有海岸的建筑以及草木映照在镜中。一只只鸟儿飞起又落下,在镜面上画出一道道涟漪,之后镜面又归于平静。和平的日子一切都是祥和的:天地祥和,海陆祥和,天空与鸟儿祥和,风儿与草木祥和。虽然很累了,但在这样的时间和地点躲在房间里休息,实在是辜负了良辰美景。在岛上漫步,是感觉不到自己身处一座小岛的。所谓小岛,来自于先验的认知,要是在茫然无知中落脚于这里,与在大陆上没有什么区别。可见,人的目力是极其有限的。在某种情形下,人与一只甲壳虫没有本质区别。西方一位哲学家说,变形虫与爱因斯坦只有一步之遥。当然,喻体和喻义之间距离太大,会产生理解上的困难。我们还是回到现场说感受吧。热带植物我认识得不多,椰树、棕榈、鸡蛋花之类,岛上随处都是，还有许多名字生僻的大树花草，当时我一一记下了，离开小岛时又都还给小岛了。正是这些植物阻隔了视线，只是偶尔透过树木的缝隙，隐隐约约看见海平面，让人恍然想起此时身在海岛。

忘不了的是那座沦陷时期的日军炮楼。在这样一个寸土贵过寸金的小岛上，把一座代表着国难耻辱记忆的敌方炮楼留存下来，我的感慨无以言表。留下辉煌，同样留下晦暗。旁边是纪念碑，"二战"过后，中国海军收复西沙的纪念碑。如此，一册史书，一册山河，实物胜于述说。当然，这里也有述说。炮楼前面的一块石碑上说，在沦陷的几年中，日军在西沙，仅鸟粪就挖走二十多万吨。我在考察日志中写道：国家衰微，虽鸟粪，亦遭强盗掠夺。

身为西北人，不怕冷，怕热，更怕湿热。初春季节，三十六摄氏度，在南方人眼里，也许不算是事儿，可对于我这个西北土著而言，却是很大的事儿。但等了几十年才有幸来到小岛，天热，已经不能算是事儿。正当午时，小岛上外来人本身就少，此时更无一人。也许因为距离赤道比较近，真正是阳光当顶，也因此，虽是林荫道，林荫却躲在道旁，阳光铺陈在马路上，人走在阳光下。走出林荫道是一个码头，没有船只停靠，海域空茫，亦不见船只徜祥。原来，现在正是休渔期。陆地尽头是一座白色灯塔，一面国旗无风而招展。海天一色，间或一两只海鸥，像无所事事的人，又闲不下来，时而升空，时而下海。在灯塔下的墙壁上，有一则让人苦笑的广告，用那种专用枪喷射上去的，促销一种海产品。在内地城区的墙壁上、电线杆上、公共厕所里，甚至街道马路上，在农村向着大路的农舍墙壁上，几乎所有地方，都可看见这种小广告。看得多了，也就麻木了，小广告几乎成为所有建筑的组成部分。而在这种很少有外人到来的地方，又是神圣的所在，居然也有这种小广告，似乎真的可以算作对大好河山的一种点缀，我宁愿把它当作和平时代的一个小噱头。

这也让我油然想起在新疆的一片大沙漠中，四周百里无人烟，也无公路相通，在沙漠深处一道废弃多少年的土墙上，既有特殊时代的标语，也有崭新的小广告。那是制造假证件的广告，毕业证、驾驶证等一切当下需要的证件，然后是联系电话。所有证件都是给人用的，可这地方没人啊。

时代的信息是见诸各种各样载体的，后者湮没了，就形成历史的空白；幸而留下来了，那就是历史的记忆。

三

我们进入了信息时代，也不妨说，这是一个信息泛滥的时代。刻画或张贴在公共场所的每一条信息，有碍观瞻，对公共财产也是一种破坏。尤其在古代建筑上糊涂乱画的行为，轻者，会受到道德舆论的谴责；重者，会受到法律的追究。这是必须的。

不妨把目光往前放，不用前溯千年万年，以百年为期吧。收藏界有一句名言：百年无废纸。其实，也用不着拉扯收藏界，即以日常感受说话吧。某些历史文化现象仅仅过去了几十年，在当时，有些字纸，肯定是废纸篓里的东西，如今偶尔得之，却是如获至宝。沿着时间的来路倒回去，就说西北汉简吧，那是多么珍贵的历史遗存，上面残存的零碎文字，每发现或识读一个字，都是激动人心的文化事件。可是，毋庸讳言，许多汉简不过是当初古人的弃物。而很多古人仍不舍得就此弃之，还要物尽其用。与当今的手纸功能类似，许多简牍是做了那种用场的。还不是所有人都能用这种稀罕之物，驿站官员，过往使者，有身份、有地位的人才可以一用。

不用这么惊讶吧？

万里明长城，城墙砖上刻有工匠姓名或别的符号的，可谓万里有一，偶然发现那么一块，便是不可多得的珍宝。有些，也许是有意为之，更多的是工匠无聊时的消遣。同样的道理，当今人见人烦的垃圾信息，如果真的在百年千年万年以后能见天日，你说，那会是什么？

我见到大海的时间比较迟，都二十九岁"高龄"了。我生长于黄土高原腹地，对这块土地有着深切的人生体验，长大成人后，把整个黄土高原的各个方位都曾浏览过。此后，我的兴趣逐渐偏移扩散到黄土高原的周边地区。十年间，利用公务和业余时间，我膜拜过大西北的许多地方——雪山、草原、沙漠、戈壁、大山、大河，还曾骑自行车几千公里，也曾随导师徒步考察战国秦长城。但我没有去过海边，倒不是没有机会，仔细回想，大约是内心的动力不足。这可能与我们长时间受传统文化驯育有关。自古以来，我们虽有着万里海疆，但对大海那边的事情却知之不多，写进书中的，大多停留在"海客谈瀛洲"水平，威胁不大，也用不着耗费更多心思。而陆疆比海疆还要广阔，威胁也更多来自大陆深处。有威胁，便有防卫；而有效的防卫，便是开拓。山河形胜，尽在掌握中，关中之国，方可稳固。向西、向西，远方在西边；而东边，大海就是天地穷尽处。一种文化对个人的驯育是在春风化雨中实现的。向西，向西，我自主游历的第一次，便是向西。没有明确目标，几乎没有任何准备，一身单衣，一个书包，就走向了青藏高原深处，彳亍于雪山之下。

走向海边，完全是无目的行为。那时候，我在北京进修。"五一"期间，学院给学员两个选择，一是去长城，一是去北戴河。西北的长城我徒步考察过，秦长城、汉长城、明长城，都曾见过。北京地区的长城是明长城,这我事先知道,而去北戴河,必去山海关,山海关也可看到明长城,而且是明长城最为精彩的一段。我利用自己所学过的地理历史知识,为自己做出了最为实用的选择。首次看到大海,我觉得大海和大陆截然不同。大海是涌动不休的,而大陆是永恒静默的。初到第一夜,我在海边流连到天明。夜幕降临后,远方什么都看不见,但潮水在喧嚣,历史在喧嚣,现实在喧嚣,我的心也在喧嚣。暗夜的海水是白色的。看不见远方,脚下是看得见的。潮水举着白色的潮头,一波波扑向海岸,在海岸平缓处,一下子可以冲上几十米远。一个潮头冲上来,岸边好像有一个威力无边的隐形阻击者,潮头无奈退下,再冲击,再阻击……不安的大海、稳妥的陆地,这是否就是海洋文明和大陆文明的天生基因?

在没有见到大海前,接触过很多描述大海的文学作品,还有电影,但那是隔着一张纸和一层屏幕的,绝知此事要躬行,古人把道理都讲明白了。

第二天午后,与几位同学结伴去海边游玩。到了海边,大风起兮,"五一"的北戴河还是很冷的,又是寒风中的海边。海水躁动不安,海中的国人纷纷爬上岸,而外国人却还一如既往地淡定。我们几个看不下去了,本来没有打算游泳,又没有准备泳裤,几乎同时说:"要给咱中国人争口气。"光着身子,第一次在海中游泳。外国人敢去的地方,我们也敢去。同学们大多都是旱鸭子,我也只是在小河里漂浮过多年。无知者无畏的勇气,是不是可以上升为爱国热情,我至今不敢确定。一道道海浪打过来,不懂得躲避,海水频频扑面打脸,套用一句当下的调皮话:海水原来齁咸齁咸的。一会儿,一个同学的近视镜被海浪打落海中。我们这些不知海水咸淡的旱鸭子,居然生发出冲天豪情:一定给你捞回来!弯腰摸呀摸呀,还别说,真的捞到了。

日落西山,大风更烈,外国人爬上岸走了,没有了竞争对手,我们也结伙上岸。披着衣服,光着脚丫子,穿过漫长的海滨马路,我们一路呼啸到驻地。

回头看去,于我而言,也许那是青春期的尾声。躁动,热情,将躁动当成勇敢,将热情夸大为正义。细思极恐,不过就是下海游泳,你游你的,我游我的,与爱国不爱国何干?如果仅限于个人之间的互相争胜,倒也没有什么,无论国人之间,还是不同国家的个人之间,打麻将都要论输赢,喝酒也要见高低,民间生活,有时真的无关微言大义,把单纯的个人行为,自我拔高,无限放大,从来都不会有好的结果,损伤的一定是两方面,或多方面。历史上无数的重大事件,无数引发重大群体性灾难的事件,要追根溯源,导火索就那么一根。导火索是存在的,可能永远存在,但导火索不会自燃,有心人点燃了,会造成灾难;无心人不经意点燃了,同样会引发灾难。一个负责任的人,对自己,对他人,对群体,要做的事应当是,发现导火索将其就地销毁;自己不愿或没有能力销毁,则应及时吹响哨子。

四

我生长在一个偏僻至极穷困至极的黄土高原腹地小村庄,谁占了集体便宜,普通社员如果看不下去,出面干涉,那人一句话就怼上了:公家的,又不是你家的,管得宽!明明站在正义立场上的人,竟然立即无言以对。

但那要看是针对什么样的公共利益。

比如,对于公共道路,别说谁去故意损毁了,哪怕不懂事的小顽童在公共道路上拉屎撒尿,都会有人出面干涉,轻则当场斥责一顿,重则交由家长体罚。实体惩处还不够，还有一套洗脑手段。不知从哪一代祖先开始，便为大家编造了一条禁忌，说是谁在大路上拉屎撒尿，谁的眼睛就会生疳疗。卫生条件差，眼睛生疳疗是常见病，这时，便有人振振有词说，那是因为污损道路的报应。如果是大人生出这种眼疾，那是因为幼小时作恶的报应；实在想不起那人幼小时干过这种事，便想他的上辈干的，他遭了来世报。每个小孩子自从听懂人话起，接受的就是这种软硬兼施的训诫，也因此，在任何时候，村里的公共道路都整洁干净，畅通无阻。

至于水井水泉，哪怕是顽劣到顶的顽童，也不敢污损这些设施。在一个村庄，这些都是重大禁忌，没有人会轻易去触犯。

人们常说，穷讲究。确实，越穷，讲究越多。说是讲究，会产生歧义，比如"讲究豪华排场"的"讲究"。更准确地说是，人穷禁忌多。禁忌无所不在、无时不有、垒一个鸡窝都要叫阴阳先生测算黄道吉日。无数的禁忌让人烦不胜烦。我坚决离开家乡，有一个原因，就是受不了这种烦。然而，行走人世间几十年后，我却发现，一个生存资源向来窘迫的小山村，为何能够维系数百年？其中的各项禁忌功不可没。现代社会是一个讲法讲理讲规则的社会，传统社会呢，也是讲法讲理讲规则的。区别在于，现代社会法理规则是由专门机构设定，要求全社会遵守的，而传统社会的法理规则，很多是自订自守的。一个村庄和另一个村庄不一样，一个家族和另一个家族不一样，所谓国有国法，家有家规，双重规约，琢玉为器。

每个人行走在人世间，都会带着原生家庭的印记。以后的环境、处境变了，人为了适应新的环境、处境，会自觉不自觉地去除这些印记，但其实只是抑制、掩饰，或伪装。

当初决然反叛家庭的人，为什么后来大多回归家庭？当初决然对抗传统的人,后来往往与传统和解,并成为传统的坚定维护者。这种种魔术般的变化,究竟是什么机制在作怪?我们所看到的只是表象,幕后是什么?当事人如果保持沉默,或者不说真话,无论怎么深入研究,都免不了"我见青山多妩媚,料青山见我亦如是"的一厢情愿。

确实,山河大地,宇宙风云,虽也处在不断运动中,但毕竟是相对固定的。唯有人心,变动不居。漫说一个人去探究另一个的内心,有时,可能对自己的心理变化都会拿捏不住,迷惑不解。手持一朵鲜花时,不禁想起臭粪;面对惊世美人时,恍然忆起曾经见过的骷髅。不是自己想这样联想,而是一种神秘的信息此时劈空而来,不相干的事情,在不相干的时间、不相干的地点、不相干的情境下,相干了,你说怎么办?

此时,一个懂得控制自己情绪的人,会将此类芜杂的信息进行分类、抑制、掩饰、伪装,将臭粪和骷髅从心中驱离,留下鲜花和美人。所以,有人给人类下的定义是:不再是魔鬼了,但也不是天使。我认为,这是截至现在,对人的最为准确的定义。看了多年法制专题片,每当自己的孩子或某个老邻居发生作奸犯科的事情后,与此有关的人几乎开口都会惊叫:"怎么可能?你们一定弄错了!那么乖的娃娃,那么好的人,怎么可能做那种事情!"是啊,中午还是乖孩子,并不排除下午成为杀人犯;昨天还是好邻居,并不证明今天他还是那么好。

海潮无论怎么汹涌恣肆,都是有规律地涨潮落潮,哪个时刻,潮头大体有多高,百年千年万年,都不会出现大的变化,是为潮信。人心呢,时时刻刻都在变化,大约也因此吧,人世面貌也在时时刻刻变化,变化最剧烈的时刻,可能就是"你方登罢我登场,城头变幻大王旗"。所有的法理规则，其实都是以默认这种变化为潜在前提的，只是以法理规则的约束，让这种变化来得慢一些、有序一些、平和一些。

陆地以农时为信号，总结培育出农业文明；海洋以潮信为规律，衍生发育出海洋文明。文明形式不同，种植、收获的成果不同，但都在一以贯之地倡导和弘扬"信"。

不过，我觉得还是把信分解为四个环节为好：

信；

我信你；

你使我信；

我以信待你。

四环连套，互为前提，互为因果，一个信用体系有望牢不可破。如果把三十六计广泛运用于个人与个人、群体与群体的关系中，受损的绝不会（至少不会永远）只是某一方。你给我用骗术、狠活儿，我当然也会如法炮制，用来用去，互为沟壑。最好的结果是一拍两散，老死不相往来，最有可能的结果则是"茫茫大块洪炉里，何物不寒灰"。

五

我在小河边长大，在物资极度短缺的岁月，小河是我和小伙伴的快乐天堂，冬天滑冰，春夏秋玩水，多少次溺水，又多少次被救上来，横搭在黄牛背上，倒空灌入肚中的河水。然而，我的泳技从未有过提高。但这并不妨碍酒喝高兴了给朋友们吹嘘我的游泳史。我说，别看我的泳技不咋地，我在渤海、东海、南海、太平洋、印度洋都游过泳，还曾在死海里，平躺在海面上，手拿一本书，装模作样看书，有图有真相。这并非纯粹吹牛，泳技有高低，入水了，就算数。

我至今无法想象，我家门前如果没有那条小河，我的童年将如何度过，那一定是一个满眼荒芜、了无生趣的童年。当然，一方水土养一方人，在黄土高原，门前有小河的村庄并不多。在那广漠的黄土旱塬上，别说小河了，大多数村庄通往水泉之路，如同走向黄泉之路那样漫长。水的紧张程度几乎要搁在粮食之前。说起来很幸运，上天赐予我这么一条小河，而祖先慧根慧眼，于此焚茅断草，垦殖河边土地，繁衍出一脉活着不易的后人来。

也从此，我的人生再也离不开河流了。河流无论大小，睁眼看得见河流，抬脚即可走到河边，如此，生活哪怕窘迫一些，也没有关系。河流是流动的，看见河流，便知岁月在流逝，生命在延续，一切都不是固定的。我没有像圣人面对河流，发出"逝者如斯夫，不舍昼夜"的那种洞穿生命圈套的茫茫浩叹，更不会生出"王侯将相宁有种乎"的盲目野心，我天生是一个凡人，我只能觉出，流水能够带来远方的信息，又会将脚下的信息带向远方。在我对自己的人生获得一定的自主权后，我渴望我能够一辈子都居住在河流边，有一点功名利禄也挺好；万一所得瘠薄，也无什么要紧，从小一无所有，也习惯了一无所有。但是，宁可行无车食无肉，不可居无河坐无书。然而，我还是在没有河流的小镇上，一口气生活了十八年，从少年的末尾到中年的开头。自主和不由自主，从来都是天敌，而胜利者，差不多都是不由自主。幸好，在中年开始的时候，我来到黄河边，而且住在了步行十分钟就可目睹黄河水清水浊的街区。

好似一个干渴已久的旅人，或者如古书上说的旷夫怨女，终于宜室宜家了，在开始的十年间，除了出公差，除了除夕之夜，一年中的每一天，无论天晴天阴，我都要在黄河边漫步两个小时。有一年正月初七，大雪纷飞，我身着一件旧军大衣，徒步来到黄河边。那时候我居住的这一段黄河，还没有滨河马路和河滨公园，只有乱石滩、采石场、芦苇荡，还有垃圾堆。天上是迷乱的雪片，眼前是寒气森然的河水，四望唯我一人。忽然间，依稀看见黄河对岸有两个人。一男一女？是的，一男一女。稠密的雪片让整个世界都复归混沌状态。寒风彻骨，我却觉得温暖，终于有人与我共享大雪中的黄河了，虽然是在遥远的依稀仿佛的对岸。一走神，我从一个高达两米的陡崖上滑下去。崖下是一个水坑，废弃的采石坑，不知道有多深。在来不及反应的反应中，我的一只脚蹬住了坑边的一根枯树根，借力一个翻身，趴在了坑边。抬头看看笔直的悬崖，根本不可能攀缘上去，只好贴住悬崖根儿，一步步挪到平缓处。回到岸上，再看那方不知深浅的水坑，不由得心惊。

生命原来如此脆弱，我的小哥哥就是在门前那条小河的一个漩涡中遇难的。那是一个夏天的正午，我们一起下水，一起淹没，我上岸了，我的小哥哥是被闻讯赶来的大人用了几个小时捞上来的。

小哥哥的遗体上岸时，天已黄昏，黑暗从四周的山坡上，同时合拢在小河边，那是我人生历程中最为晦暗的一个黄昏。

多年以后，在另一个黄昏，在另一个国度，在一条名叫涅瓦河的河边，在一个初冬，俄罗斯的初冬，我独自在河边散步时，想起了故乡的名叫马莲河的河边，那个夏天的黄昏。在此之前的数十年间，我在许多文学作品中看到过涅瓦河。这是一条全球著名的河，在这条河边上演过无数的惊天大剧，这是偏居一隅的马莲河不可相比的。小河也许只可行小船，上演小戏俚曲，剧团是草台班子，观众是下里巴人，无论大剧小戏，剧情的核心不外乎家国剧变、恩爱情仇。

那一晚，我想不起在书中看到的任何一个与涅瓦河有关的人和事，我的肉体在涅瓦河的寒风侵袭中，我的心在马莲河淹死我小哥哥的那个漩涡中漂荡沉浮。夜晚的涅瓦河边，游人稀少，正中我这种闲人的下怀。冒昧来到异国，又是夜晚，方位不明，语言不通，但我连丝毫的恐惧感都没有。这与我在黄河边的夜晚散步，没有任何心理上的差别。我并非胆大之人，相反，童年缺少安全感，给我造成严重的心理阴影，让我一生胆小懦弱。但我孤身去过无数陌生的地方。在西南地区，每到一个群山深处的小镇，干完公务，晚饭后，我会独自一人在逼仄的街巷中闲逛，直到把能够看得到的街巷走完，才回去休息。多少次，回到寄身的旅馆，已是黎明时分。街上的啤酒摊、醉汉、流浪汉、吵架打架的男女、不明底细的女人，不知道遇到过多少，但我从来没有害怕过。在新疆的喀什，我在老城区一连转悠了三个晚上，遇到在屋檐下乘凉的人，我照样前去打招呼，攀谈家长里短。所有的人都很友好，并无传说的那些隔膜。

人人都需要交流，人人都渴望友谊，自己需要交流，自己首先拿出交流的态度；自己需要友谊，自己率先拿出友谊的诚意。

有一个晚上，在涅瓦河大桥上——那座著名的可以开合让船通过的大桥——我来回走过八趟。我目睹了大桥开合的过程，我还见过一队年轻的军人，男兵女兵，前队走过大桥很远了，后队还没有上桥。看样子是军校学员吧，在那个夜晚排着整齐的队伍走过涅瓦大桥。一个俄罗斯女兵都让我惊为天人，几百名女兵结队从眼前走过，卷起的强劲的美丽飓风，让涅瓦河顿时欢快起来。夜晚，在涅瓦河边漫无目的地行走，每走出几步，都会让人生出欲语还休的感慨来。河边的栏杆上，滨河的马路边，随时可以看见雕塑。有的雕塑辉煌壮丽,有的则蜷缩一隅;有的雕塑材质新鲜,有的雕塑则密布岁月的沧桑。如同一个全天候向公众开放的博物馆,这座城市几个世纪上演的恩爱情仇,都可在一座座雕塑中管中窥豹。让人感动的是那些残缺的雕塑,涅瓦河并不因为残缺而抛弃它们,更不会出于什么好心或面子,而把它们修缮一新。在它们的身上,有弹痕,有刀剑砍斫的伤疤,有恶作剧式的污损,等等吧,人类曾有的和现有的种种不善以及恶行,都和它们的美一身共处。其实,这就是历史啊,就是人类的文明史啊,就是人的现在进行时啊。善恶同体,硬币的正反面,人脸和人心。

连接滨河大道的是一个个街口,从每一个街口走进去,与其说是从现实走进了历史,不如说是从历史走进历史,从现实走进现实。没有什么摩天大厦,甚至没有什么华堂美宅,陈旧、古朴、庄严、高贵。并排的楼房一般高,以四五层居多,粗看款式颜色同一,细看分明有别。有的楼房材质新一些,有的旧一些,分明是不同时期建造的房屋,为什么会琴瑟和鸣伉俪和谐呢?颜色深沉一些的房屋,大约是那场毁灭一切的战争的幸存者,颜色稍显明亮的房屋看似是后来修补或重建的,却在尽力恢复着先前的布局与和谐感。

在一个路口,我并不打算过马路,但一辆车停下了,又一辆车停下了,又一辆,又一辆;而且第一辆车的司机示意我可以通过。来而不往非礼也,为了别人的礼貌,我也快速通过路口,并向他们示意致谢。这波车流走远后,我再返回原来的位置,继续我的深夜观光。在河边,远远看见一辆轿车,停靠在河边的一片空地上,寒夜里孤零零的。我觉得有些蹊跷,但那又是必经之地,我绕开那辆轿车十多米,瞥见车窗开了一寸宽窄的缝儿,路灯光渗透进去,一男一女,女在上,男在下,正在"山呼海啸"。那女的长发如云,呼啸间,发梢拍击车顶。我赶紧绕远些,偶尔路过的行人对此种情景似乎早有见识,若无其事,以原有的步幅一一走过。

寒夜的涅瓦河边是年轻男女的世界,老人孩子此时一般都很少出门行走。年轻人青春火热,在这寒夜里,在这寒夜的河边,在这见识了世间无数风云的古都血脉里,尽情地挥洒着自由浪漫,或者堕落。我看过美国电影《兵临城下》,在那种极端残酷又极端悲壮肃穆的战争氛围中,苏军的一男一女两名狙击手,在战争的间隙,晚上休息时,在一群和衣而卧的战友中间,他们的青春火焰在熊熊燃烧,颠鸾倒凤,旁若无人。但这并没有影响他们成为敌人的噩梦,他们无愧于伟大的战士。在战友成批倒下的时候,他们站了出来,在一座孤城危如累卵的时候,用他们手中出神入化的狙击枪弹,延续着抵抗者的勇气。这样的镜头镶嵌在英勇悲壮的卫国战争大背景中,没有什么不和谐,一种舍我其谁的气概成为舍生忘死的动力。有血有肉、有情有欲的战士,也许才可臻于战无不胜、攻无不克的境界。

小时候,在天冷未大冷、天热未大热的时令里,大约都是农闲时节。村中的老年人也闲了,窑洞里太冷,待不住,为了节省柴火,都会走出窑洞,找一个背风向阳的黄土旮旯儿晒太阳,名为"晒暖暖"。一个人晒暖暖没意思,便呼朋引伴,不分男女,扎在一个旮旯儿里,又名为"挤暖暖"。挤在一起干什么呢? 晒着太阳聊天说闲话,又有一个名堂——谝闲传。老夫老妻,不再有忌,都是花甲古稀的人了,为生活辛劳了一辈子,几乎没有过真正百事不管舒展眉头的时候。村里把那些话多、口才好、能吹牛说笑话的人称作"谝三"。这些人一般都见多识广,但也都游手好闲,平时不讨人喜欢。可在这种闲散场合,他们立即豹变为宠儿。所有的闲话都是带色的,不明带,也暗带。谝三们的故事都是以自己为主人公的,无非是哪年哪月在哪里,与哪个女性有这样那样的故事。反正别人都不知道,他们图的是过嘴瘾,别人要的是听热闹。气氛撩拨起来后，有的老头儿便也按捺不住，抢过话头儿，说起以自己为主人公的故事来。故事中涉及的地点和人，大家都是知道的，而说到的事，先前只是风闻，现在当事人出来自我曝晒了。最关键的是，故事涉及的另一方也在现场，也是带色的故事。当事人指着另一个当事人说，某年某月某夜，你家院子是否有人扔过土块？你家墙头是否被人溜出了豁口？那就是我呀！还有胆子更大、脸皮更厚的，把他和哪个女性赤裸裸的事情也可以赤裸裸地当众说出来。被提及的那个女性，嘴里骂着不要脸，自己沧桑的脸上也泛起消失了多年的红晕，却并不否认。

这时候，那些有故事的老男人很得意，越是被人骂，越是得意。那些被暴露了隐私的老年女性，嘴上虽不依不饶，又是要掐要打的，但却是一副被唤起遥远岁月的羞涩幸福神情。这当儿，落寞的是那些向来被公序良俗夸赞了一辈子的好男人好女人，回头望，自己的一辈子，唯独看不见的是自己。看见我们这些小男孩儿混来玩儿，老男人一把揪住，一手拽着裆间，一手提拎着耳朵说："小时不胡整，老了没名声。娃娃家的，老实娃可是没出息的啊！"

同一件事，时间、地点和条件转移后，评价的角度、尺度，以及结果，都发生了戏剧性的变化，有时候甚至是颠覆性的大反转。在那个一声炮响就能让世界格局为之改变的年代，现今停靠在涅瓦河上的那艘军舰，当年来了一个炮打冬宫。那时候，估计没有谁会担心，万一炮弹将冬宫摧毁怎么办。当然，炮打的目的，就在于攻占或摧毁，至少也得迫使冬宫就范。如果当时真的将冬宫摧毁怎么办？历史将如何评价？可以想见的是，在很长一段时间里，这将是一个伟大业绩。当在历史车轮转向后，或者历史有空闲冷静客观地回望自己走过的路，看到被自己碾压出的一路碎屑，会是一种什么样的心情？

那艘军舰静静地停靠在岸边,各国游人上上下下,合影留念。我在读小学时就知道有这艘军舰,几十年后首次见到其真容,它的炮声已经成为历史的回音;它所炮击的目标,与它一起,共同成为了一个国家的宝贵历史遗产。各怀心思的人们在这里,或瞻仰,或观览,或浩叹。

六

多少次去云南,云南的几个大方位都走过,当然都是走马观花,甚至走马观花都算不上。大约是云南的花太多,时间不够用,眼睛不够用,观不胜观。但久久揪住心尖儿的,走马观花不足以放平心绪的地方,就是曾经让全中国乃至全世界揪心的滇缅公路。学历史真是麻烦,要是不曾知道先前的某些磕磕绊绊,这里天高云淡,山河壮丽,举目好风景,举步佳胜地。但我却是走在一条被先辈热血浸泡过的道路上。必须走一趟老滇缅公路,先辈们用自己的血水冲洗过的那条路。

到了保山,我的心开始沉重起来,一种莫名的恐惧感时时让我生出让司机调转车头想要逃跑的企图。多年前,还在读书时,我就写过一本关于抗日战争的纪实书,滇缅公路抗战是其中一章。我查阅过大量资料,但只是从资料到资料。面对一场场几乎是用鲜活生命堆积起来的攻坚战,我并没有感到惊心动魄,我只是一个过往历史的旁观者。我不知道几千几万具尸体堆放在一起,是一种什么样的场景。第一站从昆明到保山,沿路在几个小镇短暂逗留,我的目的地是主战场。颠簸一天,到保山市的那个晚上,我与先前每一次到西南地区游历一样,不畏旅途劳顿,挑选窄旧街巷,一直转悠到市尘寂静。回宾馆稍事休憩,天亮便直奔保山。新路开通以后,旧路早已失修,大约是为了节省过路费吧,大卡车在旧路上重装前行,沉重的车轮将路面砸出一个个泥水恣肆的大坑。这倒真的有些像我在资料中看到的当年情形,成千上万南洋华侨司机为了保卫祖国,放弃优越的生活待遇,义无反顾地奔赴死亡之地。他们驾驶卡车,在敌人飞机的狂轰滥炸中,往来于这条漫漫山路。

说实话,要在这样的道路上开车,即便没有战争,也需要卓越的技术,更需要向死而生的胆魄。我乘坐的是一辆商务车,司机昆明人,我担心习惯在城市开车的人无法在这样的路面行车。他笑说,他以前就是大货车司机,在这条路上跑了十几年。他补充说:"现在这路面经过了多次整修,多好的啊,我跑运输时的路面,你没有见过,说是走钢丝也不过分的。"我知道,他跑车时的路况,仍然胜过抗战时滇缅公路许多倍。

人不经世事艰难容易轻薄,不到历史现场,无法打开历史的档案袋。教科书上的远征军抗战,只有寥寥数笔,几个地名,一串伤亡数字。到了松山,我的心收紧了,可能已经紧缩到芝麻粒大小。空心以后,心窝那里不是沉重,不是堵得慌,而是空得慌、轻得慌,仿佛一座废弃的碉堡。我清楚地记得资料上的数字:中国军队攻击三个月,伤一万,亡八千。我无法猜度,这么狭小的地域,一个比骆驼脊梁宽不了多少的小山包,那么多的尸体堆放在哪里,那么多的伤员如何度过生命的危机。我一处处查看了当年双方攻战的现场,此时现场死亡般的沉寂。也许,自从当年战斗结束后,这个地方已经死了,只留下一个空壳地名。真的,山也是有生命的。敌人将山的五脏六腑掏出来,自己躲在里面,而我军则将整个山的躯体一并摧毁。血沃中原肥劲草,那是血还不够多,如同适量的雨水让草木生机盎然。假如血太多呢？也正如洪水漫溢，草木灭顶。洒在松山的人血太多了，山坡的草木看起来也还茂盛，但总有一种低沉喑哑的肃杀之气。

在腾冲，我住在城外的和顺古镇。我太喜欢住在这样的古镇了。说是外地车辆不许进去，必须要住在腾冲城里。司机说，你放心，我有办法。他打了一个电话，不一会儿来了一个年轻人，带着我们开车从农田大道绕进古镇，住在一家二层小楼合围的院子里。原来他就是少东家。他说这有啥，我们就是靠这生活的，客源断了，我们怎么办？无非是怕来到镇上的车辆太多，造成拥堵。镇里其实是用不着车的，那么大的停车场，人车分离，人来车停，人走车走，多好的。这也是东西南北中常见的情形，民众的有些行为是不合规的，以不合规的手段行走在规矩的裂缝间。规矩有裂缝，等同于规矩的虚设，久久为功，所有的规矩也会失去严肃性。住在古镇上的游客很多，进来的方式大体与我们类似，我不知道规矩的制定者究竟是为了什么。

那段时间，来腾冲的人，游览热点无非两个，一是热海，一是赌石市场。我的热点只有中国远征军纪念陵园。在去往陵园的路上，我的心再次蜷缩为芝麻粒，心口那儿再次成为一张薄纸，里面是空的。正当秋季，凉热不定，凉风袭来，吹透那张薄纸，内心冰凉；热气氤氲，渗破那张薄纸，内心焦灼。这样天造地设的好地方，居然发生过那么惨烈的战争，人类真是太暴殄天物了。据说那场战争是由几个战争贩子发动的，据说以前的所有战争都是由个别或一小撮好战分子发动的，如果这些论断表达了某种真实，那么，人类可不可以出台一条铁律：谁实在想打仗，就让他和另一个实在想打仗的人一对一单挑，赢了的理所当然是大爷，输了的心甘情愿当孙子。他们干仗时，就像体育比赛，全世界的人都当观众，甚至可以开通体彩。那些也想打仗，也想通过打仗牟利，但不愿也不敢直接参与打仗的人也可在两个人的干仗中得到自己想要的,或者失去自己多余的东西。

这是我在滇缅公路战场上的无端臆想,事实上,当下有些战争的模式已经与这种臆想类似了。所谓的精确打击或斩首行动,战争的规模不大,无辜者被祸及的机率大大减小。

一座山头,一座山头,一排排,一行行,摆满了阵亡将士的灵牌。一方灵牌,两寸宽窄,一尺高低,真正的一抔黄土,即便这样,也显得拥挤。事实上,这只是一部分,更多的英灵早已与当年所在的战场山川同体,踪迹杳不可寻了。

远征军将士名录碑更是让人肝胆俱寒。一连几十通高大的石碑,刻满了人名,有姓名、闾里、职务等等。我没有考查过石碑上的人后来的命运:活着还是阵亡;活着,以怎样的方式活着;阵亡,在哪儿阵亡的,遗骨找到没有。

我所知道的,他们中的绝大多数,也可以说是百分之九十九,都是平民子弟、升斗小民。如果没有战争,他们艰难地活着,然后默默地死去,就像一阵风来去、一朵花开落、一棵草荣枯,除了数量有限的几个亲人,谁也不会把他们放在心上。然而,战争来了,他们被赋予了神圣的使命,而且是必须承担的神圣使命。他们就像一颗石子被扔进大江大河中。神圣使命完成后,换来的荣誉和成果又与他们割断了联系。那几年,一些身怀家国道义的志愿者四处寻找救助抗战老兵,每找到一个,看看他们在战争中的遭遇、战后的遭遇、当下的境况,我都会暗自神伤,但我对他们却毫无作为。

滇缅公路之行,几乎是对自己的一次救赎。

当然,以这种方式救赎,与矫情没有什么区别。

七

二十几年间，我去过至少三十趟河西走廊。对于地理方位不是很敏感的人，可能对此并不在意：同在一个省，去多少趟都是平常事情。可是，当你知道，从兰州到敦煌，与从兰州到北京的空中距离相近的时候，就不会觉得平常了。而我在省内游历，基本不乘坐飞机，也很少乘坐火车，都是走公路。甘肃共有八十六个县级行政区，我都去过多次，去过次数最少的一个县份，也有五次之多。甘肃东西两端的直线距离是一千六百二十公里，也就是说，在甘肃省内走一趟的距离，可以抵达全国大部分地区。陇上走廊，东为西安北部屏障，西接新疆，北与蒙古高原连为一体，南为青藏和巴蜀北部门户。自然地理上的四大板块在漫长的甘肃走廊逐次拼接，文化地理上的五大板块于此会合。如果只是去过甘肃的某一个板块，则无法形成对甘肃的整体概念，包括山川地理和民情风俗。

我长年行走在这样一个地区。而我的生长地在甘肃东部，地球上黄土层最厚、黄土塬面留存最为完整的地方。我在这个地方生长工作到三十五岁。这其间，我去过境内几乎所有的乡镇，去过难以计数的村庄，也曾浏览过涉及这块地方的所有典籍。起初的动因完全出自一种朴素的念头，那就是想了解一下自己脚下这片土地的过去和现在。至于未来，还真没有生出什么雄心壮志。未来暂时没有到来，仍是未来；未来如果来了，那就是现在。我们必须做好现在的事情，未来才有可能到来。在那漫长的岁月中，我的人活在现在，思想却活在过去。我把大量的时间耗费在了典籍阅读方面，我一直坚信，我们既然从过去走来，便需要频频回顾我们的来路，目的是为了确定现在。只有双脚站稳在现在，走向未来才有起点。

不用说,经验主义的嫌疑于此昭然若揭。问题是,在我们的文明史上,过往的经验曾经是最为重要的精神资源。尤其在山河板荡的生死关头,一种曾被忽视的经验,便会得到掘地三尺的弘扬,很快便会形成雷霆万钧的排山倒海之力。这种经验的核心便是家国情怀。事实上,家与国从来都不是固定不变的。那个家,可能已是无数次易主之家;那个国,也是数度兴亡之后的国。然而,一个人生长于哪里,哪里便是终生之家;一个人生长于什么名号的国家,什么名号的国家便是需要终生效忠之国。家国、国家,从来都是遵从于现实原则的概念,一定要从中追根溯源以后再决定自己的情感倾向,这非但没有意义,而且将会使自己处于惶恐无着的悬空境地。比如,秦汉以后,一个人再去强调自己的齐楚燕魏赵韩,体现的只是所在的大概地理方位,而非国别。比如辛亥革命以后,日常生活中可以重视族别,但在国家层面,都是同一国之民,不可有任何例外。

如果问是什么使得我们这样一个幅员辽阔、成分复杂的国度,也就是习惯上认为的"天下",在长达几千年的历史烟云中,能够"天下大势,分久必合",并且,由一个相对狭小的"天下"扩展为如今广袤的"天下",我只能回答其中的因素实在太多了,但所有的因素都在明里暗里向一个核心围拢,这个核心就是家国观念。从古以来,每当国难当头之时,往往都是原来身处社会边缘的下层人士,以匡扶天下为己任,跃升为仁人志士。多少次,我在六盘山区游荡,这里自古以来地瘠民穷,当下依然如此。可是,在宋金对峙的百年间,诞生于这里的下层边关将士,却成为一时的天下支柱。金国大军南下,大宋王朝一夜间分崩离析,主攻西路的金国大军,兵锋直取关中,为的是得陇望蜀,而后顺江而下,以西晋吞吴、大隋灭南陈的路数,让天堑长江化为无形。富平一战,金国军队一举击溃大宋王朝在西边仅可集结起来的二十万大军，陇上蜀口几乎要变为坦途大道。恰在这时，驻守西部边关防范西夏的吴玠、吴璘兄弟，收拢散兵三千名，扎营于陇蜀要道和尚塬，成为大宋阻挡大金国滚滚军队的最后一道屏障。在经验世界中，以三千败军散兵对抗大胜之后的十万纠纠雄师，胜败几乎没有悬念。

可是，就是这些以陇上平民子弟为主体临时拼凑起来的乌合之众，硬是让大金国的无敌铁骑于此止步不前，使奔窜于东南的南宋小朝廷由此得以喘息。而奇迹还在后面，吴家兄弟联手，父子两代人相继坚守陇蜀要地长达八十年。有一年，朋友带我在西湖徒步一天，黄昏来临，我们一起去仿照南宋皇都建造的街区去吃饭。朋友不无得意地说起当年的西湖歌舞，我则给他讲了陇上将士抗金的故事。南宋王朝苟安下来后，为安抚舍命保家卫国的有功将士，曾经评选出十三项具有战略意义的重大战功，其中，西北将士荣获五项。那次，我是先去湖州，再到杭州。在湖州的德清县新市镇吃午饭时，当地一位文友问："你想不想看看你的老乡？"我说这里没有熟悉的老乡啊，他说："你肯定是熟悉的。"他带我走到一个庭院前，一方石碑上赫然雕刻着刘锜的名字。这座庭院供奉的就是他的英灵。而我此前只知道，他曾在太湖南岸打赢了一场至关重要的战役，但却不知道就在这里。更不知道，这里还有他的庙宇，千年香火不绝。他就是六盘山区的静宁人。我回兰州后，专门给研究静宁地方志的人提供了这一信息，他们立即派人去德清，搜集到许多珍贵史料。

从六盘山一路西行，原来的西兰公路都是盘山的，最长的路段在华家岭，全长大约四百里。周围都是黄土山包，道路从这个山包背后转到那个山包背后。参加工作后，我第一次出差去兰州，走的就是这条路。我与首长同行，乘坐的是面包车，一定比那时的"驼铃"客车舒服多了，即便如此，在冰天雪地的酷寒山路上绕来绕去大半天，也算是苦旅吧。那时，我十九岁，那是我人生第一次出公差。我上大学期间倒是出过一趟远门的。老师带着我们进行考古实习，从泾河流域出发，到渭河流域，甘肃东部和陕西关中周围的文物点和博物馆，几乎都看了个遍。后来，在去过无数地方后，一次与朋友吹牛，我忽然有所感悟。我说，也许我天生就是一个流浪汉，第一次坐汽车，连续坐了一个月，身体没有任何不适；第一次坐火车、第一次坐飞机，都没有任何不良反应。这些都不说了，身为一个地道的"旱鸭子"，第一次坐船应该有不良反应吧？可还是没有，真的没有，一点儿都没有。小河里短程坐船，除了感觉和坐车不一样外，再无任何另外的感觉。第一次坐小船进海里游玩，也一点儿事没有。在三峡大坝蓄水前的那个秋天去重庆开会，会议结束后，自费乘坐游船到宜昌，一路大雨瓢泼，而我安之若素。第一次自主出远门闲游，身穿一件运动衣，肩挎一只小书包，在火车上认识了几个藏族同胞，在青海湖边的哈尔盖小镇下车，随他们进了草原深处。一阵疾雨，气温骤降，水边已结起薄冰，牧民们都穿上了藏袍，而我仍是那件单衣。在一个私人煤矿住了几天，现场看见了只有在老电影中才可看见的煤矿工人生活，那种原始的劳动方式，让人目瞪口呆。

几天后，终于等到一辆从河西走廊翻越祁连山到草原卖菜的大卡车，卖完菜要返回河西。我第一次经过海拔四千米以上的地区，身体也没有任何不良反应。河西走廊，同在一省，我却在二十岁后才第一次到那里。从青海的祁连山南坡，到北坡的河西走廊，最要紧的通道就是扁都口——历史典籍中的大斗拔谷。我知道隋炀帝在河西张掖召开万国大会时，路线就是穿越大斗拔谷。应该是农历七月中下旬吧，一年中最热的时段，而隋天子驾临时，天气突变，随行军士冻死冻伤大半，宫娥娇娃一地落红。几年前，我读这段史料时，半信半疑，我相信"胡天八月即飞雪"是真的，但也多少有着"燕山雪花大如席"的夸张。我是七月底经过扁都口（也就是大斗拔谷）的，正如古典小说常用的情节，晴湛湛的蓝天突起一片乌云，说时迟那时快，大雪如潮。我遭遇的正是这样的天气。而这种天气，别说身着单衣，别说暖宫娇娃，就是赳赳武夫，乍然间，也未必能够承受得住。

说来也奇怪，我至今都感觉奇怪，此后的二十年间，我曾四次穿越扁都口，时间都在七月下旬，而四次都遭遇了突然的暴风雪。这种奇遇，若非亲身经历，换做别人说给我，我未必相信，尽管我是一个容易相信别人的人。

第一次去河西走廊，事先没有任何准备——理性的准备、感性的准备、时间上的准备。穿越扁都口到张掖，在短暂停留后，并没有继续向西，而是选择东返。那时候，我在甘肃的最东端工作，从张掖回去，先是乘火车到兰州，再改乘汽车回家，全程一千多公里。在二十世纪八十年代的交通条件下，这可不是一次轻松的旅程。但在二十啷当岁男人的眼里，自己想要做的任何事，并没有传说中的那种难度，只要自己想做，便没有做不到的。我打算在当年冬天来一趟河西走廊，见识一下寒风吹破玉门关的绝世恢宏。谁知再来河西走廊，已是十几年之后。这期间，哪怕是日常生活也危机四伏，又负笈京华，苦熬四年。但哪怕是这次短暂的半途而废的河西之旅，仍然让我懂得了，在未知世界面前永远保持谦卑，几乎是每一个走向陌生天地的人的护身符。在修习历史时，我从教科书上记熟了汉武帝开拓河西以后，两千年以来历朝历代对河西的经略概况，或保有，或丢失，或羁縻，每一种情形都是国家总体命运的一面镜子。甘肃是大中华腰上的一条裤带，东连西接，南北呼应，串连版图大部分，无论哪个王朝哪个政权,只要甘肃还在手中,哪怕四海摇动,整个国家还是一个整体;一旦甘肃丢失,就如同裤腰带断了,就得双手提拎着裤子跟人干仗。侥幸打赢了,脸上无光;打输了,丢了脸,还得丢命。

有人说我的比喻很形象,有的说这个比喻有些俗、粗糙。是的,而所有的真实都是俗的,都是粗糙的。我手头有一套由历史地理大家谭其骧先生耗费数十年绘制的《中国历史地图集》,我放置案头许多年,时常翻翻,每一次翻阅,都让我怦然心动。西汉以后,很多朝代的很长时期,中原王朝的版图在兰州以西,只有尖尖的一把锥子向西伸去,而这把锥子就是河西走廊。

确实,这是一把锥子,也是一道桥梁。不到河西走廊的现场看看,在地图上永远无法体会到这把锥子、这道桥梁的实际意义。北面是连绵的山,习惯上的称呼是北山。北山相对低矮一些。南面也是山,就是祁连山,习惯上称为南山。南山高峻伟岸,抬头随意望向某处,都是雪山映入眼帘。雪山融水是整个河西走廊的命脉,也是内蒙古高原西部的命脉,还是青海北部的命脉,可以说,河西走廊及周边广大地域,都是祁连山的雪在支撑着。

所有的山都是有豁口的,河西走廊的南北山,各自东西绵延一千多公里,看起来是两道墙,夹峙着一条东西向的通道。事实上,两道墙都是有豁口的,一道道豁口成为天然通道,也成为天然险关。祁连山最重要的豁口,莫过于位于张掖民乐县境内的扁都口了。古代的东西交通,我们权且统称为"丝绸之路"吧。从兰州往西,人们常走的道路,大体上与当下的甘新大道平行,这中间最难走的路段是乌鞘岭。兰州以西两百公里,东西向的祁连山在这里挥了一下胳膊肘,拐出了一条南北向的乌鞘岭来。这也是太平洋暖湿气流所能到达的大陆最深处。直到二十世纪最后时段,乌鞘岭隧道未开通前,东来西去的人们都要翻越乌鞘岭。冬天，道路被冰雪覆盖，是不用说的；哪怕是夏天，穿山公路的最高处，遇到阴雨天，道路上也会结冰。过了乌鞘岭，又是古浪峡。几十公里的峡谷，像是一口棺材，这是一道被古浪河拉开的天然通道；公路贴着河水，河水经常漫过路面。只有从北面出了古浪峡，突然间，天高地阔，沙漠、戈壁、绿洲，大天大地的河西走廊到了。

从兰州往西，还有一种走法。黄河出青海后，拐一个大弯，冲破崇山峻岭到兰州。从兰州以南取直，在甘青交界之地有黄河渡口，从这里渡河，取道西宁，再北上，穿过祁连山南坡草原，再从扁都口进入河西走廊。扁都口大体呈南北走向，一条小河硬生生将严整的祁连山撕开一道裂缝，化为自然通道。

而与扁都口遥遥相对的是北山的金川峡谷，峡谷口有一个小镇，名叫河西堡。我给河西堡做历史文化资源论证时曾说，整个河西走廊，无论哪个节点城市，比如辉煌千年的四大镇——武威、张掖、酒泉、敦煌，主要承担的都是沟通和连接东西交通的任务，唯有名不见经传的河西堡，却是在一个十字路口处。河西堡位于武威和张掖两大名镇之间，是东来西往的人的必经之地，同时又是整个内（外）蒙古高原与青藏高原最为便捷的来往之地。河西堡往西，便是绣花庙——祁连山与其余脉焉支山的交会之地。绵延几十公里的峡谷，最窄处不过千米宽。然后就是山丹了。隋炀帝从扁都口出来望见的北山，就是山丹一带。山丹原名为删丹，好像谁删去了山脉的一些丹色，但仍是丹色——比丹色弱一些的丹色。而山丹，最为耀眼的便是军马场，亚洲最大的军马场，汉武帝时设立，延续两千年。现在马场的建制还在，主体部分就在祁连山和焉支山交会地带。

山丹是河西走廊长城分布最集中、保存最多的地段。乘坐动车、普通火车、汽车进入山丹地界,从车窗随意望出去,或路北,或路南,都有绵延不绝的土墙,那就是长城。每隔一段,还会出现一座规模巨大的土城,那就是长城线上的一个个屯兵据点,几十人、数百人,乃至上千人,根据各自担负的防御功能而或大或小。矗立于高处的烽燧更是举目皆是,其中有汉代烽燧,更多的则是明代烽燧。第一次来河西走廊,发现所有的长城大体都呈东西走向,无论汉长城,还是明长城。也就是说,防御重点都在北面,防北而守南。后来,我发现,扁都口和山丹军马场一带也有烽燧,也就是说,长城不仅防北守南,南面的祁连山交通要道,也在防守范围之内。什么原因呢? 河西走廊的长城设施,构成了一个立体、严密的军事防御体系,其最重要的功能,其实是保障河西走廊的畅通。平时,驿道畅通,商旅往来,一些关口地带设有口岸,成为商贸中心,发生冲突后,烽燧狼烟冲天,警报系统开启,短时间,几十、几百里内都可知晓,从而适时做出应急反应。

多次到河西走廊后,面对一段段长城,心里产生了疑问:耗费如此巨大的物力人力,构筑并精心维护的长城,起到的作用究竟有多大? 我多次去过不同地域不同时代的长城,有一次我忽然醒悟,我一直是站在长城的修筑者和防守者的立场上看待长城的,几乎没有将目光越过长城,站在长城的对立面看待长城。一堵墙是由正面背面共同组成的。说话间,疫情汹涌,举世震动。宅居三个月,在自己与外部世界之间筑起一道长城,让自己得到稍许安全,至少是自以为的安全感吧,同样也把自己与外部世界隔离。终于可以有限出行了,我把第一站选在河西走廊。正好,与自己有关的两个课题,与河西走廊有关,也正好分别位于长城的内外两侧。山丹农村的调研地点恰好在河西走廊的蜂腰处,南北两山各以雷霆之势对撞,快要头颅相抵时,各自收住了脚步。一条狭窄的通道,河流从这里通过,长城从这里通过,动车从这里通过,高速公路从这里通过,国道省(县)道路从这里通过,田间大道从这里通过;佛教在这里驻足;道教在这里驻足,民众在这里开辟田园生存,拥挤,但却没有芜杂混乱。

当下农村发展问题调研结束,心思便回到了古代。这里是长城的集中区,南北两山之间,明长城连绵为另一条山脉,看似一步可以跨越会通南北两山的狭窄走廊,却因为一道长城而咫尺天涯。在这里,我遇到一个兰州人,陈淮。此前听说过这个人,看过他写的东西,却是第一次见面。他曾在山丹当过几年知青,返回兰州后,先后在医院、商场工作过,还开过公司,搞过摄影。他干过的几样事情,都算得上风生水起,可是,总找不到"吾心安处是故乡"的那种感觉。一种隐秘的心灵牵绊,将他带回了他曾经无奈来到而又坚决逃离的山丹。他在一段明长城前的空地上借屋住了下来,这一住就是二十多年。为此,他失去了在兰州的工作,失去了所有的社会保障,他笑称自己是不要工资的长城保护者。那么,他靠什么生存呢?写文章,摄影:写有关长城的文章,拍摄有关长城的照片。偶尔,他也给一些研究或拍摄长城的专业团队做导游,进行专业讲解。这一次,我也找到了他。对于山丹境内的长城,没有比他更为熟悉的人了。他爱长城,也懂长城。

陈淮带着我围绕长城流连两天,找到了古老的甘凉大道,然后,顺着这条大道,深入到山丹军马场腹地。北山、南山、长城、烽燧,确实这是一个立体的防御体系,所有的设施,都是为了保障河西走廊的畅通。

八

告别陈淮,我们团队三人决定从北山以北,也就是长城的外侧东返。顺着一条长城的豁口向北,穿过与长城豁口相连的北山豁口,恍然间,像是刚从为了防止疫情扩散而宅居的屋子走出来,天高地阔,只恨目力不够。这就是阿拉善高原啊! 荒漠连着荒漠,荒漠之外还是荒漠。我在考察日记中写道:这是一片让人为之恐慌的宽阔平坦的土地,地平线上没有任何参照物,让人无法确认自己是否存在,存在于哪里。多年间,内蒙高原我曾多次去过,东边、西边、中间,但都是片段性的,未能形成一次性感受。终于在那个夏季,一路从兰州到银川,再由银川到鄂尔多斯、乌兰察布,穿过广阔的锡林郭勒、科尔沁到额尔古纳河,返回时,贴着长城一线,科尔沁、张家口、大同、榆林、银川、兰州。在草原深处,我和同事说,当年蒙古大军为何不断远征,诸多原因之外,应该还有一个原因,草原太开阔了,太寂寞了,太孤独了。远方,远方,前方永远是远方,没有尽头的远方,看不见大地的边缘,难以收住洪水般的马蹄。

阿拉善与内蒙别处有所不同,地形更平坦,视野更开阔,但也更少肥美水草。好似为了验证我的无端臆想,阿拉善大约很长时间没有下雨了,荒原像是一块没有水分的沙土坷垃,一脚就可踹出多米诺骨牌似的四分五裂来。荒漠上的植物了无生机,在阵阵漠风中,与流动的沙粒一起,簌簌有声。遥想漫长岁月,每当春旱季节,牛羊无草可吃,怎么办? 牧民唯有南下北山豁口,或在河西走廊放牧,或越过河西走廊去祁连山追逐水草。卡在北山南山中间的,正好是绿洲,农业文明的绿洲。冲突在所难免,而长城便是阻截游牧群体的有效屏障。所以,我猜想,在长城一线发生的许多铁血纷争,也许并不像我们习惯上认为的那样动机高尚，牧人只是想让自己的牲畜群度过危机，而绿洲定居者也不过是为了不让牲畜群践踏庄稼。有研究者根据现存的古代气象资料分析，北方草原民族与内地农业民族在历史上发生的大规模冲突，都与当时的气候变化不谋而合。谁都要生存下去，谁都有生存下去的权利，当这种生存与那种生存狭路相逢时，纷争冲突在所难免。人类的文明史，在漫长的时间里，不管谁愿不愿意，不管口头上怎么说，实际上遵守的都是丛林法则，而双赢、多赢、共赢，不过是距离现在很近的一些概念。而且这些也仅仅是概念，要真正落到实处，化为所有人内心的理念和行为的指针，还真不是一蹴而就的事情。

但也正因如此，人们有了这种理念，并有了对这种理念的部分自觉，这是真正值得我们骄傲、珍视和弘扬的文明成果。

人说，大路朝天，各走一边。是的，河西走廊是一条朝天大路，但这条路的连带太广阔了，又是大天大地一条路。正如繁华的马路，车如流水马如龙，拥堵、刮擦、追尾、相撞，总会发生一些交通事故。谁来担当交通警察，执行什么样的交规，都是颇费心力的事情。我绕行阿拉善一圈，这是河西走廊北山的背面，看见的是北山的后背。北山与南山完全不同，几乎没有山的气象。荒漠尽头，一段段零乱的土丘不成体系，也没有山的高度。而阿拉善的北面，谁知道边界又在哪里。偶尔一座山峰突出，还没有看几眼，断了，然后又是无穷尽的平坦宽阔。我在阿拉善右旗的首府巴丹吉林镇住了一晚。那一晚，本来是要住在雅布赖镇的。走出去三十里，发现路走错了，也不知道疫情期间雅布赖是否有可住宿的地方。那是一个我早都知道名字，但从未涉足的神秘地方。在漫长的岁月里，河西一带的食盐主要产自这里，有民勤的骆驼客，繁荣几个世纪的西路驼道，食盐向来是这条商道的大宗商品。

　　为了稳妥，我们把车停靠在路边。夕阳西斜，漠风四起，一抹旷野里，不是沙漠，也不算是戈壁，这是荒漠草原。植物是有的，那种毫无生气的沙生植物，隔那么一步或几步远，总是有一株两株的。地面好似盖了一床渔网样的被子，什么都在外面裸露着，但却让风沙得到了抑制。不要鄙薄这些植物了，它们已经尽力了。没有一丝水分，地面上到处都是老鼠洞，也许老鼠也渴极了，只好打洞去地下寻找水源。没日没夜的干风刮着，我心下感到震撼的恰恰是，这些植物看似枯死了，其实是活着的。它们以死了的姿势活着，以活着的姿势宣告这片土地活着。我们随着风一起在荒漠中游荡。沙砾中有核桃大小的石子，五颜六色，如果足够幸运，还可以捡到戈壁玛瑙。我们都是幸运的人，在夕阳隐没于地平线的那一刻，每个人都捡到了几颗果冻般的玛瑙石。还是乍暖还寒时候，玛瑙石却是一手心的暖意。

　　夜宿巴丹吉林镇。但我不相信这是原有的镇名，上网一查，果然。镇名原为额肯呼都格，蒙古语为上井子或第一个井的意思。严重缺水的地方，往往要起一个有水的名字。一个井、三个井、一眼泉、九眼泉、清水河、洪水河、北大河、西大河、花马池、喊叫水……名字带水的地方，有些地方有水，有些地方其实没水；也许是先前有水，现今没水了。巴丹吉林也一样，一个名叫巴丹的人，发现了六十个小湖。巴丹吉林是一片广大的地域，比整个台湾还要大出许多，它还有着一个恐怖的全称：巴丹吉林沙漠。多少人因它的名字望而却步。其实，真正来了，便会发现，这里的标准称呼应该是巴丹吉林荒漠草原。没有绵绵沙丘，戈壁滩都算不上，一片片稀疏的、死了一样活着的沙生植物，让这片开阔地有着沙漠的名字，却没有沙漠的事实。镇子以北是一座山，黑云一般的山。山体不够高大，却让人感觉到了大地的边界。

巴丹吉林镇很安静,大约是疫情防控还没有彻底解除吧。街道很宽阔,路边行道树高大齐整。荒漠地带从来如此,没水的地方飞沙走石,寸草不生;有水的地方,树木掩映,植被茂盛,市镇繁荣,喧嚣扰攘。应有尽有的土地,应有尽有的光照,只须一弯流水,大地上也就应有尽有了。我见过的雕塑太多了,而市镇广场这里的两座雕塑却使我停下了脚步。一个西北汉子,身形雄壮,脚蹬沙漠靴,身裹粗布衫,肩上横扛一根椽子,椽子上再摞一副木质车轮,车轮上盘腿坐着一位老妇人。汉子目光如炬,望着远方,身体前倾,卖力赶路;老妇人目光淡然,如斜阳余晖,安然、恬然。很显然,汉子出门谋生,不忍将老母亲安置于家中,于是背上她远行。另一座雕塑形制较小,一只大鼓斜立,一个男童手持鼓槌,在奋力击打。虽是雕塑,却可听见那响彻天地的鼓声。

听着鼓声,我们一路东行。多年前,我撰写《走西口》时,查阅过关于这条驼道的资料,也满怀深情,试图复原当年骆驼客的生活,还写过大量关于刀客的小说。那些被称为刀客的商队保镖们,骑着山丹的高头大马,腰插利刃,奔驰于商队前后,目光警觉,随时准备与不法之徒刀下见高低。此时,我油然想起在东西南北无数古道上渐渐形成的见识。我发现,在西兰公路老路上,在秦直道上,道路都是在山顶来回盘旋的,而山下即为平川,为何不选择在平地筑路?我的推测有二。一是山区容易发洪水,平地上的大道容易被洪水阻断;二是,也是更重要的,站得高看得远,山顶上视野开阔,不容易遭到埋伏。即便有拦路打劫者,他们也只能埋伏于低处,发起袭击时处于仰攻态势,防卫者则有居高临下的优势。我曾把自己的这些心得与研究古代交通的专家做过交流,他们表示,此说有道理,他们先前没有从这个角度看问题。

山川形胜出自天地自然造化，懂得形胜、善于利用形胜者，方可得天地之利。古人一城之设、一路之筑，乃至一屋之造，无不先要查天勘地，是为风水。风水的核心，无非是顺风顺水；风顺水顺，方可期待人顺。巴丹吉林地势太过平坦，古时候，大约是不用筑路的。有经验的骆驼客常走的路，那就是道路了。但也不能完全不讲风水，哪里可以躲避黑风暴，哪里有水源，这些都是生死攸关的道路选择条件。现在的道路依然如此，雨水稀少的地方往往容易发生洪水。植被稀疏，存不住雨水；沙砾地面，河道不稳定。看看荒漠中的一道道干涸的泄洪道，就知道这里的洪水有多猖狂。

从兰州到河西走廊，一路向西，一条大路从天边到天边，但是，路两边有田园屋舍的遮挡，只觉天之高远，并不觉地之开阔。奔驰于阿拉善荒原，由西向东，一条大路从天边到天边，道路两旁却是以死了的姿势活着的沙生植物，稀疏的、零落的，在无休止的黄风中，无精打采地瑟缩着。满眼都是天，但看不见天之尽头；满眼都是荒原，但看不见荒原的尽头在哪里。在我的体验中，不怕山大沟深，因为人在其中，并不知道山的那边是什么，也许走出几步，就会有不同的风物闪耀眼前，人随时处在寻找和发现的状态下，而且还要警惕意外的突然出现。而在旷野荒原上，周围没有参照物，走出半天了，好像还在原地未动。天地是静止的，人是静止的，那种静止的孤独让人心生惶恐。我二十岁出头时，曾有过一次骑自行车远行的经历。翻过只有伐木便道的子午岭，爬过陕北的无数大山大沟，沿着大卡车的车辙穿越毛乌素沙漠……面对这些艰难的路段，我都不曾心慌意乱。但在鄂尔多斯草原腹地，道路平坦，目力所及，连一些弯道都没有，两边是青青的草地，一条黑色道路伸向天地无极处。道路太平直了，自行车永远是匀速,那种消磨人意志的匀速。骑行大半天,停车歇息一会儿,周围的景致与早上出发时没有任何分别。穿越毛乌素沙漠时,简易道路都在沙丘间,从这个沙丘的顶部开始用力蹬车,利用惯性,一下子可以冲到那座沙丘的顶部,如同在大浪中游泳,稳住车把即可。在那样的道路上,从榆林到乌审旗,一天骑行一百四十二公里,竟没有觉出有多累。而在这平旷之地,车轮每运转一圈,都要使出全身的气力。

九

人确实是有着追寻自己从哪儿来、到哪儿去的冲动的,更有着随时随地想确定我是谁、我在哪儿的癖好,而确定的参照系,就是自然的山川原野。人的历史感、人的地理意识,也许就是这样根植于内心的。即便是乘坐在性能良好的越野车上,即便行驶在高等级的公路上,尽管前途是光明的,道路是平直的,却更让人心生无所依着的恐慌感。我的地理知识,还有公路标志,都反复提醒着我:这样一路走下去,可以到达六百公里以外的银川。其实,何止银川,这样一直走下去,可以走到大海边。

但地理知识排遣不了身在荒原的疏离感。生活在扰攘红尘中,时时觉得,自己被扰攘红尘淹没了。居住在高楼里,头上是人,身下是人;走在大街上,前后左右都是人。上上下下前后左右都是人,但却都是陌生面孔,左邻右舍老死不相往来,虽同室进餐,却都是他乡之客。做饭的厨师不知道是谁,端茶倒水的服务生不知是何方神圣,一起吃饭的不知是哪路豪杰。都是陌生人,彼此都为陌生人,彼此都是同在此乡的他乡之客。有时候,苦闷了,想约上三两好友聚一聚,周围认识的人倒是不少，可谁是当下可以共餐共话之人，一时竟委决不下。也经常有聚会，可所有的聚会似乎都要有一个由头，大小要有个事儿；没事儿约人吃饭，则显得自己是那么"事儿"。几十年的老同学，同在一个小区，一年半载见不了一次面，见面只是在小区偶尔碰见。只有外地老同学来了，互相联络说："那个谁谁谁来了，咱们聚一聚。"于是，跨越几十年，因为远处的老同学来了，身边的老同学才有了见面的由头，接续遥远的同窗情谊。

长时间以来，我不明白这个世界怎么了，还是我怎么了。我几乎耗费了人生最初全部的热情和动力，从农村挣扎到城市；而到了城市后，新鲜愉快的日子并没有延续多久，心心念念的却是乡村生活。但真的回到农村，无论怎么告诫自己，也坚持不了一个星期。按说，当下的农村，无论从哪方面来看，比起我童年和少年时期的农村，都是天上地下的差别。而我现在所谓的农村生活，与其说是去农村生活，毋宁说是去度假休闲散心，什么心都不用操，定吃定住定玩而已。但我仍然无法适应。我发现自己被生活架空了，处在悬浮状态，飞不起来，落不下去，双脚无论踏在什么地方，都有一种不踏实感，好似踩在浮土或虚空中，脚下的任何一片土地都是陌生的。我曾经写过一篇稍有影响力的散文《别人的村庄》，那是我真实的生命感受。我曾经的村庄是别人的，我去过的所有的村庄都是别人的村庄，我是所有村庄的别人。我每天行走在国家的土地上，我的房屋建造在国家的土地上，我做的事情是国家的，我拿着国家给的薪酬，究竟什么东西是我的？原来什么东西都不是我的，包括我也不是我的，我也是我的别人。我们常常鼓吹现代人，我也曾在很长时间里不厌其烦地为做一个现代人鼓噪，可究竟什么才是现代人，其实我也不曾弄清楚。我理解的现代人，其核心语汇集中在：心怀天下，弃小我、求大我。我没有丝毫标榜自己的意思，多年来，我是这样说的，也是这样做的，不折不扣，不遗余力。一次次碰壁后，我忽然惊觉，不是客观让我失望，导致失望的根本在于主观。当一个人只顾心怀天下的时候，对眼前最应该关心的事情反而视而不见，一心眼望星空，却忽视了脚下的不平。长时间浸淫于此，心为流荡之心，人为流寇之人，读书游学无根，做事浅尝辄止，脚步天南地北，心思雨打浮萍。

所谓的现代人，其实都是为了寻找理想家园而抛却现实家园的人。最终的结果是，被抛弃的家园永远也回不去，理想的家园永远也找不到。

当把自己塑造为一个真正的别人时，你也许适合世界上所有的地方，但世界上所有的地方也许都不再适合你。你愿意为世界上任何一个地方任何一个人负责，但你不愿意，并且也不是世界上任何一个地方的任何一个人。你只是一个别人，永远都是以别人的身份出现在别处。风在天空与大地之间无休止地奔跑，但风却是有籍贯的，有名号的，有归宿的。比如西伯利亚寒流，它起源于西伯利亚，一路南下，渐次消失于大陆或大海。一个现代人，看似也有籍贯、归宿，但籍贯并不确定归宿之所在，而归宿，其实就是一个别人从一群别人中间消失了。

在某地，我被特许，终于看到了心仪已久的大片的罂粟花。请原谅，我不能说出具体方位，这个地方种罂粟是特许的、合法的，为了药用而种植。我曾见过零星的罂粟花，或为野生，或为了观赏而不经意种植。起初，我并不认识这种花，一眼看到，当即目瞪口呆。世界上算得上美丽的花很多，也可以说，所有的花都是美丽的。世界上算得上娇艳的花也很多，比如在南方和北方都常见的许多花。在我们这块西北旱区，花儿存活艰难，要是活得下来，其美丽则更为美丽，其娇艳则更为娇艳，如同西北旱地的瓜果独步天下一样。只要可以生长且活得下去，任何生命都是一首绝唱，这便是西北所有生命的特质。在我老家那块黄土高原上，植被稀疏，植物种类也不算多，山坡上最鲜艳的花儿要数山丹花；田野里最常见的花儿，无非是桃花、杏花、梨花、李子花了。小时候，见到的花少，时时处在生活困顿的碾压之下，对花儿的敏感度很低，以至长大成人后变成了花盲。我曾在大学的植物园里流连，生物老师一遍遍教我辨认花草，可这次认得了，下次再见，又茫然了。后来，老师又给我花谱，我反复辨认，对许多花草的科目、种属、特性都谙熟于心，而见了本尊，依然恍兮惚兮。越是欠缺的越要弥补。随着生活半径的扩展，每走一地，东西南北，域内域外，见到花草，我都一直保持着观赏辨认的激情，尽管直到现在，我真正能够精确辨认的花草仍不多。

而在所有的花草中，真正让我陷入失魂落魄境地的是罂粟花。

自小，我就知道我爷爷抽大烟。因为抽大烟，他让自己成了一个饱读诗书却一无是处的闲人、废人。奶奶不懂得世事变迁，在她眼里，爷爷就是一个败家子，葬送了祖先留下来的广阔田产。而爷爷对自己的行为却终生不悔，反以家族功臣自居，说什么若非他事先葬送了一部分土地，整个家族就不只是遭殃那么简单了，极有可能覆巢之下无完卵。在我还没有能够理性对待长辈的爱恨情仇时，他们就都离开人世了。我深切感受到的只是上辈人的命运会延及后代，或饱受命运之鞭的无情抽打，或君子之泽方滂沱。而余生也晚，上辈的荣光并无一眼之幸，更无一滴之泽。自从记事以来，我所承担的都是他们留下来的罪责。物质上的赤贫，精神上的重压，脚下所有道路被阻截，唯独没有所谓的君子之泽。

我一直没有见过大烟，也没有当面见过人抽大烟的样子，我只是在博物馆看见过烟枪。罂粟花偶或一见，见了就再也难以见到了。但我一点也不为此遗憾。我研读过鸦片之毒对中国的危害，第一次被西洋人击败的战争，就被称为鸦片战争。这个名号是适当的，但究竟是因鸦片贸易而起的战争，还是人与鸦片的战争，总有些语焉不详的嫌疑。要让我说，这不是中国人输给西洋人的战争，而是中国人输给鸦片的战争：一个庞大的帝国被一朵妖冶到淫荡的花击败了。我困惑的是，当时的鸦片贸易在世界上是合法的，直到一九一四年，鸦片贸易才被国际社会宣布为非法。也就是说，鸦片战争时的鸦片是合法化的商品。一个老帝国真的是自己腐朽了，从上到下，从官到民，从里到外，真的全盘腐朽了。一个老色鬼，面对天赐佳丽，哪怕无力猎色，其色心怎可不乱摇乱动呢？妖冶淫荡的花儿足以娱其老迈的色心，花的酱膏则可以给腐朽的身心注入暂时的动力。国难当头，将敌对一方妖魔化，固然有利于用拉仇恨的方式凝聚力量，但是在鸦片面前，自己真的没有责任吗？假如对方卖给你的是肥羊美酒，你不知自控，吃出毛病，或者撑死了，又是谁的罪过？

当我站在上千亩连片的罂粟花面前时，我顿时感到心旌摇荡，几乎难以自持。说实话，此刻我想的是：我要是生活在晚清那个全面腐朽堕落的时代里，我会不会成为烟榻上吞云吐雾的一个？在那个时代，拥有比我更为宽广的家国情怀的人，有多少都爬上了烟榻；学问足以给我当老师而我不一定配当他们学生的大师，有多少也捧起了烟枪；又有多少倾城倾国的红粉佳人在飘飘欲仙中形销骨立、香消玉陨。让我们痛心疾首也无比沮丧的是，很多沉迷于烟雾中的人，并非市井宵小或乡村愚氓，而是一个时代的杰出之士。在国家民族利益面前，他们勇于敢于献出自己的生命；在拯救世道人心方面，他们不惜青灯黄卷竭才尽智，但他们又是如何败在一朵花面前的？

种种问题，在这片绝世凄美的花朵面前，一一浮泛在我的心头。此前，我对于这些问题早已有了自己的结论，并向来认为是颠扑不破的。然而，在这片花海之中，我的铁打之论与每一朵花觌面相对时，无言以对的却是我自己。正是夏日的中午，不远处是寸草不生的红砂岩山系，红太阳照射在赭红色的砂岩上，"血光"淋漓，红晕弥合天地。山下是戈壁滩，就像有人专门用熨斗熨平过一样，一丝褶皱都看不到。偶或有几棵白杨树或沙枣树，散落在戈壁滩的某一处，零落、孤傲、孤独。就在罂粟花种植基地的地头，周围一抹平畴，地皮上点缀着星星野草，八棵都很高大的白杨树却攒成堆儿，大约只能占去其中一棵树的地盘。它们呈半圆形，树干相拥，树冠相接，好似八个人在商量什么事情；又如篮球、排球、足球团体比赛项目，队员上场前，相拥在一起，或互相加油鼓劲，或最后确定战术。在那一块戈壁滩上，这是无比动人的一幕。走近了，便会发现，那只是适者生存的最优化选择。绿洲地带，无灌溉则无种植，一道灌溉支渠直线穿过，从支渠引出的水注入斗渠，再导入毛渠，最后进入田地。在给罂粟花种植基地浇水的毛渠经过之地，正好有一间房屋大小的洼地，沙土质地的毛渠渗漏出水，那几棵白杨借过路的渠水存活，并把自己生长为一方风景。

在山青水秀地带，草木把自己成长为好草好树是应该的，而众多的好草好树群居在一起，要想搏出位，就得有着十倍的努力、百般的花样。在苦寒酷旱之地，一种草木只要能够存活下来，哪怕只是一蓬骆驼刺，那本身就是风景了。我见过许多初来沙漠戈壁的人，与沙丘、沙生植物等景观合影，个个兴高采烈、乐此不疲，这不仅是因为差异而生出的新鲜感，说深了，那就是对艰难生命的礼赞啊。在敦煌鸣沙山下的阴凉下休息时，遇到几位广东来的妇女，聊了几句。其中一人问我，西北这么荒凉，为什么人们的身体都很强壮，一个个都乐呵呵的？我开玩笑问，你见过木乃伊吗？她说在博物馆见过。我说，你看看木乃伊，几千年了，也没听说过他们生病，病毒早让阳光晒死了。几位妇女同声说，哦哦。

玩笑归玩笑，在非洲马赛人部落，看到他们住的屋子，我要是实话实说……可我真的没法说，要是再用一点比喻，那可能就要涉嫌歧视了。但确实如此，在当下的中国，无论在哪里，还真找不出那样的住房，即便是田间地头搭建的用来看护果园的窝棚，也不会简陋成那样。会不会有人就此得出先进与落后的结论？我最担心的就是这个。我们在评说先进与落后时，眼睛往往盯在器物文明层面。固然，这是不可或缺的。可是，当我们再进一步探讨，器物与文明、文明与快乐，是不是一定就是对等关系？在肯尼亚首都内罗毕，出了机场，机场连接市区的道路，夸饰一点，也就是我们普通国道的等级。可是，公路的两侧是什么？是国家自然公园。是的，是自然公园，而不是城市公园或动物园。铁丝网里面，草地上徜徉的是大象、野牛、角马、长颈鹿、羚羊、斑马，还有鬣狗、狮子。天上飞的是各种鸟儿。这只是一片占地一百二十平方公里的自然公园，在肯尼亚其他地方，占地上万平方公里的自然公园还有好几处。那天刚到马赛人部落，看见一群孩子光着脚丫，在草地上踢足球，玩游戏。过了一会儿，一阵疾雨，草地上满是积水，他们照玩不误。一户人家门口有一棵并不高大的金合欢树，树枝上挂着几十个鸟窝，像是挂满了果实的果树。我踮起脚尖，鸟窝里面的内容一览无余，可是，没有一个孩子去掏鸟窝。

每一个社会形态都是呈复合状的，这个离不开那个，那个又与另一个根系相连，抽取其中任何一种或几种要素，作为衡量整个社会进步与落后的尺度，恐怕都会掉入盲人摸象的陷阱。正如一个人，身体健康是整个人都健康,肉体、心理都健康。不能说,我的腿部力量超强,就是"三高";或者说,我的身体一点儿毛病都没有,大雪天在野外裸奔都没事儿,就是感到活着没有意义。我还真见过在大雪天光着身子的人,但那是我们整个街区大家都知道的疯子。

也因此,长年在各地行走,每当有人讨论哪个地方先进哪个地方落后时,我心下便格外警惕。我的生活经验是,那些小县城、小城镇,楼层不算高,马路不算宽敞,广场不算豪华,但生活很方便。出门几步远,日常所需都可满足,普通民众活得很自在,心里很踏实,劳作之余,三五好友喝喝茶、打打牌、吹吹牛,来兴致了,可着劲儿吼几声,引起一片喧腾,或夸赞,或嘲弄,都无所谓,图的就是个响动喜兴。偶尔出了一次国,或去了某个大城市一趟,那便是社区的一桩大事,简直堪比考上状元衣锦还乡。回来后,给这个那个的送一点儿小礼物,在这个场合讲一遍见闻,在那个场合讲一遍见闻,十天半个月,消停不下来。无论讲什么,最后的结论都是确定的:走遍天下九州,还是咱这里最好。

当然也可以说,这是小地方人没见识,可是,那些生活在大城市的人,那种无所不在的优越感,真的就一定是优越的吗?他们在小镇山乡吃了一口米面,方知米面原来是这个味道,十米开外都可闻到粮食的清香。当他们随手捡一颗瓜果吃时,方知其口感与他们平时吃的天价瓜果也有霄壤之别。

我们来到了一个多元的世界,多元的世界有多元的评判标准。我遇到过一个农民朋友,他笑说,我想进城,随便就可进去,有钱了买房子住,没钱了租房子住。你们城里人,要想回到农村,那可不容易,村庄没有你们的一寸土、一根草。

是啊,世事真的很吊诡。我在农村生活时,小县城哪怕提供一个打扫旱厕的差事,管吃管住,不给工钱,人都会挤破脑袋争抢;只要不干农活儿,肚子能混饱,就是天大的恩典。待我耗尽洪荒之力混入城市后,农村的生活却日见起色。我曾自嘲说,自从我离开某地后,某地就发生了翻天覆地的变化,社会各方面的发展日新月异,人民生活水平年年提高。当我进城后,我所寄居的城市,摊子越铺越大,空气质量越来越差,生活越来越不方便……您给评评理,我真的有这么大的能量吗?离开哪儿,哪儿好了;到了哪儿,哪儿坏了。

十

绕了一大圈,话题还是回到阿拉善吧。

为何绕这一大圈,大约是因为我绕阿拉善走了一大圈,对河西走廊的理解多了一个角度。巴丹吉林的下一站便是雅布赖。多少年前,雅布赖担负的就是如今巴丹吉林的功能——阿右旗首府所在地。说起来不远,只有一站地,汽车却在高速路上跑了几个小时。举目都是空旷,唯有北部一座山,黑乌乌的,像一堵墙,阻挡在北面。间或我会让车停下来,在路边瞭望一会儿,也会进入荒漠草原的边缘走一走,让干燥的风吹一吹。都是沙石土地,也许是有稀疏沙生植物的庇护,沙粒不能随风奔跑,慢慢地就被驯化了。我在典籍上知道,先前可不是这样的。这里流沙漫漫,骆驼客们从内蒙草地载着货物,走捷径,横穿贺兰山,再蹚过腾格里沙漠边缘地带到民勤;然后,或走河西走廊大路,或从阿拉善继续走捷径,过酒泉,到新疆。一路上,最可怕的要数黑风暴,其次才是剪径强人。在这上千公里的商路上,稍大一点儿的驿站也就那么为数不多的几个,想想旧时代的人要赚几个钱是多么艰难。雅布赖是一个古老的盐场,到底有多古老,我没有查过资料，几百年总归是有的。从雅布赖拿上食盐，不可能往北走，北面是沙漠戈壁，连着蒙古的沙漠戈壁；往西是河西走廊西部；从中间插过去，是河西走廊中部；往东是民勤，河西走廊东部绿洲的顶端，也是连接几条沙漠驼道的旱码头。

这次，我走的就是这条道路，此前阶段性走过，并在许多作品中描述过，但没有贯通走过。世间的路只有自己走一趟，才会知道难易。古人，哪怕算不得古人，比如哥哥姐姐辈的人，在这条漫漫长路上，赶着负重驼队，或自己身负重物，在烈日下，在漠风中，半个月甚至几十天才可走完全程。尽管乘好车走好路，一趟下来，我也已经筋疲力尽，非但在前人那里没有任何优越感可言，更显出了前人的卓越，体能的卓越，意志力的卓越。而我们呢？空手徒步这么一回，就敢自吹伟大了。

我原以为从雅布赖到民勤一定是一条沙漠公路，正当春夏之交的酷旱季节，我已经做好了迎接风沙的准备。风是有的，不断头的风；沙却是没有，植被还越来越好了。各种沙生植物密匝匝的，一片连一片，覆盖了整个沙地。路边的标识牌提醒路人，这里是骆驼散养基地。果然，路旁的骆驼三三两两，沙漠之舟的头衔已经从它们的头上摘下了，先辈的行役之苦业已解脱。当然，脱去了重负，也失去了荣耀，乃至存在的价值，也许只有驼毛驼肉才是它们存在的理由了。

芒种都过了，北方很多地方正在收割冬小麦，秋季作物也已下种。阿拉善的海拔与河西走廊差不多，只因缺水，遍地还是枯黄色。一条黑色公路将整个荒漠草原隔开，公路这边，一眼望到天际；公路那边，一眼望到天际。路边不远处有一座房子，突兀地，天外陨石般戳在那里，无依无凭，无头无绪，好似为了天地间不要过于空旷，也好似让过路人从这间房子中感受什么是孤独无依。我知道，当下的这座房子，一定是各种飞虫的家园。一早一晚，野外寒冷，飞虫们要在这里寻找温暖。这是以前的经验，我并没有进这座房子。我想着一定会遇到沙漠的，可一直到青土湖，连一座供人观赏的沙丘都没有看到。

人的力量真是很大的，包括破坏的力量，也包括建设的力量。二十年间，我多次来过青土湖。在大西北，青土湖算得上自然环境好坏的风向标。当然，第一风向标是罗布泊。罗布泊的彻底干涸，让举世为之震惊、战栗，那只巨大的耳朵，仿佛在时时监听着人类命运的动向。青土湖是石羊河的下梢，石羊河是河西走廊东部地区的生命之河。在西汉时，青土湖的水域面积达到四千多平方公里，可与如今的青海湖相颉颃。这里是从中原进入河西走廊的桥头堡，地势平坦，灌溉便利，因此两千年以来理所当然地成为了屯军之地与粮草基地。无论哪个政权占领这里，都不忘扩大耕地面积。耕地在扩大，人口在增加，湖面在缩小，直到二十世纪五十年代上游红山崖水库建成后，青土湖彻底干涸，比罗布泊的消失还要早二十年。这样平坦无垠、自然降雨又极为稀缺的地方，没有水，草木无法存活，风沙便像脱缰野马，再也收束不住了。几十年间，处在青土湖腹地的民勤人体验到了沙进人退带来的苦难。到了二十世纪末，巴丹吉林沙漠由西向东，腾格里沙漠由东向西，双方在青土湖相遇。两大巨人握手，一时的舆论，仿佛都是世界末日降临前夕的悼词。

在舆论高涨的当儿，我也应邀去了青土湖采风。

第一次去青土湖的时候，感觉这里真有点儿像《吊古战场文》中描述的："浩浩乎，平沙无垠，复不见人。黯兮惨悴，风悲日曛。蓬断草枯，凛若霜晨。鸟飞不下，兽铤亡群。"尽管湖已干涸了半个世纪，但还可看出湖底的样子。黄豆大小的贝壳，拇指腹大小的贝壳，白花花的,与黄沙搅和在一起。沙生植物为了活下去,把根系扎向地下深处,又为了保存来自天上的珍贵水分,将枝叶蜷缩又蜷缩。地下巨大而繁复的根系,地上蜷缩为一团又一团的枝叶,留存吸纳随风刮来的沙粒,一棵植物便可凝聚为一个麦草垛一样的丘垄。如果没有人为破坏,那就是一座带有永恒意味的小山包了。可是,缠裹沙粒的植物,在长久的风沙侵袭下,水分基本被榨干,挖下来,就是火力生猛的燃料。渡过九九八十一劫难的沙生植物,因为自身的优越,最终归于万劫不复的火塘中。

那时候,青土湖不再是湖,哪怕是附近居民,也都吸吮不到遥远的湿润了,感受到的都是干得冒烟的沙尘。沙漠一旦失控,修复的可能性就渺茫了。那几年,青土湖让无数人食不安席。我只是一个闲人,十年间,每年至少都要去一趟青土湖。那可是千里之外的路途啊。而每去一次,心口都要震颤许久。黄沙滚滚,阵势年胜一年,不远处的绿洲,在黄沙的压迫下瑟瑟发抖。终于,在那个秋天,在青土湖畔,两大沙漠的握手之地,竖起了一座高大的纪念碑,上刻"决不能让民勤变成第二个罗布泊"。我去了石羊河的上游。河西走廊的所有河流都发源于祁连山,石羊河也不例外。时间已是深秋,绿洲上的庄稼收净了,秋风卷起田间地头树木的落叶,将其攒聚在低洼地带。农人们将落叶装进麻袋,运回家里,大约是给牲畜们储存过冬的饲草。进入祁连山区一条隐秘的峡谷中,大雪纷飞,天地一片恍惚,这是石羊河的正源。陪同的人指着沟口一个所在说,十几年前,这里都是松林,几十公里长的峡谷让高大的松树塞得满满当当,冬天积雪过尺,开春冰雪消融,水流声响彻天地。直到夏天快要完了,太阳照射不到的地方冰雪仍未完全消融,加上降水,河里一直有充足的水源补给。看看现在,自从峡谷里发现金砂,天南地北的人来到这里,砍掉树木,将每一处河床都至少挖过三遍了,最多的时候,淘金者多达十几万人。没有树木遮挡拦阻,雪留不住,一场雪,几天就融化了;雨水留不住,一场雨,就是一场洪灾……石羊河的水越来越少,上游都不够用,哪还能流到下游呢?

有人说,河西走廊许多河流干涸,还未干涸的河流水量大幅度减少,是因为气候变化,祁连山的降水变少了。我不大相信,但苦于没有证据。可我终于还是找到了证据,一位在这里工作了几十年的水文气象专家说,祁连山自从有气象观测记录以来,六十多年间,降雨量并无明显变化。导致河西走廊来水量减少的罪魁祸首,不是天地本身,而是人为的破坏。

在那个冬天,我看到了从上到下,几级部门联合制订的石羊河治理方案,大意是上游如何修复生态,中游如何节水,下游如何蓄水,恢复湿地。我知道,在生态脆弱之地,一把火可以让万年千年生态屏障化为乌有,要恢复原貌,几乎是不可能的。但是,减少或停止破坏,则是一切修复工程的前提。我因此仍然深感庆幸。人,必须让自己亲尝自己酿造的苦酒,方知苦酒之苦;人,也必须亲自为自己的罪孽担责,方知造孽容易,除孽艰难。

我的一个朋友就是淘金者中的一员,他给我讲述过淘金的经历,那可真是惊心动魄啊,一点儿也不亚于老电影中淘金的故事。他也真的挖到过不少金子,以命相搏几年,去的时候是一条命,回来时仍是一条命,这便是最大的收获、最大的幸运了。与他差不多命运的淘金者,都算是最好的命运了。养肥了的只是个别幕后老板,还有少数做皮肉生意的人。那些辛苦多年一无所得,并且断了胳膊少了腿,乃至把命送了的人,算是不走运的倒霉蛋儿。而最不走运、最倒霉的则是石羊河,还有石羊河沿岸所有的土地和生灵。

有一年，我从新闻上看到，青土湖开始蓄水了。我赶去现场一看，大约有足球场大小的一滩水，挣扎在流沙中。也仅仅是这么一点点水，青土湖便恢复了生机。水流过处，芦苇丛生，红柳茂盛，鸟儿鸣叫，天地欢畅。但我知道，所谓的青土湖，大约也就是一个象征了，有水就是湖，无论有多少水。此后，连续几年，我没有再去青土湖，我只是在新闻上看到青土湖的面积在逐年扩展，有图有真相，但我半信半疑。

这一次，是从青土湖的后面绕过来的，相当于背后偷袭。此前，每一次来这里，青土湖都是终点站，只有一次，从这里朝青土湖的下游走出过几公里。从青土湖继续往前走，大约一百公里外就是雅布赖。而我这次却是从雅布赖走向青土湖的。午后三四点，离老远就有一种青草香随风飘来，公路两边灌木茂盛，以为来到了什么林场之类的地方。车行很久，眼前忽然出现一座高耸的纪念碑，停车仰望，这不就是以前那座纪念碑嘛？

沙漠哪儿去了？灌木林下压着的就是我先前熟悉的沙丘啊。爬上制高点，水色浏亮，不见尽头；芦苇荡漾，不见边际，成群的鸟儿飞起又落下。这就是经典意义的湖泊啊！远近不见一个人，只有偶尔从湖边公路驶过的车辆，来也匆匆，去也匆匆。我已经找不到先前已经很熟悉的风物了。我知道不远处是有一座古城的，城垣壮观，流沙半掩；我知道不远处是有一片农舍的，黄沙与围墙试比高。这一切都看不见了，喧天的草木遮挡了视线，我心下为此安然、恬然。天擦黑入住民勤城，一位领导听说我来了，赶来宾馆看我。我说明了来意，他不无自豪地说，青土湖当下已有固定水面三十平方公里，湿地面积达到一百零六平方公里。据气象部门检测，这里的年降水量都有显著增加。

说实话，我向来不大关心各种各样有关社会发展的统计数字，但我一直在密切注意江河湖海的水清水浊。如果兜里的钱是以生存环境为代价的，钱也不过就是民间烧给死者的冥币。在死人的坟头，或者在城市的十字路口，给死者焚烧冥币，死者真的能拿到钱吗？谁也不能确定，但烧钱的人自己心里获得了安慰。兜里塞满了钱，行走在举目荒寒的天地间，无非是把后代烧给自己的冥币提前装在身上罢了。

人，真的是有着短视毛病的，与其说每个人都是在为后代积累财富谋幸福，倒不如说是在抢吃后代碗里的饭。我们经常说，前人给我们留下了多少财富，这话似乎也不错，要是把话说清楚，也许是：前人给我们留下了很多没有挥霍完的财富。看看一座座高大的帝王陵，一个个极尽奢华的墓葬，还有无数著录于史籍中的靡费无限的城阙殿宇，哪个不是在耗尽一时的物力民力！蜀山兀，阿房出，蜀山"兀"了一回又一回，"阿房"出一回就被摧毁一回，无法统计，几千年史册中，被人为摧毁的大大小小的"阿房"究竟有多少，几乎是谁逮住谁摧毁。动手者逞一时之快之愤，围观的吃瓜群众大饱眼福，成就了让人津津乐道一辈子的重大见闻。

有一年，一座城市要申报国家历史文化名城，其中一个城区的申报材料几次被退回来，拖了整个城市的后腿。后来，这个任务压给了我。我按照当地史志记载，对辖区内所有文物古迹进行了考察。当地的文物古迹应当有数十处，但我却只找到了一截残破的长城，数十米长，在一个单位的后院，周围堆满杂物，儿童玩耍爬上爬下。我无比痛心地发现，大多文物古迹的被摧毁，也不过是近几十年的事情，而许多文物古迹甚至是损毁于申报历史文化名城期间。我将考察结果向领导汇报，领导说，史料中有明确记载的都可以上报。从纸上到纸上,我完成了一份长达十万字的考察报告。不用说,历史文化名城的名号是拿不下来的,要是仅以史料记载为依据,我泱泱中华够得上历史文化名城的城市真是太多太多了啊!但我们见到的城市,大都市、小城镇,无一不是簇新的,一溜儿新,从颜色到建筑样式,像刚从同一个生产线下来那么新。

在肯尼亚的海港城市蒙巴萨,我见到了公元九世纪(相当于唐朝中期)的建筑,见到了十二世纪阿拉伯风格的建筑,更有保存完好的西方殖民时期的耶稣堡。当年贩运黑奴的码头,大致格局还依稀可辨。英国殖民者修建的蒙内米轨铁路仍在,甚至还在运行,与中国承建的蒙内铁路线路大致平行;一新一旧,一快一慢,各走各的路,并行不悖,宛然一册铁路建设史。而该国虽号称东非第一,与我国相比,经济实力以及诸多方面都不在同一层面。可是,我们去看看人家的环境保护,漫不说遍地国家自然保护区,至少城乡大地是很难看到一只塑料袋的,哪怕是贫民窟,也很难看到。在这方面,它足以成为我们学习的榜样。在俄罗斯,无论大都市还是小城镇,高楼大厦不多,也没有严格意义上的高速公路和高铁,但举目是大树,举步是公园绿地,人与鸟类和谐共处,形同一家。在莫斯科红场附近的一家饭馆,我看见两位惊世美女将食品端上餐桌后,几只麻雀飞去掠食。麻雀视之如常,她们也待之如常。

古人说,鱼与熊掌不可兼得。当然,其微言大义另有所指,但我更愿鱼与熊掌兼得,这个鱼与熊掌兼得,也就是我们说惯了的物质文明与精神文明共同发展。无论什么事,都是说起来容易做起来难,说一百句大话容易,做一件小事难,而我们总是说大话的人太多,做小事的人又太少。每每在大街上看到一辆辆豪华轿车扬扬得意驶过,我并不艳羡,只为人们的物质生活变得富裕而由衷高兴。然而,当我经常看到有人从这些豪华汽车里往外丢垃圾或吐痰时,我心中的愤怒和绝望,让我自己因为羞臊而无地自容。人们往往只关注德不配位的现象,却忽视了配不配享福共财的问题。

真的,这是一个问题。

苍天大地

一

也许，人都有舍近求远的毛病。说是毛病，可能带有贬义了，还是说成心理好一些。那么，我愿意及时修正我的表述：也许，人都有舍近求远的心理。

至少，近处的风景不算是风景。

我去过的地方算是比较多的。也确实，许多年来，一年中似乎有一半以上的时间都在外面漂着。但我在兰州定居已经超过二十年了，兰州著名的景观，如黄河北岸的白塔山只上过三四次，黄河南岸的皋兰山只上过两次，而这还都是有外地朋友来，点名要去游览的。当朋友提出这样的要求后，我的第一反应几乎都是：那儿有什么好玩儿的！但否决了这两个地方，也实在想不出就近有哪里可去。至于乘坐羊皮筏子在黄河上漂流，说实话，我一次也没有尝试过。仅有那么一次，我租好羊皮筏子，把朋友送上去，我在岸边等着，理由是我晕船。其实我不晕船，在大海里都不晕船，我只是觉得那实在没什么意思。而外地来的朋友，却在兰州的南北二山上，在羊皮筏子上，玩儿得非常尽兴。

舍近求远，好像不是我一个人的心理。第一次去黄山，我是在蚌埠下的火车，租了一辆黑车去黄山市区。车费八百元，那时我的月工资也就这么多吧。从黄山市区去黄山时,还是租车,天下着大雨,我与司机熟了,他问我从哪儿来,到这里干什么。我说了,他很是困惑,他说黄山有什么好玩儿的,还跑这么远的路,花这么大的代价。他从小生活在黄山脚下,拉过那么多客人去黄山,但他从来没有上过黄山,不就一座山嘛,有什么意思?后来,他补充说,等他钱挣多了,生活压力小了,也要去外地旅游。

所以人们把旅游戏称为:从我待烦了的地方,去你待烦了的地方看看。

虽是戏谑之语,也并非完全没有道理。我多次应邀给文旅相关机构讲课,我就跟听课的人讲,观光旅游的实质就是去自己没有去过的地方,看自己没有见过的风物。天底下没有绝对的风景,自己没有见过的,那就是风景。第一次见到大海的人,往往会激动得大喊大叫;而第一次见到大沙漠的人,同样也会兴奋失态。大海和大沙漠之间本身不存在谁优谁劣的问题,只与观光者的个体感受有关。至于更进一步的深度旅游、全域旅游之类,则更多取决于旅游者彼时彼刻的处境和心境。比如,你厌倦了滚滚红尘,那么,你也就不会在乎深山老林里缺这少那了;让你厌倦的有可能是所得所见太多,而你所追寻的,则有可能是暂时的如释重负。

不讲这些道理了,全媒体时代,只要打开手机,无数的"道理"就会以洪流般的阵势从四面八方向你汹涌而来,以至你都无法辨别究竟什么才是道理,究竟哪种道理才是道理,究竟该跟着哪种道理走。各种各样的道理让你无所适从,让你举步维艰,让你生不如死。道理让你在世界面前纯粹变成了瞎子、傻子。比如,究竟是饭后吃水果好还是饭前吃水果好?你所听到、看到的意见足以汇聚为一本厚厚的书,它们都出自名声震天的专家之口,你究竟该怎么办?

其实，遇到这种万分棘手的难题，完全不用感到棘手就是了：什么时候想吃水果，那就是吃水果的最佳时间；不喜欢吃水果就不吃，也没有什么要紧的。

当道理泛滥成灾以后，道理必然会走向它的反面；当所谓的知识对常识形成围剿之势时，我们还是选择与常识靠拢比较妥当一些。每个人的人生不过百年，可是，人类的历史却有数万年了。智者经常夸口说，人是善于学习的动物。这话本来是不错的，可还是狭隘了，哪种动物又不善于学习呢？狮子、老虎的捕食技巧从幼小玩耍时就开始了，那一招一式无不是在为将来做准备；食草动物也没闲着，学会走路就学会了逃跑隐藏。人学会基本生存技能所需要的时间远比动物所需要的时间要长。当然，也不能说人没有动物聪明，只能说人需要的生存技能比动物的更复杂。

也许，正因为人所遭遇的问题更多，人便需要明白更多的道理。因此，人群中的一部分人专门创造供人们现实生存所需的物质资料，一部分人则专门琢磨人活着的道理，而这些不从事物质创造的人，往往会跃升为人上人，用他们学到的道理去辖制那些为他们生产活命物资的人，所谓"劳心者治人，劳力者治于人"。这样一来，人老是感到不公平。在干活儿时，几乎没有人会计较自己贡献得比别人少；但在分配收入时，几乎人人都会觉得自己吃亏了，即便那些占了很大便宜的人，也会觉得自己是吃了亏的。这个时候，负责创造道理和讲道理的人便显得非常重要，但所有的道理都不会成为让所有人都一致认可并遵行的道理。

有些话说起来就这么拗口，就像有些道理讲起来拗口一样。

我第一次去北京是在一九八七年冬天。有关机构通知我前去参加培训,学习和讨论中外文化问题。授课导师清一色都是世界知名学者,对我来说,其中有些导师就是天上的星宿。培训期限为一个月,地点在香山。第一次去首都,又是膜拜活着的圣人,那个心情就不用多说了。从我供职的小镇出发,搭上跨省长途车,一路南下,越沟过涧,十七个小时后,终于抵达西安。本来路上六七个小时就够了,为什么耗费了这么长时间? 一是冬天有些山路积雪,车速起不来;二是路上发生多起车祸,无人处理,以至道路不畅。那时候,路上车辆并不多,但好几处堵塞的车排成队,长达十公里以上。班车是那种兰州装配的"驼铃"客车,三十八座,铁板座椅,没有暖气,四处漏风,双脚早已冻僵,感觉不出外界与自己有多大关系了。长途汽车站在玉祥门,下车我赶紧找公交车站,再到解放门火车站。排队买车票的人从售票大厅溢出来,在车站广场上也蔓延了一大片。还有更大的麻烦,车站售票员是按点下班的,刚排队到窗口,下班时间到了,或中午,或晚上,很准时;点儿一到,保准关闭窗口,一分一秒都不会耽搁。怎么办? 除非是结伴出行,留一人排队,别人去找饭吃,或去外面放一会儿风。最倒霉的还在后头。苦巴巴等了两个小时,售票窗口终于再度打开,带着让售票员能够明确感觉到的巴结语气,说买张到哪里哪里的车票,不料里面扔出来一句冰碴子话来:"卖完了。"不容你问第二句,另一句冰碴子话接口扔出来了:"下一个!"容不得你多一句话去理论,后面同样早已等得火烧火燎的买票人,会在第一时间把你轰到一边去。也有侥幸接上话茬儿的:"你下班时我就排到了窗口,既然没票了,怎么不早说?"里面依旧蹦出一句能够砸死人的冰碴子话:"我又没让你排队!"

这就是那时候的出行状况。耗费整整一天时间,终于上车了。上车的兴奋,立即驱散了买票不顺的沮丧。车厢挤满了人,站着的人比坐着的人多出老多,还好我是有座位的车票。大约都习惯了,谁也不讲究,有人打开车窗,冷风灌入车厢,也没人在意。此前,火车是坐过的,但第一次乘坐冬天的火车,把头尽量伸向窗外:苍天呀,大地呀,一抹抹从眼前掠过。想想十七个小时以后就可以看见伟大的首都了,那个高兴啊。坐了不到一个小时,我就把自己的座位让给了一个抱孩子的妇女;后半夜,那个妇女到郑州车站下车,我给提着行李送到站台,然后跑步上车。我的座位又被另一个和我年龄相仿的小伙子占了,本来无所谓,我看见他如此心安理得,便提醒他这是我的座位,但他居然有跟我动手的意思,我冷着脸说:"起来!"他乖乖儿起来了。

过了一会儿,车厢上来一位抱孩子的妇女,我又把座位让给这对母子了。我和那个被我喊起来的小伙儿,面对面站在过道上,还互相让烟抽。我俩一直站到保定,下车人多了,我有了座位,他也有了座位。那个晚上,坐着的、站着的乘客,几乎都在打瞌睡,可我一点儿睡意都没有,两眼一动不动望着窗外。到了站点,车停与不停,借着灯光,都能看到站牌,光亮之外是比黑夜还黑的夜幕。我根据自己所掌握的地理知识,凭借想象,复原每一站应该有的山川风物。我知道,实际的情形未必是我想象的样子,但我觉得,所经之地应该就是我想象的样子。那一晚,我完成了对途经的几个省的个人想象。

终于到北京了。出了站,举目一望,华灯满街,已是晚上。我这才醒悟到:这是北京。中学地理学过的时区概念一下子涌上心头,我在第一时间计算出两地相差五十分钟。北京的天早黑五十分钟,也等于天早亮五十分钟。经度的跨度好大呀!在上小学时,我就知道我大中华的版图大,有了实际感受,顿觉版图还是大了好,太阳都要走很长时间才可走出国境。但也因天黑得早,下了火车直奔香山的计划落空了。对北京完全没有概念，对夜晚的北京更是失去了方向感。这时，有一个不算年轻的女人上前揽客，说是住宿条件有多好，明天还可以负责把人送到公交站，等等。有几个一同出站的人跟上她走了，我没处去，也跟上走。我向来的信条是天下无坏人，再说了，咱有什么呀？劫财，没有；劫色，也没有。一辆面包车，塞了十几个人，也不知道去了哪里，半个小时后，在一座庄院前停下，感觉是农村。四个人一间屋子，倒头便睡。天亮后，才发现真是农村，周围都是农田，夏天收割后的麦茬还在。店主还真是说话算数，把我们几个人用面包车送到了金台路公交站。金台路我是知道的，办公室常年订阅的一份大牌报纸的出版地址就在这里。上了车，一路到动物园；再转车，又到了香山四季青。大体辨别一下方向，朝一片松林摸索前进，十五分钟后，我找到了那家古老的别墅。

我此行还有一个任务：一同办公的女同事，托我给婆家捎带了一支疫苗。说是当时流行什么病，北京买不到这种药。按照她教的方法，我先给她的婆家写一封信，交代我住在哪里，约好时间，人家来取。担心药物损坏，住下后，我第一时间把信发了出去，约好第三天中午十二点见面。到了第三天中午，眼看就要到下午上课时间了，一位老人姗姗来迟。我正着急，说话可能也有些着急。老人已经疲惫不堪，他说他急着拿药，上午十点就到了，一直找到现在。我说这地方很好找呀，老人说，我没有来过香山啊。我愣了一下，随口说，您不是老北京吗？老人说，老北京倒不假，祖祖辈辈都在北京，可是我没有来过香山啊。当时，我心里有点儿不高兴：来迟了也就罢了，我又没说你啥；您是长辈，又是首都人，实在没有必要骗我这个乡下小子啊！您在北京生活了七十多年，我不信您没有到过香山。我在少年时期离开故乡前，那么大的村庄，山川原野，每一个隐秘的角落都去过,山坡上哪里有一只牛蹄印我都知道,所有的花花草草我都叫得上名字,环绕村庄的马莲河,哪段河水有多深,河底是青石底还是沙石底,我都了然于胸。

由此,我长了一个天大的见识:七十多岁的老北京,居然没有来过香山。下课后,有了闲心思,才觉出自己真是少见多怪。爱人自小在崆峒山下长大,第一次去她家,闲着没事,我想让她带着一同上山去玩儿。谁知她从来没有上过崆峒山,还是由我带着圆了上山的梦。此后,随着交游范围扩大才知道,大城市的人,从来没有坐过火车飞机,从来没有出过城的,比比皆是。反倒是我这种乡下人,以后又在偏远地方谋生的人,经常周游四方。大城市都是资源集中地区,不用出城便可以满足一切生活和工作所需,优越感便也由此滋生了。反过来说,优越感何尝不是另一种局限呢?不见天地之广阔,不知众庶之泱泱。一个大城市的人对山区牧羊人自然是满满的优越感,他以爆棚的优越感,乜斜了眼睛说:"什么?你没有吃过西餐,不会吧?这怎么可能呢?这也太夸张了吧。"

牧羊人也不觉得害臊,也没有生出自卑感,他信口吹了一串口哨,羊咩咩叫着,像幼儿园的小朋友听到老师的召唤,咿咿呀呀围拢过来。他对那个还沉浸在优越感中的大城市人说,先生,你看看,哪些是公羊,哪些是母羊?那人瞪大眼珠子看了半天。事实是他认不出来,但内心的优越感还在熊熊燃烧,他当然不愿露怯,不愿在乡下人面前显示无知,哪怕任何一种微小的无知。他说,我当然分得清公母了,可是,那是你们这些人需要做的事情,我只管吃羊肉就是了。牧羊人看穿了大城市人的无知,但整天与不可测的风云变幻打交道,人必须对一切已知的和未知的事物保持敬畏,对天对地对人对事必须厚道,因此他说,我当然知道先生用不着知道这些,可是,公羊和母羊的肉是不一样的,质地不一样,口感更不一样。大城市的人,不仅带有先天的不知从哪儿来的优越感,支持优越感的,还有把自己不懂的东西,都说成是不感兴趣,没有必要懂;而只要谁懂得他们不懂的东西,都会被他们一概视为正如一个老爷不需要知道哪道菜是怎样烧制的一样,因为他认为这些事都是下人操心的。牧羊人看清了这人的无知、虚伪,再没有兴趣与他周旋下去,就直话直说了。他说,分不清羊的公母,其实就像分不清男女一样。傻子虽傻,还是可以分得清男女的;连男女都分不清,当傻子都不合格。

那个还在被优越感燃烧的人,恍然一惊:却原来,在这个牧羊人眼里,我还不如一个傻子!

二

大千世界,万象丛生,一个再有见识的人,所知其实都是有限的那么一点儿,极其有限的那么一点儿,哪怕自称,或被称为上知天文下通地理、三教九流无所不知无所不晓的"知道分子",仍然只是知道极其有限的那么一点儿。孔子是圣人,他自己都承认,种地不如老农,种菜不如老圃。一个顽童问他关于一早一晚太阳离人远近的问题,他也只好承认自己不知道。智高而近妖的诸葛亮,征战一生,仍然败多胜少。无知、不知是常态;知道是碰巧;全知,那是无知时的意淫。真正的知道,就是知道自己不知道,勇敢地承认自己不知道,"知之为知之,不知为不知,是知也"。以自己所知那一点,去凌虐他人正好不知道的那一点,后果一定是反而被自己众多的不知道所凌虐。

出来混是要还的。

索性实话实说吧:对他人所有的优越感,都是出于一种傲慢和偏见，其引发的直接后果，就是别人反怼回来的傲慢与偏见。更有甚者，当你在饭店吃饭时，觉得自己是上帝，又不具备上帝的胸怀和修为，单方面行使上帝的权利，又单方面取消上帝理应承担的义务和包容天下的心胸，对服务人员颐指气使，动不动大发上帝脾气。你看见服务人员低头敛眉，大气都不敢喘，你觉得你威风了，可是，你知道你吃进嘴里的饭菜，有可能混杂着什么吗？这个世界上究竟谁的权力最大？几乎谁都会说，古代当然是皇帝权力最大了，可是，你别忘了"天子一怒流血千里，匹夫一怒血溅三尺"的典故。掉书袋拽文没意思，装×装得好，就是好×；装得不好，千万别装。父老乡亲们大多一个字不识，也就不会掉书袋拽文装×，说话直指人的心口，他们说，谁最能？你爹的那撮精子最能，你妈的子宫最能，没有他们那两样东西，谁给咱能一能看看。

　　这话听起来粗俗，其实原话比这粗俗多了。我内心有一个打死都不愿改变的信念，希望读到这篇文字的人都是雅人君子，那么，行文时也有意让自己雅一些。尽管雅起来很装，很累，可为了雅人，还得雅那么一会儿。父老乡亲那样说话，只是遇到那些被优越感燃烧得不知天高地厚者时怼人的话。既然是怼人，老话又说了，骂人无好口，打人无好手。或不想骂人，或不敢骂人，被人骂时，就装哑巴，赔笑脸，为的是少挨几句骂；一旦开骂，还再装什么君子雅人，那无异于既想什么还想什么了。打人也一样，打不过人家，没胆儿，或是真正的良善君子，被人打时，像什么经上说的，他打你的左脸，你把右脸也贴上去让他打，或像阿Q那样，心里默念着儿子打老子。有了这些容天括地的胸怀，挨几下打又算得了什么？假如没有这种雅量和挨打的好身体，或者明知打不过你，但老子偏偏怀有一种亮剑精神。打赢了，是老子的本事和运气；打输了，老子也认。既然开打，就不要学宋襄公那种被伟大领袖噱之为"蠢猪式的仁义道德"了。真理在哪里？就在对手倒下的地方，或者，就在自己倒下的地方。

千万不要认为我在宣扬什么丛林法则，只要有丛林，就会有丛林法则；没有法则，丛林也许会消失得白茫茫大地一片真干净。有空儿去动物园看看吧，当狮子虎狼被关进笼子后，有人精心伺候着，定时喂食给水，定期带它们体检，帮助它们交配，个个儿大爷似的，但你看看，它们哪个是高兴的，哪个还有雄风凛凛的精神头儿。过去被它们掠食的那些畜生们，与它们比邻而居，与它们享受着同样的待遇，生存无忧，草料不缺，但你看看它们那一个个无精打采的孬样儿。丛林法则不是什么理想的法则，但毕竟有法则，最惨的是，生活在没有法则的丛林里。

一个人是否在健康成长，是否已经长大，是否成长为一个拥有强壮体魄健康心灵的人，衡量的指标当然很多。而且，这些指标大多语焉不详，很容易堕入公说公有理、婆说婆有理的怪圈中。为一个问题吵一辈子架，非但吵不清楚，而且会越吵越糊涂。注意了，我没说"仁者见仁，智者见智"之类的话，只要够得上仁者智者，即便意见相左，或说错话做错事，那也是仁者智者的层次。公或婆，那就不一定了，清官难断家务事，为什么呢？公说未必就公，至于婆之说，往往早上升起了月亮晚上出来的是太阳，没个准儿。在无数的衡量指标里，我试举一例，那就是会不会动辄给人下跪。下跪的方式各种各样，我们只看见了当面下跪的人，而隔山下跪的人，往往不被人注意。比如在说起古代时那"啊，古代风俗淳厚，人人都是道德君子，夜不闭户道不拾遗"等等之类的昏话、假话。几千年的人类文明史，非要展开选择性描述，历朝历代，每日每时，挑出那么一些鲜亮人做出的敞亮事儿，一点儿都不费事，反之也一样。这就好比一口做饭锅，亮出里面,大都是干净明亮的;露出锅底,如果不是黑的,只能说明这家人从未开伙,或者断炊了。

昏话、假话往往很文雅、很中听,说者华词丽语,听者如沐春风,但这是罂粟,一旦迷上,那真是被迷倒了就再也做不得人了。所以,在我看来,昏话、假话还不如荤话。荤话当然不是什么好话,说者,稍有教养的人,难以启齿;听者,稍顾及脸面的人,如坐针毡。可是,坏在明处,说者明明白白在说坏话,听者清清楚楚在听坏话,说完就完,听了就了,没有什么后遗症。"雅俗共赏"成为人们的一个口头语,人们常常误以为这是一个寻常标准:俗而无伤大雅,雅而不酸文假醋,这就是雅俗共赏了。其实远不是这样,雅俗共赏是艺术的最高境界,也是日常人生的最高境界。上得厅堂,下得厨房,公众场合风度翩翩,私密之地吃喝拉撒。没有单一的社会,更无单一的人生,遁入空门也做不到遗世独立。且不说"翩翩一只云中鹤,飞来飞去宰相家"的那些走终南捷径的假隐士,就是那些典范意义上的隐士,不也是"一年三百六十斋,一日不斋事如麻"吗?是不是可以说,一年三百六十日积攒的俗事,都堆到剩下的那几天了?这不还是有"事"在嘛。

听到一个相声段子对雅俗的理解:大雅雅到俗,大俗俗到雅。听起来拗口,想起来道理挺顺畅:雅到下里巴人沉浸于阳春白雪,俗到"旧时王谢堂前燕,飞入寻常百姓家"。

三

人一直无法安妥自己。这几年,有时想调节一下心情,抽空儿写写毛笔字。我向来把自己用毛笔写的大字叫毛笔字,拒绝叫书法,即使有朋友说是书法,我也得强调是毛笔字。毛笔字名副其实,用毛笔写的字嘛。有些朋友说这是自谦。不是自谦啊，我知道自己几斤几两，还不够资格自谦。也不是矫情啊，当一个人需要矫情时，可能是有更重要的图谋。我只是抽空写毛笔字而已。体面点儿或拔高点儿说，毛笔字是传统文化，想想古代多少华章美篇，都是先贤们用毛笔字一笔一画写出来的，仅凭借诵读，是无法做到对古人心领神会的，而在用同样的工具书写时，似乎才可体会到古人遣词造句、抒情摩景时的心境，进而以此培养和强化自己与古文化之间的血肉联系。再者，当书法成为一个行当时，真正热爱书法的人，一定要与书法家保持足够的距离，免得自己在不知不觉间堕落为一个书法匠人，或卖字商贩。还有，我坚持强调自己写的是毛笔字而非书法，还有一个"卑劣"的考量：我写的不是书法，那么便不用接受当下书法行当的羁绊，写不写或写得好坏，都是我个人的事情，别拿你们那一套给我戴紧箍咒。

我曾经把一些游戏规则比喻为磨坊，石磨是人们在这个规则下要做的事情，人就是那头拉磨的驴子。如果不参与这个游戏，那就是一个局外人，或者自由人；如果一定要参与这个游戏，那就必须按照规则进行。问题在于，我们一方面在拼命挤入游戏中，一方面又抱怨这种游戏累人、耗人、折腾人。就像有些人一心想当官，其实，在产生这个念头时，他们自己也知道其中的种种好处和种种坏处，需要自审的只是其中的好处容易接受，其中的坏处能不能接受，能在多大程度上接受。人的误区恰好在这里，当一个人选择一种生活方式时，他往往只看到了好处，对显而易见的坏处视而不见；或者，总以为自己是一个例外，好处如黄河之水滔滔不绝，坏处是那空中浮云，不足以遮挡头顶的阳光，一阵微风吹过，便是好一派艳阳天。对未来期许过高，则容易失望；对坏处预估不足，风险来临时则自怨自艾，进退失据。我经常会遇到这样的人，按照他们个人的能力所得，业已得到的早已超过了自己的能力所得，他们心里从无满足感，给自己的人生从不设置上限。他们就犹如住在一个没有墙壁和屋顶的屋子里，把天空和大地当成了自家的宅院，无论得到了多少，看到的都是空旷。我曾挖苦这些人，说他们如同一个个性亢奋者，心心念念的只有三个短促而急切的词汇：要，我要，我还要！本是爱意绵绵的呼唤，在他们那里，蜕变成风雨之夜猫儿歇斯底里的叫春。处于这种生命状态下的人，他们自己永远得不到幸福，而他人只能感觉到头皮发麻。

自我开始练习毛笔字以来，不断有求字者，除了特殊用途，比如牌匾什么的，许多人是不限定内容的，都说"你写什么都行"。有些人却是有要求的，大多集中在一些辉煌千年，但已被人百次千番用得俗滥无比的古人名言名句，比如"上善若水""厚德载物""淡泊明志""无欲则刚"等等。而提出这种要求的人，几乎无一例外，他们的日常行为方式与这些话语所倡导的主旨相反。正所谓求善者并不见得善，言德者德行有亏，要淡泊明志者满脑子功名利禄，倡言无欲者的欲望如洪水四溢。而这也正好为我拒写提供了由头，我推说这些字恰好没有好好练过；如果对方改口，让我想写什么都行，我推辞的理由更充分：除了你想要的这些字，别的内容都配不上你的志向，等我练好了，再给你写。

人的另一个误区，大约就是在"应该"二字上犯迷糊。经常会有人振振有词地说，什么什么是自己应该得到的。这一"应该"就没有边际了。得到这个"应该"以后，还有另一个"应该"在前面等着，"应该"复"应该"，"应该"无休止，终朝只恨聚无多，直到咽气时，还在想着我"应该"长命百岁万寿无疆呀，终落得个得到无尽多，遗恨般般有。遇到这样的人，我觉得有些还并非冥顽不化，只是自己把自己拴在磨坊里一时出不来。有时我还有兴趣做些探讨。我问:"什么是'应该'?什么又是你应该得到的?你来到这个世界上带着什么,你离开这个世界时又能带走什么?你应不应该君临天下?完全应该,因为'王侯将相宁有种乎'。你应不应该富甲天下?完全应该,因为'财富者,天下人之财富也'。可是,你自我考量过没有,凭什么实现这些的是别人不是你?要拥有这些,需要同时具备哪些条件?不谈条件只谈结果,只谈应该而回避不应该,不过就是意淫,甚或是耍流氓。"

二十多岁时我骑自行车去旅行,有一天黄昏,大风突起,别说骑车前行了,就是推车走,一不留神,也会被大风刮进戈壁滩。挣扎到一个养羊场,晚上遇到一位半生行走江湖的高人。早年他曾是一所著名高校的文科讲师,受到迫害后,他出走江湖。几十年来,他去过中国所有的县城,他的行旅资费,就是把甲地土特产捎带到乙地出售所得,周而复始,生计无虞。他给我讲过一个古老的故事,他说,先前北方有一个人研究麻衣相法,怎么看自己都是九五之尊。可是,二十、三十、四十岁都没应验,到了五十岁仍无动静,他一千个一万个不服气。听说南方有一个算卦高手,他一路打听过去。果然,他看见一个算卦摊前有许多人在排队,他就跟在后面排。轮到他了,卦师看都没看他一眼,顺手递给他一张纸条。他明白遇到高手了,躲到无人处,展开纸条一看,上面写了四行字:生在南方,帝王之相;生在北方,和我一样。哦,他顿悟了:面相是死的,而人的命运是与自己的生存环境息息相关的。

一个"应该",误了半生,好在,日落西山时,终于明白了太阳是从东边升起的。

在肯尼亚这一在漫长时期做过西方殖民地的国家,现代与原始、富裕与贫穷并存,人们的受教育程度、人生理念等等都有着巨大的差异,乃至云壤之别、古今之别。他们的大城市,比如蒙巴萨和内罗毕,我都分别住过几天,但也只是看了看街面,连走马观花都谈不上,更没有条件去深入社区什么的。仅从街面看到的,也可知这是一个古老与现代、繁华商业街与贫民窟并存的社会。马赛人的社区倒是去过,据长时间在当地生活的国人说,马赛人衡量人们的财富,不看手头有多少钱,而是看有多少土地或多少头牛。从我们可以直观的部分看,他们每个人的生活并无差距,酋长和部众住着同样的屋子,过着同样的生活。他们居住的房屋,从建筑材料到修造水平,连我国乡村在田间地头临时搭建的棚屋都达不到,屋内陈设实在可以用"一贫如洗"来形容了。日常饮食更是简单到不能再简单,粗糙到不能再粗糙了。但人们都很快乐,是那种天然天真不加任何修饰的快乐,我甚至都想用《论语》里的几句话来描述他们的人生状态:"一箪食,一瓢饮,居陋巷,人不堪其忧,回也不改其乐。"

这段话的开头和结尾都有一句完全相同的感叹句:"贤哉,回也!"孔夫子为什么要连续用两个感叹句夸赞自己的学生?大约是颜回有条件把自己的生活水平提高一些,但他安贫乐道,把心思都用在了砥砺志节、进益学问上。我不愿意给马赛人用这个感叹句,一则那是我们的圣人用来夸赞自己得意门生的;二则颜回这样做是有意为之,贤人之贤在于有所为有所不为,吃苦在前享受在后,地狱不空誓不成佛,知其不可为而为之;其三也是最关键的,马赛人的这种生活理念是与生俱来的,并非有意为之,这与克勤克俭之类的讲究不搭界。

我要说的是,生活条件之优劣并无具体标准,至少没有恒定的一刀切的标准。自己觉得好,那就是真的好。住在大观园里的人,终日锦衣玉食,但没有几个是真正快乐的。而《瓦尔登湖》里,一草一木都让人怦然心动。快乐来自本身，不假外求，物质带来的快乐永远是有限的、短暂的。老话说得好，"穷欢乐，富忧愁"，虽有点儿阿Q，却并非完全没有道理。物质的充裕，应有尽有，几乎是一个伪命题。如果欲望无限，拥有金山银山也会觉得物质短缺。如果给自己欲望的上限设定为一饭之饱、一衣之暖、一屋之居，那么，此外的任何所得，哪怕一星半点儿，都会生出满满的获得感。在许多时候，人的烦恼不过是自取其辱，没有那么大的能力却渴望得到超过能力的东西，没有那么好的运气却幻想天降福瑞，于是，当所求与所得失衡之时，烦恼必然也会快马杀到。

四

定居兰州二十多年，我时常出外，也经常会遇到别人提出令人哭笑不得的问题。比较常见的问题是：你们兰州人是不是骑着骆驼上班？按说，兰州是中国大陆版图的几何中心，并不算偏远。自秦汉以来，这里一直都是大中华西北重镇，当下也是一个版图大省的省会，在人们的心中何以"沦落"至此？而发问者，还并非"引车卖浆者流"。我个人才疏学浅，但因工作关系，交往圈子大多是作家、教授，都算是见多识广、"秀才不出门，便知天下事"的人物。起初，因为我在业内资历浅，也抱着与人为善的初衷，会给人耐心解释兰州的生活状况。人们半信半疑，但从神色中可以看出，他们是以格外的宽厚，暂时满足了我的一点小小的虚荣心。看破不说破，此乃君子之风啊。我不相信，在当下信息泛滥的时代，居然还有如此无知的人，而且还是教授、博士之流。真不是吹牛，我在读完初中时，对全国乃至全球的概况，已经略知梗概了；哪里有什么大山大河，哪里主要有什么物产等等之类，都略知一二。而我受的是什么基础教育呢？在整个小学期间，只有一位老师是师范毕业的，其他都是民办教师；就读的初中，连图书馆阅览室都没有。更重要的是在那个荒诞年代，几乎所有人们喜闻乐见的书籍，都有着这样那样的问题，与禁书差不了多少。全社会都在以读书人为敌，哪里会受到什么正常教育？

无论如何禁锢，"夜半桥边呼孺子，人间犹有未烧书"，人们在夹缝中求生存，在荒寒中盼温暖。有人问，什么饭最香？答曰，饥饭最香。一本缺页的旧书、一张废报纸，都可让人废寝忘食，一遍遍读，恨不能把每个字连同标点符号都吞咽下肚。在少年成长期，没有变成失学少年，没有变成文盲，以年龄而言，正好接续了那辆缓缓驶来的马车。后来，在这个圈子混得有些资历了，主要是有把年纪了，见的人多了，也把那种先前对每个人都当成高山而仰止的轿帘儿揭起来了。也就那样吧，真的也就那样吧。这种评价很得罪人，但实话实说，真的也就那样吧。

每个时代聪明人都很多，这个时代聪明人尤其多。他们会适时适地，在第一时间准确无误发现制度的漏洞，合理合法合情地谋划以实现自己的利益。这个社会能给的实利，他们照单全收；这个社会能给的虚名，他们绝不会漏掉一样。以至于，有的人为印制名片上的头衔而大伤脑筋，因为普遍使用的名片尺寸根本无法满足需要，他要是把所有头衔都印在名片上，估计需要一张 A4 纸的正反面。每一顶帽子下面，都是名啊，都是利啊，都是真金白银啊，至于帽子本身应该代表的东西，那不是你要问的。真要有人问，客气点儿的给你稍作常识普及；不客气的呢，一句话就可怼晕你："这个你不懂！"

终于，有一次在外地开会，午餐时，一位在大城市名牌大学工作的女教授，听说我是兰州来的，她以那种平易近人、与民同乐的口吻问，你们是不是都骑骆驼上班呀？我说，不能骑骆驼了。她问，那骑什么呀？我说，骑猪。她的好奇心一下冲上了天灵盖，她说，猪也能骑啊，骑骆驼多好玩呀。我说，骆驼体量大，会造成交通拥堵，骑猪不会。让我万分沮丧的是，她竟然当真了，说他们那里，上班都是开车或坐地铁。一个不懂得满足别人虚荣心的哥们儿，当场揭穿了我的阴谋，说是兰州的交通有多拥堵，也有地铁什么的。那位女教授似乎才反应过来，又问我兰州的骆驼问题，我只好实话实说。我在兰州几十年，从未见过骆驼，以前，哪怕是万恶的旧社会，也没听说过兰州有人骑骆驼上班。别说兰州这种省会城市了，我去过西北的小县城、小镇都数不清了，也没见过谁骑着骆驼出行。包括草原上，牧民骑马的人都很少，他们一般开越野车放牧，顶不济也是骑摩托车。所有的沙漠戈壁，每个居民点都有硬化路面相通，什么样的车辆都可自由奔驰，不用担心堵车。只有一些旅游景点有骆驼，那是为了让没有见过世面的大城市人骑着玩儿的。

也许是带着某种情绪，多年来被无端歧视的情绪，这一会儿，借天打雷，一口气说了很多。不过，女教授的修养比我好多了，她并没有感觉难堪，相反，她让我找机会邀请她去大西北走走。我愉快地答应了。她说，她从小生长在城市，又在同一城市上学工作，很少有出城的机会。

是啊，人世间从来都是公平的，我说的是总体上是公平的。有的人前半生艰难，后半生顺遂；有的人正相反，一落地就是宝贝，小宝贝、大宝贝，但没有人会把你一宠到底，该到独立自主了，"落日无边江不尽，此身此日更须忙"。许多网文在哀叹，一些人宁愿面对自己完全陌生的人和事，大把捐出自己的血汗钱，而对亲友或熟人的灾难无动于衷，然后贬斥这些人冷漠无人性。其实，不用多想就会明白，他熟悉亲友、熟人的过往，他们曾经的种种劣迹让他不能忘怀，他也知道导致他们当下困苦的原因。他们恰好不是冷漠无人性，相反，他们对人生怀有热情和希望，他们人性的旗帜还在高高飘扬，他们愿意为社会、为他人付出自己的爱心，但他们只愿意把爱心献给好人。问题在于，远方不熟悉的人也未必是好人，因为不知道其坏，便权当他们是好的，而自己因为献出了爱心，内心也由此得到了某种慰藉。

一个因为吃喝嫖赌败光家业，然后老无所依的人；一个曾经抛妻弃子，自己又被人抛弃，然后流落街头的人；一个曾经祸害四邻，又因为某种横祸而无家可归的人，等等吧，对此，一个不知道他们的过往历史而生出同情心的人，肯定是好人。在好人眼里，眼前的这个人就是一个概念意义上的人、一个身处困境的人，他们同情的是一个概念上的人，是一个需要救助的弱者。因为个人史的缺席，这里不需要好人坏人的区分，不用展开是非判断和道德判断，不需要对救助对象做出判断，要做的仅仅是对自己的判断：自己还有没有同情心，乃至自己还是不是人。也因此，自己救助了需要救助的人，自己就是好人，是一个人；反之，就会让自己沦落为一个德行欠缺者。

换一个角度，当你明知道眼前的这个人是一个什么样的人或曾经是一个什么样的人，而仍然像一个陌生人对待另一个处于困境的陌生人那样，毫不犹豫地伸出援手，站在圣人的立场上，站在道德家的角度时，不用说，这仍然是做人的本分，是应该，算得上一个以德报怨的道德君子。可是啊，圣人永远都是稀缺资源，永远都处在极端濒危状态。先前不是说，五百年才有可能诞生一个圣人嘛。你当下的这种行为，即便是口头道德家，也会夸赞你做得对。口头道德家无论在哪个时代、哪种场合，都是应有尽有，甚至比苍蝇蚊子还多。至少，在冬天，苍蝇蚊子是绝灭了的，而口头道德家是一种不避冷暖的物种。在最寒冷的时候，他们说着最温暖的话，但他们连一支火柴的温暖都不会送给你；在最脏乱差的地方，他们说着最干净的话，但他们连弯腰捡起一片废纸的善事都不会做。即便是真的道德家，不是口头道德家，也不是伪道德家，对这种以德报怨的行为，也会顺手给你戴上几顶华丽的道德帽子。

遗憾的是，泱泱人群中行走着占人口最大比重的芸芸众生，他们和道德家们不一样，吃饱了就是吃饱了，不用饿着肚子打饱嗝儿装给人看；爱就是爱，恨就是恨，爱恨一览无余。小时候，邻村有个老太太整天坐在沟畔号哭，声震黄天，泪彻黄土，有时在大白天，有时在深夜。那种高亢凄婉的哭声，远近几个村庄的人都可听见，但从无一人去解劝。在平时，无论谁家闹纠纷，妇女别说在野地哭号，哪怕关起门来哭泣，邻居都会去好言劝说。村中有名望的老人还会主动"管闲事"，该劝的劝，该骂的骂；对有些不听劝告、不孝敬老人、不好好过日子的人，甚至还给予体罚。那个妇女的哭号持续了大半年，让我这个懵懂顽童的心里都生出一片茅草一样的瞽乱。后来，在大人的风言风语中，才略略知道一些缘故：这个女人是那家的续弦，对前房的一个儿子她百般虐待不说，还用剪刀剪掉了那个小男孩的生殖器。据说，在动剪刀时，那个男孩哀求说："妈妈，你剪去半截，给我留一点，我还要尿尿。"那个男孩由此丧命。后来，这个妇女只生了一个女儿，没有儿子；女儿长大后招赘女婿。这个女婿是一个恶徒，不给丈母娘吃饭，还经常打骂她。每每她遭到女婿虐待后，本家以及乡邻无人出面干涉，恶婿更是变本加厉、肆无忌惮。这个曾经的恶妇求告无门、孤苦无依，只能对着苍天大地号哭。不知她是在为自己曾经的恶行忏悔呢，还是在诅咒这吊诡的命运。总之你哭，尽管哭，反正无人搭理。大约半年后,这个女人跳崖丧命了。

人说榜样的力量是无穷的。是的,有时候榜样的力量确实是无穷的,那些古今贤达的言行影响了多少人?但有时候,榜样的力量却是有限的,尤其在面对人性的弱点时,榜样几乎是无力的。邻村那个恶妇的遭遇,也曾让一些心怀恶念的人,在一段时间内,眼中泫然,心下惕然。可是,太阳送走了黑夜,黑夜同样可以淹没太阳;风吹走了乌云,乌云同样也是被风吹来的。恶妇自裁后,村庄少了那惊天动地的哭声,各家各户又开始了日常的鸡飞狗跳,不是婆婆虐待儿媳,就是终于熬成婆婆的儿媳向曾经虐待过自己的婆婆发起以牙还牙的复仇。什么举头三尺的神明,什么皇皇在上的道德律令,哪里比得上半点儿眼下复仇的快意!每个村庄都是有榜样的,好的榜样教人学好,坏的榜样导人以恶。而更多的其实是不以榜样为榜样,我行我素:做好事不是学来的,做坏事也不是跟谁学的。草木中有天生的毒草,人群中也免不了有天生的坏种。我们太强调环境对人的影响了,事实上这是一种暗度陈仓式的免责。父母生出了坏孩子,老师教育出了坏学生,几乎在第一时间,大家都会异口同声地说,那都是受了社会的影响。那么,社会又是由谁组成的?如果不把社会当成一个空壳,社会就是由具体的人组成的。说是受社会影响,看似推卸了责任,实则坐实了社会上是有坏人的,而这个坏人的群体力量足够强大,足以把一个好孩子带坏了。

说到底,还是人性的固有弱点在明里暗里发挥着致命的作用。西方那个叫什么的哲学家说得好:人既不是天使,又不是禽兽。而天使是长着翅膀的。有翅膀的是什么?不是兽,那也是禽啊,"禽兽不如"这个词语里面是有着禽的。可见,人禽合体,才是天使;纯粹的禽样子,还够不上人;纯粹的人样子,也够不上天使。

五

还是回到前面的话题吧。

我第一次去北京，不是为了游玩，而是专门为了求知。对永恒真理的渴望，燃烧着我那颗年轻但已苍凉到苍老的心。我说的是那时候，那是一个高扬理想主义旗帜的时代：在大街上高声朗诵诗歌，在饭馆里讨论真理问题，非但不丢人，还是一种时尚，一种高贵的象征。我在香山的一个古老别墅里住了一个月，见到了梦中都不敢梦见、偶尔梦见了也不敢相信真的梦见了的人物。每天听他们讲课，每天与他们一起讨论，有时候还会发生激烈辩论。客观地说，双方之间的学问差距，还无法构成讨论辩论的平等原则，但讨论辩论的姿态是平等的，因为大家都相信真理面前人人平等。事实上，这是一种出于人道主义的情怀，是对处于弱势的一方的鼓励和安慰。想想怎么可能平等呢？受教育程度不在一个层次，阅历不在一个量级，乃至智商情商都存在明显的差距，求知与所知肯定是不一样的。在真理问题上，有孔圣人，有七十二贤人，有三千弟子，有广大庸众，这才是正常的。既然如此，有真理的发明者和总结者，有真理的传播者，有真理的接受者，也有终生游离于真理门槛之外者，这才是正常的人类群体组合。

当然，能够与一代顶尖学者一起平等讨论辩论问题，我不知道这些顶尖学者是什么感受，有无收获。反正对于我这种处于学习阶段、渴望成为后浪之一的人来说，那可是占了天大的便宜。后来，自己反思，我和其他学员当时提出的一些问题简直幼稚可笑，既无前提，亦无边界，就像不会打牌的人用小牌强吃大牌一样。可是，这些国际知名的学者大师,并不以此为忤,笑笑地在引经据典解释;最难看的脸色,也不过就是摇摇头苦笑,无奈地说:"原来还有这样的问题啊!"其实,这样不着边际的问题不仅学员有,导师也有。也许是未经严格学术训练的学员,把经过严格学术训练而近于刻板的导师的脑袋也搞乱了,就如同游击队员经常让正规军苦不堪言一样。那天下午,一位导师宣布,整个下午是自由讨论时间,讨论的主题为:社会上究竟是好人多还是坏人多? 讨论由开始优雅的陈述,演变为激烈的争执,会场剑拔弩张,几乎要嘴说不够老拳伺候了,很像电视上某些国家的议会。大家争相发言,往往都是先举一个自己经历的事件,由此证明世上好人多;或者相反,举一个自己经历的事件,证明世上坏人多。谁也说服不了谁。

诸位看官早已看穿了问题之所在:这个论题的设置,就是一个谁也说服不了谁的伪问题。举例者只要没有撒谎,他说的便是不可辩驳的事实;互相都是不可辩驳的事实,就无法进行论辩,也不需要论辩了。

问题不是出在学员,而是出在导师。作为一个问题,首先,应该设定原则,即满足什么样的条件才能构成好人和坏人。其次,要明确评价好人坏人的标准,是来自抽样还是普查。如果来自抽样,样本的空间有多大? 如果来自普查,面对全球几十亿人,技术问题是怎么解决的? 评判好人和坏人的标准,有无国际公认的通行原则?

辩论会不欢而散。几乎所有发言的人,都觉得自己的皇皇主张没有得到期待的支持;几乎所有的人,对此也都怅然若失,乃至恨恨不已。余生也晚,没有赶上打语录仗的年代,但在有些资料和经历过的人们的言谈中知道一些,知道打这种仗没有胜者,也没有败者,只要背诵的语录多,引用原文准确,就会是当然的胜利者,因为谁都不能给语录找问题。更关键的是，其他任何理由、论据构不成打仗的前提条件，因为前提早已设定了：语录是真理，是毋庸置疑和辩驳的绝对真理。有可能打败仗的只有一种情形：对语录不熟悉，当场无法背诵原文，或者引用原文错误。

我至今无法相信，一位名满天下的哲学教授，会给学员出这种无厘头的辩论题，但这却是真的，是我亲身参与的一场辩论会。当然，这只是一个小插曲。在长达一个月的培训班上，贯穿始终的主题是新儒家的理论。大家最感兴趣的是"王"还是"霸"的问题，进而延伸出"既王又霸，王霸一体，内王外圣，还是外王内圣，乃至既王又圣"这样的问题。接下来讨论的便是，自从儒家诞生以来，谁达到了其中的一种境界？谁达到了最高境界？这个问题没有定论，当然不会有定论。其实，没有定论就是定论，这样的讨论让人开阔了胸襟，放飞了思想；在这个问题上没有产生明显的成果，那一道道思想的种子，有可能在别的地方生根发芽。另外一个贯穿始终的论题则集中在：东方文明能否复兴？会在何地何时大放光明？就在那段时间的前后，季羡林先生提出了二十一世纪属于东方文明的观点。那时候距离二十一世纪只有十年多一点儿了，我们深受鼓舞，但却又忧心忡忡。改革开放已经十年，全国各个层面都发生了翻天覆地的变化，但与发达国家相比，无论在哪一方面，我们都有着不小的差距。而来自西方的各种思潮，大有一统天下之势，学者们言必西方，芸芸众生望西方之尘而五体投地。国人未必懂得季羡林先生的学问，但都知道他学贯中西，饱经世事，其言必有自，其论必有据。

就在那次培训班上，季羡林先生宣布他要写一部《糖史》，从糖的生产与贸易，探讨中印乃至中国与西方的文化交流史。多年以后，我知道这部著作出版了。不过，我至今还没有读过这本书。在那个培训练班上，还有一位大学者庞朴先生。他在讲完课后，说他马上要退休了，今后，他要用二十年的时间研究中国的字。他是研究《公孙龙子》的顶尖专家。他说，诸子百家的学问已经很成熟了，那么，诸子百家的学说不是一蹴而就的，不是天外来客，必然有一个发生学的过程，只有把这个过程搞清楚，才可真正懂得诸子百家，从而懂得中国文化。他说，中国文化是字思维，一个字往往就有一个自我圆满的意思在里边，只有从研究中国的字起步，才有望找到中国文化之根。此后，我时时在关注庞朴先生的研究动向，果然，大约二十年后，我在媒体上看到了他在这方面的研究成果介绍。不过，我仍然没有找来他的著作读一读。

其间，已经九十五岁高龄的梁漱溟先生答应给我们讲一次课。我们已将讲堂布置妥当，那晚却天气突变，下了大雪，因为担心先生的身体，早上的授课取消。但我得到了一张先生的钤印照片，至今完好保存。

在一个月的培训中，学术委员会做出决定，给学员放半天假，有两项活动，每人自选一项。一项是去某个特殊地方参观，一位导师有特殊关系，可以拿到通行证。另一项是去商务印书馆、中华书局、三联书店等出版机构的内部看看，也是通过某位导师的关系获得的特殊待遇。我选择了后者，选择后者的学员占到了全部学员的一半以上。这几个地方都是我神往已久的神圣殿堂，这些出版机构的书我买过不少，也读过不少。那天下午，阴霾满天，寒风刺骨，但我们个个儿喜气洋洋。一位广东来的学员，是一位老水手，常年奔波于海上江上，却醉心于传统文化。他从未到过北方，身裹两件棉大衣，仍然冻得瑟瑟发抖。他看见我只穿了一件薄薄的防寒服，一会儿就问我一次："你真的不冷吗？"我们每人都买了一大堆书，大体都是各类学术著作。夜幕下，我们像一个个获得优良装备的战士回到香山。

摩拳擦掌，信心爆棚，四个人一间屋。那间冰冷的巨石屋子，学术理想之火燃烧了整个前半夜。

然而，就在那个燕山雪花大如席之夜，我蜗居在那间古老的用巨石砌成的屋子里，突然萌生了写小说的念头。这个念头突如其来，又好像蓄谋已久，从此不可遏止，以至于今。至于文学这条路走得如何，那是另外一个话题，我要说的是，从那一晚开始，我修正了人生的走向。多年以后，有朋友说，你那时候如果坚持搞学术，以后会怎样怎样。也许是的，但我却从未这样设想过。依照流行的鸡汤文章的逻辑，就是人生命运如何如何。以我当年所处的实际精神状况而言，我放弃学术研究而改写小说，那是拯救了我，是我以文学的方式拯救了我。我本是修习历史专业，对史学一往情深，那几年又沉迷于西方哲学，一个个困惑排山倒海而来。我恰似一个举目无亲流落旷野的孩童，满目都是迷茫，满心都是歧路，在书中我完全找不到自己所需要的。全部都是自己需要的，等于全部不是自己需要的。对于每一个研究对象，稍作了解，就感觉完全不是设想的那回事儿，随手弃之。对过往，对当下，我有很多话要说，常常憋得人难受，但却不知道自己到底想要表达什么，既找不到表达的由头，也找不到表达的语言。好在，我在涉猎历史和哲学的同时，也在狼吞虎咽文学书籍。古典的、西方的、现代的，一本又一本，我敢吹牛，以当时的阅读量而言，一个专门从事文学研究的人未必有我涉猎那么广。这其中的区别在于，他们是专业读者，是有目的的阅读，而我毫无目的，阅读本身就是目的。有一天，我读到一部西方现代小说，忽然发现，用小说的形式表达自己对世界、对人生的看法，自由俏皮、可深可浅、可雅可俗，书卷文字、俚词俗语，乃至脏话、粗话、荤话、昏话、混账话，一锅烩入小说，好似东北的乱炖，选取食材广泛，操作起来自由，但却营养丰富，老少咸宜。

在此之前，我也发表过若干文学作品，有散文、杂文，也发表过论文；有涉及历史的，也有关注文学的；都是小打小闹，无心之作，随意为之。我的心思主要用在了三个方面。一是本职工作，那可是得之不易的饭碗啊；饭碗砸了，以我的生活能力，以那时社会的开放程度，饿死的概率超过八成。二是西方哲学，包括马列著作，那可真是认真读过不少的；我还大量地抄录过，仅《反杜林论》就抄了大半本笔记本，看见当年为学马列下的狠功夫，至今仍可感动自己。三是从头学习中国古典文学。以我的见识，身为中国人，培养中国人的精神底色，应从中国古代史和古典文学着手。中国古代史是我的老本行，那时候主攻隋唐史，我觉得现有的隋唐史著作都缺了点儿什么。到底缺什么？我一时说不清楚，总之我想把中国最辉煌的时代以自己的方式进行表述。有那点可怜的历史修行做底子，自学古典文学并不困难。我采取最笨的办法，边抄录边背诵，以抄录的方式背诵，在抄录诵读中体会古人的文中真意、弦外之音。而这一切，在那间燕山的大雪之夜，在那个冰冷的石屋中，发生了动摇。

我查阅过部分我敬仰为天人的导师的履历，也读过他们的部分著作，再经过现场授受，我忽然觉醒了。我的天资比导师们差远了，我所受的基础教育比导师们差远了，我对学问的态度比导师们差远了。尽管如此，在我看来，有些导师的学问也就那样吧。那么，在这条路上，我还能走多远？青灯黄卷一辈子，充其量只是在已经汗牛充栋的书库里挤进自己的几本书，而自己的那几本书，也许永远都不会有人翻开看看。学术真的是可以互相替代的，你研究的问题早有人下过竭泽而渔的功夫了，你说的话早有人说过了，你的所谓学术毫无价值。文学创作之路也很艰难，天底下从没有好干的事情，任何人在任何方面都不会轻易取得成果。好在文学创作是原创，彻底说来，我没有你写得好，但你也没有我写得差，大狗大声叫，小狗小声汪汪，互相都不可替代。我的创作水平可能会差一些，可只要我忠实于生活，忠实于自己的内心，忠实于自己手中的笔，总能给汗牛充栋的信息库里提供一些属于自己的独有的信息。

个人的任何改变，如果对后来产生了重大影响，人们以"迫切归因"的惯性思维，总会将其描述为一种处心积虑的谋划。比如，谁后来成为大恶棍，人们便立即回头去在他的成长道路上寻找作恶的证据，小时候偷桃钻狗洞的玩闹也会成为呈堂证供般的劣迹事实。如果在个人生活史上实在找不到什么足以令人信服的证据，那么，上追三代，遍查三亲六故，总能扒拉出一些"证据"。反之亦然，一个人后来成了什么了不得的人物，立即会有人证实，此人落地的第一声啼哭都异于常人，那就是"天将降大任于是人也"的预兆。诸如此类，常读历史人物传记，这个衡人论事的套路几乎是铁定的。《宋史》中所有的皇帝出生时几乎都天呈异象，就连被千古膜拜的《史记》也不能免俗。我们没有必要苛责古人，人类的认知水平是渐进的。昨天的神话，或许是今天的常识；而今天的常识，未必不是明天的笑话。无力证实鬼神是否存在并不是什么丢人的事情，处心积虑去装神弄鬼，非但丢人，而且是作恶。

回到现场吧，生活的现场，其实也是历史的现场、哲学的现场、一切一切的现场。历史从脚下诞生，哲学从脚下诞生，一切的一切都是从脚下诞生的。可以想象，古人在仰观天象、俯察地理时，映入眼帘的是什么，触动心扉的是什么，那就是我们当下所在的现场啊。

我至今怀念那个人人怀揣理想的年代。理想并无高下之分，有的人想多挣点儿钱,想住大一点儿的房子,想谋得一官半职,这都是人之常情,和农民想让自家土地多打一点儿粮食,工人想让自己的产品多赚一些利润没有什么本质区别。说到这里,也许立即会有时时手中备有一根道德大棒的人,朝天灵盖一棒砸下来,大喝道:"你这是鼓动人不择手段,为个人牟利!"对于这样的人,这一棒算是白挨了,因为无法与他们正常对话。我说这些话,也无论谁说这些话,都是有一个预设的前提的,那就是在有序社会中的有序行为。我在一篇文章中说过,习惯于抢起道德大棒打人的人,其自身最缺的就是道德。这种人不是蠢,而是坏。如果某人将蠢与坏集于一身,并在某个特定时代被授予某种合法的权利,那可就是一场不小的灾难。而蠢人一旦与坏人结盟,做的事可能比坏人做的还要坏,而蠢人和坏人只有在社会失范时才会得到施展其蠢与坏的机会。所以,在一个规范有序的群体中,那些具有真才实学、兢兢业业的人,一般都会得到重视和尊重,蠢人和坏人往往无用武之地。而蠢人和坏人要想得势,没有真才实学,又不愿兢兢业业,他们上升的渠道只有一条,那就是让群体失范。问题在于,身处一个规范有序的群体内,不便于施逞非法手段,怎么办?最有效的武器便是祭出道德大棒。没有道德感的人给道德君子上道德课时,真的会让道德君子自感道德上是有某种缺欠的。因为他们宣扬的只是道德理想,而非道德实践。任何人,哪怕是圣人,其任何道德实践行动都无法真正达到道德理想的完美程度。无道德感的人正是洞悉了道德本身所存在的道德困境,并以此为武器,先用道德理想从精神上摧毁道德实践者的道德自信,让他们真的觉出自己在道德上有所欠缺,然后再从肉体上施以惩罚。无道德感的人于是全面占领了道德高地,他们手中的道德大棒便战无不胜,无往而不利。而群体秩序失范,道德崩溃,再也难以收拾了。

　　这个世界上，无论何时何地，从来都不会缺少心怀家国使命，以天下为己任，甚至不惜舍身赴死的人。我们把这种人称为志士。而从来都不会有完美的志士，相反，凡是够得上志士的，恰恰在于他们的不完美。家国使命在身，往往难以承欢膝下、顾全父老；以天下为己任，往往需要以四海为家，桑梓乡情便会淡薄一些，不惜舍身赴死，"匈奴未灭何以家为"，个人生活连带家人的安全幸福，往往要退居其后。一个八面玲珑的人是做不了志士的，而他们的难以顾全之处，恰好是人们容易看得见的地方。这地方便成为他们的软肋，也成为他们的致命之处，也因此，导致志士蒙难的原因往往不是什么大风大浪，而是从阴沟里射出来的暗箭。这种暗箭都是被剧毒反复浸泡过的，而且放箭者精心挑选了埋伏地，击之必中，中者必死。一句不经意的话，在特定的语境中，并无什么明显的漏洞，时过境迁后，让有心人从特定的语境中剥离出来，就有可能成为一句大逆不道的言论；一件小事做得不够得体，在特定的状态下大可一笑置之，可是在另一个特定场合被有心人特意端出来做文章，就完全有可能做出一篇让人家破人亡的大文章来。

　　这些现象不用举例说明，因为例子太多，不胜枚举，所以不如不举。志士似乎从来都是供事后追悼的，他们以自己的身家性命和对世界全部的热情与忠诚所换来的幸福安乐，永远不属于他们，属于他们的也许只有一抔荒草萋萋的黄土和一座孤零零的冰冷的纪念碑。一个真正的理想主义者，活着是悲情人物，死后仍是悲情人物。当秦桧给宋高宗献上《贺瑞雪》，宋高宗决意要给秦桧敕建"一德格天"之阁时，等待岳飞的只能是在暗夜的牢狱里悄声吟诵《满江红》后被刽子手押上风波亭了。虽然秦桧一跪千年，头上脸上的唾沫堆积起来有九泉之深,但其生前却享尽了荣华富贵。岳飞则相反,屈死风波亭,尽享后世尊崇。首次在《宋史》中读到岳飞事迹时,我已经读过"二十四史"中大量的人物传记了。在我看来,从没有一个传主获得过像岳飞这样高的评价:从生到死,辉煌无限,了无瑕疵。我激动难抑,也绝非有意,仅读了一遍,再回头稍作温习,多年以后,我仍可复述其中的七八成内容。用当下著作权的概念衡量,这部史书出自一位官员之手,而且,岳飞的敌人与他的祖辈有着更近的文化渊源。是什么让一个异族政权对岳飞如此推崇呢?除了我们凭猜想就可想到的那些,比如安慰或者拉拢岳飞所代表的一种民族感情等,在我这个俗人看来,正应了"天下有公理,公道在人心"这句话。

究竟是要活着的荣华富贵,还是要死后的千年哀荣?无论是谁都会不假思索地说"都要"。且慢,只能选一种。不是因为吝啬刻薄,而是往往不可兼得。在必须选边站的前提下,人与人的分水岭便会拔地而起:真正的仁人志士一定会选择后者。明知道自己不能在树下乘凉,依然要顶风冒雨种树;明知道叫醒梦中人会挨打,还是要坚持把身在危楼的人拽出来。这便是我对理想主义者的理解。

六

人是要有理想的,但理想和理想主义似乎还有着不小的区别。区别究竟在哪里?我说不清楚。说不清楚,就不要再说了。我小时候的人生理想是:睡懒觉,看闲书。大约是初中吧,有一次班会的主题是让同学们谈自己的人生理想,班主任老师亲自指导点评。我们班绝大多数都是家在农村的同学,却没有一人表示要回家当农民,而那时候知识青年上山下乡运动还在如火如荼进行着。同学们的理想大多集中在当科学家、飞行员，当汽车司机、拖拉机手。回头一想，哪怕是一个那么不正常的年代，人们发自内心的追求其实还都是正常的。轮到我谈理想了，那时候我本来就很不起眼：班上年龄最小，个头儿不是最小，也是最小之一，衣服穿得最破，谁也不会把我当回事。我自己也不把自己当回事，我这种人还能有理想？我也配！我缩头缩脑站起来，畏缩着说，我的理想有两个：睡懒觉，看闲书。预料中的哄堂大笑，没有看别人的脸，但我知道，都是一脸的鄙夷。那会儿我不再畏缩了，心下倒坦然了一些，因为我说的是真话。老师没有嘲笑我，也没有批评我，当然也不会表扬我，他只是淡淡地说："你这理想倒是很特别的。"

那确实是我的理想，我从小身体弱，对生活也没有什么想法，更无什么爱好；没有兴趣，便提不起精神。以父老们的话说："这娃老是乏塌塌的。"农村孩子七八岁就要帮助家里干活儿了，我是让我干啥我干啥，没有指派不干活儿，眼里也看不见活儿。父亲曾经挖苦我："不拨不转，拨一下，转一下；有时候拨一下，只转半下。"在那个崇尚体力劳动的时代，我从小学到中学，只要涉及劳动，我哪怕竭尽全力，获得的还是差评。而劳动无所不在、无时不在。读小学时，放下书包就要开始劳动，每天往返学校两趟，全程陡峭山路，累计要奔跑四十里，但这决不能成为减少劳动的理由。到学校，每日正常的劳动，比如打扫卫生之类，是不算劳动的。在农忙季节，每周必有一两天，乃至一整周，都要集体去某个生产队帮助农民干活儿。说是帮助，实际上无异于添乱，但这是政治任务，谁都不能说什么。再说，于小学生而言，个个都是竭尽全力，完全算得上是在劳动。上了初中，义务劳动更是成为主业：在校的日常劳动，学校农场的劳动，下乡助农，一年中至少有一半时间都在体力劳动中度过。我去学校的路上必须涉水过马莲河,一次,我右脚大脚趾让河底的尖利石片几乎切断,白骨森森。我用河边的浮土按在伤口上,徒步二十里到学校,第二天,又徒步十几里到学校农场,连续劳动十几天。没有用一点儿药,也没有药,脚每天流着脓水,一群苍蝇围着我。我没有喊过疼,没有叫过苦,和同学们一起,一分钟的劳动都没有耽搁。不出意外,回来考评时,大家一致推荐我是最差人选。

那年,我十一岁。

到了初二,体力劳动仍然是主业,各种各样的劳动,而每次劳动考评,我都是最差。上高中,不考试,要推荐,劳动表现是最主要的推荐项,我怎么可能得到推荐呢?当然,我对此心中冰雪明白,我的劳动课表现是超过半数以上同学的,至少我的劳动态度是积极的,我真的是倾尽了洪荒之力;而许多同学只要有劳动就必然请假,很少出现在劳动现场。不参加劳动,劳动表现当然无所谓好坏了,而劳动课评比我总是全班最后一名。

失学回家,不满十二岁的年龄,在那样一个全凭卓越体力求生的地方,我不但成为生产队队长的眼中钉,家族父老、广大社员群众,包括我父亲,随时随地都在指责我。在农田里苦熬一天,听着大家的指责,回到家,几乎要累死了,还得下深沟挑水,还得上山打柴,还得在田野里捡猪草,还得喂猪喂鸡喂狗,最要命的是,还得接受父亲时时刻刻的指责呵斥。在这种重压之下,我的身体时时处在即将崩溃的状态,我的心灵也时时处在崩溃的边缘,天地间没有哪怕鸟窝那么大一点儿空间供我喘息。后来,我发现人们共同犯了一个致命的错误:都在按照一个完人的标准要求我。当下,人们戏称谁谁是别人家的孩子,就是说,在父母眼中,别人家的孩子有多优秀;还有一些父母时常拿别人家孩子的某种优长来对比自家孩子的某些短板。这似乎是中国父母的通病，一代代孩子深受其害。而在真正需要分辨是非时，体现出来的护犊子的勇气，又会让天地鬼神为之望风披靡。只是当今的人们认为，自己家和别人家孩子的差异主要集中在学习成绩方面，而我那时要面对的却是所有孩子的所有优长。比如，一群孩子共同去打柴，累死累活背着柴回到家，父亲并没有看见别人家的孩子打了多少柴，总会劈头盖脸来一句："打了那么一点儿柴，你看那谁谁打了多少！"其实，那谁谁打的柴并不比我多，或者，那人今天根本就没有去打柴。农村的活路又是包罗万象、无穷无尽的。干这种活儿，确实是有些孩子的长项，我与他们相比是弱一些；干那种活儿，是另一些孩子的强项，我比他们也弱一些。也就是说，我要具备所有孩子在所有方面的长处，才有可能不被贬低。

这又怎么可能呢？

在劳动现场，队长和社员还没有打算贬低我时，父亲早已开始贬低了。人其实都是势利的动物，当自己的父亲都不能公平对待自己的儿子时，别人怎么可能，又有什么必要公平对待一个弱者呢？大家都处在社会底层中的底层，终日终年苦作，也得不到哪怕是象征意义上的温饱，人们都憋着满肚子的火，又不知道造成这种局面的原因何在。在那特定的时代，我这个特定的人出现在特定的场合，于是，大家的日子过得不好，好像都是因为我不好好劳动造成的。

坚持了两个月，哪怕父亲和广大社员群众多么地苦口婆心、义薄云天，我还是那种不成器的样子，非但不能成为他们理想中的完人，几乎还要变成玩完了的废人。在那个乍暖还寒的春天，我再度入学，是一所公社初中，重读初二。学校离家十几里山路，没有住宿条件，只能走读，而村里上学的只有我一个人。每个早晨，距离黎明前的黑暗还有一段时间，我背着书包和中午的干粮跑步上学。去学校的道路都是上坡路,有好几段路荒无人烟。我害怕荒无人烟的路段,因为担心有狼出没;我更害怕人烟密集的路段,因为一犬吠形百犬吠影,我经常会被群狗围困。更要命的是,我奔跑十几里山路,要赶上学校早操,校长专门在大门外监督,迟到一分钟都要受处罚,被处罚者要在操场独自跑半小时的圈儿。校长好像专门在监督我一个人,好多次,我距离校门只有几十米了,上操铃刚打响,同学们正在集合队伍,我是完全可以赶得上早操的,但校长都会拦住我,然后让我站在操场一边,等早操结束再罚我上操。

那一年也是我以学生身份劳动最为疯狂的一年。日常的学校劳动去农村学农,都是正常劳动。最可怕的是勤工俭学,夏天快要来临时,一项旷日持久的勤工俭学活动开始了。勤工俭学的地点距离家和学校都有几十里,而且要自带工具和干粮,住在集体窝棚里,任务是淘沙:把河岸上的砂石挖出来,一担担挑到百米之外的河里,淘洗干净,再一担担挑到更远的卡车能够到达的平地。一周回家拿一次干粮,没有任何蔬菜和营养,每顿都是啃干粮喝白开水。粗糙的干粮在周一周二尚可食用,周三开始霉变;到了周六,干粮变成了一坨黑线球儿,用手去掰,丝丝蔓蔓的,揪扯不开。都是十三四岁的少男少女,这样苦役般的勤工俭学连续进行四个月,暑假都不让回家。劳动结束后,还有一个环节是必不可少的,那就是劳动总结。推选出来的几个先进人物,确实都是大家公认并佩服的同学,他们普遍比大家大几岁,身体明显强壮很多,又都是农家子弟,吃苦耐劳,没说的。还得选两个劳动最差的。班上最漂亮的一位女生率先举手选我,获得一致同意。校长专门表扬那位女生思想觉悟高,能够勇敢揭发坏人坏事。

四个月的拼命劳动,我获得了全校通报批评,对此,我没有感到丝毫意外。在开赴劳动现场时，我已经看到最后的结果了。

那年秋天，我们全班仍然奋战在劳动场地上的时候，班主任从收音机中听到一个震惊世界的消息，没有任何理由，那场原计划要进行到底的勤工俭学活动宣布结束。接着是大游行、大庆祝。到年末要升学了，学校宣布要恢复考试。我们全辅导区四所初中校会考，文化课我考了总分第二名，但公布的高中录取名单里却没有我的名字。据知情人说，考试成绩只占百分之十，推荐成绩占百分之九十；在推荐项里，最重要的一项就是劳动表现。

我又一次失学，又一次回到了广阔天地。我又要接受父亲和广大社员群众无休无止、无时无地的批评教育了。

春节毕业回家，蹉跎大半年，深秋再度入学。教育慢慢恢复正常，我的人生理想似乎也不再那么虚无缥缈了。

七

在那个燕山大雪之夜，我忽然想起的就是我少年的理想，被人当成笑话，事实上也沦落为笑话的理想。人说读书改变命运，这话从总体上是不错的，鼓励人读书总是好的，但不能一概而论。准确说，在一个正常的社会里，读书会让个人的命运向好发展；而在一个非正常的社会里，读书是一桩充满或然性的冒险，有可能从中听到福音，也有可能踏上不归之路。我会永远赞美改革开放这一伟大国策，在我看来，它最大的功绩就在于让国人过上了正常日子。所谓正常日子，不是富裕和鲜花，而是普通人有了追求富裕和鲜花的自由。在正常的日子里，有喜有怒有哀有乐、有挣到钱后的大碗喝酒，有揭不开锅时的愁眉苦脸，有前行路上的磕磕绊绊乃至车毁人亡，有撸起袖子加油干的豪情满怀，有说"是"和"不"的合法权利。总之，正常日子绝不是天堂般的日子，而是向往天堂并走向天堂的日子。

我过上了正常日子，白天上班，晚上灯下读书。我的本职工作本身就与读书有关，而学校图书馆有着几十万册图书，自己能想到的、自己想读的书，都能找到。除了有时晚上需要加班，我一般都可睡到自然醒。也就是说，只要我想读书，无穷无尽的书在等着我读；只要我想睡懒觉，我可以一觉睡到自己不想再睡。这不正是我少年的理想吗？我的理想已经实现了啊！那么，大冬天的，千里迢迢的，又是长途汽车又是火车，我来北京干什么？我忽然有些醒悟：我给自己套上了名缰利索。我为自己设置了具体的目标，就是通过读书成为什么什么。读书是有功利性的，至少应该有求知的企图，但此功利非彼功利。求知大步后撤，现实利益冲向最前。那段时间，我惊讶地发现，一些"虽九死其犹未悔"，过了没有几天正常读书人日子的前辈，不再为了探索真理而上下求索了，而是上蹿下跳，跑官、跑名、跑利，毫不掩饰，毫无廉耻，每有小获便扬扬得意，恨不能把那些小名小利都挂在额头上，敲锣打鼓，招摇过市。由此，剧场效应大发作，真可谓中国之大，安放不下一张书桌了。在此前不远的时代，是时代不允许有一张安静的书桌，当下，却是读书人自己摇动自己的书桌，乃至直接掀翻书桌，不顾一切，赤膊冲上名利场了。

这是我真正感到害怕的。

在那个燕山大雪之夜，我也在反省自己。受尽挫折、苦难和屈辱，就是为了让读书梦延续下去，而真正到了可以放开手脚读书的时候，却要背叛读书的初心，去做与读书无关的事情，这怎么对自己的那颗少年心交代？如果读书只是为了改变个人的命运，那除了读书，改变个人命运的途径还有很多。童年和少年时，自己还没有长大成人，无力解决自己的现实生存问题，而社会的全方位禁锢，几乎堵塞了农民子弟所有的上升之路，除了下死力跟地球对着干，再无任何出路。人类已经进化到工业时代或后工业时代，我们那时候与地球对着干的手段，还停留在秦汉时代，二牛抬杠，面朝黄土背朝天，肩扛手提。其实，农民的实际生存状况远不如秦汉时代。秦汉时候才多少人啊，广阔的土地，藏龙卧虎的森林水泽。我所在的大集体时代末期，所有的山坡都被开垦了，有些农田的坡度达到了四十度以上，我们称之为滚牛地，意为牛都站立不住。烧柴全靠黄土高坡上生长的蒿草：将青蒿割下来，晒干，用之做饭烧炕，冒出的浓烟足以把人的眼泪连根剜出来。蒿草来不及生长，只好挖草根铲草皮，整个山头，一年四季都变成了"和尚头"。别说树木了，能够长大到一尺的蒿草都很鲜见。庄稼地的账面亩数倒是扩大了不少，可是单位产量在直线下降，没有哪个脑子灵活的农民会尽心尽力伺弄生产队的庄稼，他们把所有心思都用在了自家那一块自留地上，力求不让全家饿肚子。报纸、广播上天天在宣扬什么大好形势，那确实都是"来自天上"的声音，只要看看大地上任何一个农民身上穿的衣服，再揭开他们的吃饭锅，就知道是什么形势了。

其实，也就是一些讲话、几份文件，时代便随之改变，生机勃勃。千千万万的青年冲进考场，考上考不上看个人的本事了。最重要的意义不在于考试本身，而在于某种公平。数亿农民获得了土地的有限的自主权，宛如芝麻开门。同样一片土地，同样的劳动者，乃至同样的劳动条件，农民不用再饿肚子了。

这些真正够得上伟大的人，也不必用多么豪华的语言去夸饰他们的伟大。他们只是明白一个千古不易的真理：人是要吃饭穿衣的。个人的温饱问题解决之后呢？一些人继续前行，让个人的生活更加美好。而个人所需毕竟有限，也因此，在客观上，个人创造的自己用不完的财富便为社会所有。欲望燃烧着欲望，允许一部分人富起来，让所有人都看到了富裕起来的希望，也看到了富裕生活的好处。

我是赤贫人家的子弟，非要阿Q一下，也可以说是先前阔。先前阔没阔过只是听说，只是从小学一年级开始填报的家庭成分栏里略知端倪。可是，我非但没有享用过任何阔的成果，相反，在成长年代还受尽了曾经之阔带来的祸端。物质一穷二白，精神重压层层，略懂人事，即让这些东西压得喘不过气来。如果说真的有什么家族资源的话，就是那一点可怜的读书兴趣了。与乡邻相比，我们兄弟似乎也算读书种子。其实，客观地说，是几位兄长算是读书种子。他们个个身体好，脑子聪明，在每个年级都是学霸级人物，可是他们都赶上了"唯家庭成分论"最为癫狂的时代，更不幸的是赶上那个后来被称为浩劫的时代。他们一旦失学，便是十年。曙光初现时，他们已经超出了再度入学的年龄。在几兄弟中，我的身体最差，脑子最笨，虽屡经失学打击，但我拥有年龄优势，我熬得起，哪怕前后失学四次，真正参加高考时，也还不满十七岁。不到百分之一的录取率，真是千军万马过独木桥。十六岁那年，我赶上了第三届高考。在考试前的一个月回家拿干粮时，父亲扔给我一把镰刀，让我下地割麦。那年的麦子真是好啊，是我见到的大集体时代最好的一届麦子。蹲在大太阳下挥舞镰刀，一茬茬、一垄垄，麦子在我面前哗啦啦倒地，而我的心在煎熬。直到考试前一天，我才获准去县城考试，然后以几分之差败北。

又一次失学，因为自己亲人的短视而失学。我伤透了心，人生的勇气与志气荡然无存。我决意不再读书，也无法再读书了，原来还算清晰的脑子，如今终日昏沉混沌。我丢三落四，前言不搭后语；我像一片随风飘荡的干树叶,在村子里晃来晃去。我第一次真切地感觉到,我的生命已经走到了尽头,活着和死了,已经没有任何区别。这当儿,二哥从华北千里迢迢赶回。他知道我参加了高考,而且,他坚信我一定考得上,他的打算居然是直接带我去上学。他不但坚信我考得上,而且考取的还是北京的某所大学。当二哥得知真实情况后,我确实觉出了他那种极力压抑的愤怒。那愤怒不是针对我的。这个从小饱受生活之苦,青年时从军多年的工程兵,退役后当农民,侥幸被油田招工,身在最为艰苦的钻井队,跟着油田转战西北华北大地。他什么苦都吃过,我吃过的苦在他那里根本不算什么。他一直以为我比他幸运。然而,我从他的愤怒中看得出,他明白了我所经受的苦难,不纯粹是物质上的短缺,更多是精神上的折磨。再在这种环境中生活下去,用不了多长时间,我只有走上自我拯救一条路。而自我拯救的手段只能是自我毁灭,别无他路可走。此时,二哥做出了对我一生影响最为重要的决定——复读。

　　这样,秋天到来,我又入学了。此时的我已非往日的我。此前,虽然步步泥泞,但我活着。而此时,道路似乎比先前通畅一些了,但我死了。我的心死了,再无上进之心,对未来没有任何期许。更可怕的是,我发觉我的脑子彻底废了,我认定自己这辈子与读书再也无缘了。那是我前后上学十年来最快乐、最轻松的一年,别的同学夜以继日复习苦读,我夜以继日玩。我已经十七岁了,身体强壮了,会玩了,也敢玩了:与几个同学从学校后墙翻出去,在一条荒沟里,爬上大树,聊天扯淡,一日复一日。因数学最差,我彻底放弃了数学,不上数学课,也不做数学作业。高考前有一次预考,要淘汰至少一半考生,我却考过了,这稍稍给了我些许信心。想起去年的这时候,我在麦地里拼命,没有戴草帽,脑子可能就是让毒太阳晒出了毛病。世间最苦是农民,那个痛苦啊,旁观者永远无法想象。如果不考学,这一辈子只能这样。因为对未来的恐惧,我只得让那颗已死的心稍稍复活。

还好,上千名考生,十三人上了录取分数线,我忝列其中,虽只比录取分数线高了几分。考完回家,我再度陷入另一种灾难中。每天繁重的体力劳动倒不算什么,明明距离发榜的日子还很遥远,每隔一天,父亲便让我去一趟县城看看。夏天,马莲河时常发洪水。我一次次涉险趟过洪水,在艳阳下跋涉二十里山路。一趟趟,一个假期里至少去过十几趟县城,每次都空手而归。后来,我也有些心急,都到八月下旬了,录取通知书还没有拿到,问谁谁都不知道。直到有一天,去公社农资公司给生产队拉运化肥,架子车要拉动的当儿,一个人从乡政府办公楼里跑出来,说这里有我们生产队谁谁的一封信,都搁了十天了。接过来一看,是给我的信,拆开一看,是录取通知书,此时距离开学报名只剩几天了。

面对突然的消息,我没有任何惊喜,我只有麻木。在内心深处,我已经彻底打消读书之念了。我已经是一个熟悉农时,心里除了眼前的村庄,对世界不抱任何幻想的"活死人"了。我爷爷就得到过"活死人"的蔑称,他终日无所事事,几天不洗脸,在那个火热的,每个人每天都在喊"打倒",每天也确实有人被打倒的岁月里,他抱着一本破烂的古书,之乎者也,咿嗟呜呼,令时代讨厌,也令他的子孙反感。可我有"活死人"的心态,却没有"活死人"的修为,家中除了那些让我烦透了的课本,再无别的书。在学校时,我们有一个松散的读书群体,有些同学可以搜罗到一些被指有问题但侥幸躲过火焚的书籍,我们互相交换着看。后来经常被提到的那些书籍,在我辗转于各个学校之间的岁月里大体都读过。后来我反复想,怎么也想不通,不过就是被称为"四大名著"的那些书,还有说唐、说岳、三侠五义、杨家将呼家将之类的，最多的反而是"红色经典"。这些书怎么就有问题了呢？问题究竟出在哪儿？以后在做专业研究后，仍然得不到任何说服自己的理由。现在，书的来源断绝了，也没有心思读书了，整日恍兮惚兮。这当然逃不过我那些伟大的亲人们的火眼金睛，他们奔走相告："那娃脑子洋了。"或者："书把那娃脑子弄洋了。"洋是什么？傻也。用时兴的话说，就是脑子进水了，受潮了，被驴踢了，让门缝夹了。

二哥又回来了。那年月从华北到老家村庄，即使每个环节都刚合榫卯，路途上也需要四天。公路转铁路，铁路再转公路，还有几十里不通车的山路。他是专程回来给我送行的，尽管他并不知道我考上没有。在他心目中，我考上的一定是北京的某所大学。他给我带了两身半新的衣服，那是我长这么大见到的最好的衣服。还有一件石油工人的旧工装，那是我唯一渴望得到的衣服。此前，对于生活所需，我没有向任何人提出过任何要求，哪怕是每周必须带的干粮。我知道，这种要求提了也是白提，无非是得到一顿斥责。干粮不够，索性让肚子空着吧。我也从没有向二哥提出过任何要求。为此，二哥有一次很生气，也很伤心，说他的一个工友每次回家，都让弟弟妹妹把身上所有的东西掏空。他的弟弟妹妹甚至连他的换洗衣服都要扒出来，不然是不会放行的。他说的这个工友我知道，他的弟弟与我同班，他也说起过怎么"掠夺"哥哥的故事。二哥说，我从来没有张口问他要过一毛钱，有时主动给都不要。他不知道他哪里刻薄了弟弟，搞得两人这么生分。其实我不是生分，我深知二哥出门在外之难：一个普通工人远在千里之外，要养家糊口，每年回一趟老家，半年的工资就得撂在路上。我是一个无用之人，自己无用倒也罢了，还给人添麻烦，那真是不该活着了。再者，可能也是最重要的，自从我略通人事以来，我就明白，这世上所有的东西都不属于我，凡是有用的东西都是别人的,只能是别人的,永远是别人的,包括自家的所有东西。对于别人的东西,我绝不会生出占有之心,我也从不羡慕别人,更不会嫉妒任何人。这个习惯,从童年一直保持到现在,从未动摇过。

我不能把这种心思说给二哥,我不知道咋说才合适。

长这么大,我曾经说过一句大话。这里的大话是指理想和现实之间的距离而言的。比如说,你身上只有一毛钱时,说话的口气达到了两毛钱的标准,这就是大话。读小学四年级时,学校有个农场,农场有一棵梨树,树上的梨子很好吃,暑假时还没有熟,需要派人看护。学校抽调我们四个男孩,每人一把红缨枪,昼夜轮班巡查,防备小偷。有一天下午,大约是大队支书吧,带了几个人来学校,学校给杀了一只羊。来人走了后,一位女老师喊我们去喝面汤。三个伙伴飞奔而去,我推说我不渴,没有去。三个伙伴回来后,喜气洋洋,用手反复抹着沾着油花儿的嘴唇,说我是傻子,说他们就知道不是喝面汤,老师不好明说是羊肉汤。我说我知道是喝羊肉汤,我说等我长大了,每天都有吃不完的羊肉,用不着喝人喝剩的羊肉汤,你们一辈子也就是喝人家几口剩汤的本事了。如今想来,当时有羞愤的因素,冒昧说了这么一句大话。欠抽的是,被我不幸言中,那三位至今还在为解决基本生存问题而拼搏。

二哥看我考得这么不理想,心里一定没有好滋味,但他什么话都没说,只是说,考上了就是好事,赶紧准备去上学。他也知道,全县只考上了十三人,而我考上的是师范院校,吃饭国家全包了,对我们这种家庭,未必不是一件好事。二哥只能请几天假,很快回单位了。在九月的连绵秋雨中,三哥帮我背着被褥行李,一齐趟过涨水的马莲河,连夜赶到县城。三哥连夜回家,我一个人留在读过几年书但举目无亲的县城,秋雨潇潇,天地凄凄。好在有好心人收留,在车站借宿一晚,第二天一大早坐上班车,午后到了遍地泥泞的学校。

有了吃饭的地方,我终于独立了:生活上独立了,人格上独立了。熬到十七岁,我终于不用看谁的脸色吃饭了。我想,除了体力劳动这一项,无论现在当学生还是将来当老师,都再不会有人有资格轻易指责我无能了。事实是,我真的长大了,身体强壮了,即便再遇体力劳动,别人能干的我也能干。大学的体育成绩达到了八十五分,也说明先前我在劳动中的无能确实是身体问题,而非态度问题。

没想到,刚报完名,还没有等到正式开学就和同学打了一架。是我先动的手。宿舍门上明明贴着我的名字,老师带进去后,却没有我的床位。一位城市来的同学躺在床上,大咧咧地说,我把你的床位占了,你去另一个宿舍吧。我不觉邪火上头,喝了一声:"起来!"那位同学投过来一记轻蔑的眼神,一动不动,我一把揪起他来就是一拳。带我的老师是陕西人,大惊失色说:"这娃咋打人哩!"

后来我想,为这么一点小事情与初次见面的同学动手,我一定不是冲着这件事本身来的,那是长久以来所受屈辱的总爆发。从此以后,我再没有跟同学同事打过架,哪怕受多么大的委屈,哪怕别人嘲笑我窝囊无能,都从无动手之念。从读小学开始,我几乎每天都要打架:放学回家,或者假期,隔着马莲河,经常与另外一个大村的孩子打群架,大多都是以少对多,大多也都是以少胜多。是什么让我在渐渐长大的时候,却变得懦弱、逆来顺受,浮萍般随波逐流?当我明白我还有勇气与人打架的时候,我再也没有与人打架的兴趣了,宁愿挨打,也不愿打人。

八

　　人生就是一个个的坎儿,所谓人的成熟,也就是过了一个个坎儿。物资短缺的坎儿,遭遇种种困境的坎儿,只要不甘放弃,大多数的人都是可以迈过一个个坎儿的。唯有心里的坎儿,总是将许多看似勇武的人挡在坎下,乃至耗去一生,仍难跨过。在旁人看来,有些坎儿并不算高,甚至根本不算是什么坎儿,仍在当事人那里,也许就是关山难越。我至今难忘一件事情。童年时,我经常没有鞋子穿。夏天还好说,光脚丫子行走在天地间,并不是什么夺人眼球的新鲜事;冬天就不好办了,主要是因为冷。而那时候的冬天比现在冷得多,每个冬天,至少有一半以上的时间是雪盖原野。在很长一段时间内,我并不相信暖冬的说法,认为这是人们被吃饱穿暖后的假象蒙蔽了。后来,气象专家证明,我的童年,北半球经历过一场名为"小冰期"的气象过程。

　　那些个冬天可真叫一个冷啊!

　　更为不幸的是,我和我的同时代人,在这个"小冰期"里,经历了只有在传说中听到过的物资短缺。什么都缺,从粮食到布匹,哪怕是不起眼的日用品,全方位地缺,奇缺。我没有鞋子穿,除了物资奇缺,还有一个重要原因:没有人给我做鞋。那时候的农民没有买鞋穿的,偶尔有,也不会超过农民总数的百分之一。夏季光着脚丫子尚可凑合,到深秋季节了,光脚踏在潮湿冰冷的土地上,从脚底冷到心口。我还在上学时,有一年眼看要入冬了,我还没有鞋穿。父亲不知道从哪儿弄到一片绒布,足够一双童鞋的鞋面,再搜罗到一些碎布条儿,拼接起来可以充作鞋底,然后把这些材料交给一位至亲。等呀等,盼呀盼,眼看到三九天了,我的双脚满是冻疮,一层层冻疮摞起来,像是一双厚厚的棉鞋。亲戚家并不远，隔着冰封的马莲河，抬脚即可见面。其间见了几次面，父亲不好意思开口催促亲戚。后来父亲终于忍不住了，那次，我也在场。父亲指着我的一双破烂丑陋的脚，问鞋子做好了没有。亲戚略笑笑，随手指着自家孩子的脚说，你看看，做成的鞋子都快穿破了。父亲什么话都没说，只是尴尬一笑。这件事对父亲的打击有多大，我不好揣测。父亲回家找到一块木头墩子，找来废铁煤炭，打造出一副简易钉鞋机。从此，我只要有一双鞋，就可哪里破了补哪里，直到再也无法修补；一双鞋足可顶三五双鞋穿。村里人的鞋子，大多也都由父亲修补，完全都是义务劳动。多年以后提起这件事，父亲没有任何抱怨和不满，只是淡淡地说，那件事伤了他的心。在我满十岁以后，几个哥哥都有了自己的事情，原先由他们承担的事情转嫁给了我。过年了，正月初二是给亲戚拜年的时候，一大早，父亲便准备好拜年礼品，让我带上过河去给亲戚拜年。拜年必须磕头，可我从小就反感磕头，更不愿给那家亲戚磕头。

反感只能深藏心底，父亲可以容忍我不给他和家族长辈磕头，但必须要给亲戚磕头，用父亲的话说，人不可忘本。可我不知道我的本在哪儿。每一年趴在亲戚面前磕头时，我都真的心如刀绞。那一年在过河时，发现有一处冰面破裂，我故意将一条腿塞进去，将裤子和鞋子弄湿。几分钟后，弄湿的部分结了冰，我内心无比快活，心想今年终于不用给亲戚磕头了。返回家后，泥炉里柴火正旺，父亲正在给来客烧黄酒。父亲让我坐在那里烘烤裤子鞋子。我一边看着头顶的太阳，一边趁父亲不注意，将腿脚移向别处。午饭时间已过，裤子鞋子都烤干了，我真是心潮澎湃，忍不住要笑出声来。按讲究，给亲戚拜年必须要在中午以前。可这时候，父亲却提着礼品篮子递给我，让我去给亲戚拜年。

白忙活一场,白受了一场冰冻奇寒。

亲戚家门口是我家去往县城的必经之路,后来,我去县城上学,在没有父亲监督的时候,我从没有主动朝亲戚家望一眼。每从亲戚家门口经过一次,哪怕是大夏天,我的心口都是冰冷冰冷的,而这件事至今还是横在我面前的一道坎儿。我多次劝导自己:"过去的事情就让它过去吧,那个年月谁都不容易。"我自以为说服了自己,其实只是口服心不服,稍不留神就会想起这件事情;想起时,心口那儿总有一股冷风刮过。

童年和少年时代,几乎每一册课本上都有"自力更生,艰苦奋斗"的内容,大路旁、街巷屋檐下,都有相同内容的标语。可是,从小学到中学,从没有一个老师详细解释过什么叫自力更生,凭感觉,就是自己的事情自己做,不要靠别人。亲戚给我家上了一课,父亲以自己的实际行动诠释了什么叫自力更生。在后来的岁月中,随着阅历的增加,我对亲戚当年的行为也释然了。但在我的语境中,释然和原谅并不等同。释然是从自己身上卸下重负,而原谅却需要将另外某个人或某件事彻底忘却。我无法彻底忘却,那毕竟是一道伤痕,再高明的大夫,都不可能让手术后的皮肤与先前完全一样。我的忘却路径是自省。

经常有朋友说我习惯站在他人的立场考虑事情,总把他人的感受放在前面。这些都是朋友圈人尽皆知的事情,自己说出来反倒没意思了。一般都是第一反应:你优先吧。在我看来,一个人生不带来死不带去,任何所得无非就是过了一次手。就像银行职员,每天无数钞票过手,但却不能抽出一张装进自己兜里。再者呢,我从小一无所有,世间所有的东西都是别人的,便也习惯了一无所有。自从独立生活以来,我便生出一个从未动摇的观念,我觉得,如果一个人从出生到长大成人需要一百个理由的话，有九十九条理由都会令我早夭，仅靠剩下的那一条理由，我却长大成人了。至于那一条理由到底是什么，我曾经悉心找寻过，想为自己的人生寻找一种合情合理的说法。没有找到，我再也不找了。归人管的事情让人管，归天管的事情就交给天吧。我多次给那些想不开的朋友说，一个人站起来和躺下其实是一样的长度，并没有什么可损失的，那样突破人的生存极限的苦日子都没有阻挡活着和成长的脚步，何况那还是完全没有自主能力的幼弱时代。如今长大成人了，大不了回到原地，从出发地再出发罢了。

舍得，人人都在说，可是，谁真的愿意舍，谁又曾做出过具体的舍的事情？不舍，又何来得？当然，许多人看起来也盆满钵满的，可盆里钵里究竟装着什么玩意儿，也只有自己知道了。

如果一个人心里只装着一道别人为自己设置的迈不过去的坎儿，那么，无论多么难迈的坎儿，无论有多少坎儿，说一句找打的话：多少都有些活该。人世茫茫，人群泱泱，一味地，不挪脚地，坚决地站在自己的立场上衡人论事，这个人如果是小人物，必定是自私自利的小人，如果老天爷一时耳聋眼瞎，让他成为手握生杀大权的大人物，则必定会是一个祸害众生的独夫民贼。别人为自己设置过坎儿，自己有没有为别人设置过坎儿？别人为自己设置的坎儿，自己久久地迈不过去；自己为别人设置的坎儿，自己就很轻松、很潇洒、很无所谓地丢到一边，很容易或理直气壮地原谅了自己？真正可怕的其实是后者，而我们很少审视自己对他人有无亏欠。那一年放寒假前，本系的一个男生敲开我家的门，他要问我借钱，我当即回绝了。当他失望离开后，我又有些后悔，至少应该问清楚他借钱干什么。凭印象，他的家庭条件还是不错的。师范院校学生的伙食由国家供应，吃饱是没有问题的。后来我想,我是用自己的亲身经历衡量学生的,我读的也是师范院校,国家每月给生活费,有的同学还可节约一些,将菜金想办法兑换成现金接济家里。我虽然没有接济过家里,但也没有问家里要过一分钱。也有家中很困难的同学逼着赶着问家里要钱,拿钱干什么呢? 用于自己的吃喝玩乐。我反感这样的同学,更不许我的学生成为这样的人。可能就是因为这样一种根深蒂固的观念,当学生向我借钱时,我几乎是条件反射般地心生反感而拒绝了。

这件事会不会成为那位学生心中的坎儿,我不知道,此后我们再没有见过面。但此事却成为我心中的一个坎儿,每每想起来,便觉臊得慌。在熟人朋友的眼中,我还算一个急公好义之人,为什么会在并不重大的事情面前这样绝情? 想来想去,除了自私,再无合理的解释。说到底,就是怕人借钱不还吧。自独立生活以来,我向来是"月光族",很少有积蓄,先前遇到亲戚朋友借钱,我手头没有,便从同事朋友那儿转借。说好的还款日期到了,借钱的人再无音信,以至永无音信。我只好用自己的钱给同事朋友按时还上。有过这么几次经历之后,我再也不敢给人借钱了,哪怕多困难,也不好意思向人借钱,满足于不借人钱也不给人借钱的日子,那位学生正好赶上了。

那么,我的那位亲戚又遭遇了什么,让她做出这样的事情? 说到底,那个时段,我家处在赤贫中,那位亲戚也处在赤贫中,赤贫者遭遇赤贫者,有如狭路相逢勇者胜。衣食足而知荣辱,仓廪实而知礼节,古人把话说尽了。

古人号召"一日三省吾身",一个人真能够做到自省,未必会有贤达的才智,却一定会有贤达的德行。苛求别人,闭着眼睛张开嘴,就可说出一串串放之四海而皆准的颠扑不破的大道理,又有谁敢或者愿意真正面对自己? 鲁迅先生手中的那把手术刀,一边无情解剖别人，一边也在解剖自己，对自己下手更狠，时时刻刻没有离开过手术台。鲁迅是现代贤达，说他是现代圣人也不为过誉。我们是常人、凡人、俗人。人可能都在不同程度上患有"纳西索斯情结"，在水的倒影中，越看自己越可爱，自恋过度，以至于投水而死。许多神话传说总是有着强大的指向性和涵盖力，具有某种原型叙事的品格，往往直指人的本质。天生美丽并因此自恋，多少还拥有自恋的前提，事实上，越是本身不怎么优越的人，越容易陷入自恋。他人不恋自己恋。越是德行有所欠缺的人，越是热衷抢占道德制高点；越是热衷对他人品头论足、挑三拣四，也越是缺乏自省精神。

自恋必然导致自私，举目泱泱，唯我重要：太阳因我而升起，大地因我而芳菲，路边有两个人在窃窃私语，那一定是在说我的坏话。人人都在喊累，人人都在累人。生活本身之累，人为添加之累，不知有人细算过没有，每天累成狗了，所操的心、所做的事，究竟有多大比例是利人利己的。即便累成狗了，也是一条难以让人同情的狗。不把自己当回事儿当然是不可以的，太把自己当回事儿，也许就不会有人把你当回事儿了。有鸡汤文字说，在成年人的世界里没有"容易"二字。话又说回来，成年人固然不容易，未成年人的世界可以说更不容易。我办公的地方，窗外有一排平房，一年四季，从每年的正月初五到春节临近，无论天寒天热风雨阴晴，每个周末全天，每个正常工作日的晚上七点到十点，都有学生在上课。这大约是一个培训班，小升初、中考、高考，各个层级。也就是说，一个孩子从入学到高考，便时在闯关，在他们风雨无阻熬过白天的课堂，扒几口饭，又火速赶往晚上的课堂。成年人的不容易在于要挣钱养家，养活自己，养育儿女，而未成年人的不容易，在于挂在考试的流水线上下不来。一个人一旦被挂在这样的流水线上，有些行为便带有某种自觉性，强大的惯性力量会让他不由自主。不用他人号召或强迫,准备考试和参加考试,就是生活的主题。我认识一位高考生的家长,看见孩子复习太辛苦,带他出来散散心。没有几分钟,孩子突然急头急脸说,不行,我得回去刷卷子,昨天我们一个同学刷了多少多少份数学卷子,我才刷了多少多少份,跟不上了!我办公的地方与本省最著名的一所中学比邻,那里集中了全省绝大多数中学学霸,每届考生几乎可以全部考入重点大学,但复读率也很高。许多考生完全可以进入"清北"以外的前十名大学,但他们非"清北"不上,高考成绩一公布,便毅然决然选择复读,谁劝都没用。每每听到和遇到这样的孩子,我既真心祝愿他们,也对他们心生同情。我这个当年凭着一半努力一半幸运,勉强考上专科学校的准学渣,确实不具备评价他们的资格。

但据我所知,至少在恢复高考以后的四十多年间,从这个学校出去的,无论在哪个领域,确实没有诞生过多少杰出人物。当一个人很早被抬得过高时,往往扫天下无才,扫一屋无心,总是纠结于怀才不遇的假命题,终至一事无成。恰恰是那些中不溜的学校,中不溜的学生,在以后的人生之路上风生水起,处处开花。不断有人鼓吹,人生不能输在起跑线上,看似道理十足,实则陷阱深似海。短跑固然不可有一瞬之延误,可人生是一场马拉松啊,前半程不掉队,后半程余力绵绵,才有望赢得比赛。

恐惧是会传染的,焦虑也是会传染的,一个人的焦虑会引发一群人的焦虑,而一群人的焦虑会营造出一个时代的群体恐慌情绪。此时,突然想起童年、少年时,经常看见的八个字,在课本上、墙壁上以及几乎所有的公共场所。这八个字是:团结、紧张、严肃、活泼。这八个字诞生于战争年代,那个时候,国家、民族的前途,群体的命运,个人的生死荣辱,都处在未知状态。对于个人而言,今天目送太阳落山,未必能够迎来明天的旭日东升。国家、民族时时刻刻都有可能遭受强敌侵袭,但不必焦虑,不必恐慌,所谓兵来将挡,水来土掩,因团结而弱可敌强,因紧张而兢兢业业,因严肃而纪律严明,因活泼而阳光自信。

这种工作状态和精神气象,总是令人神往的。

在经历过许多人间纷纭后,在浏览过无数的大地山河后,每遇困惑,总会有一份执念从心头蹿出:苍天之上从不会飘过一抹闲云,大地之上从不会生长一棵闲草,一切都有来处,都有归处,也都有用处;所谓闲云闲草,乃闲者之自闲耳。

冷语热心

一

在严冬,在黄河边,在兰州的黄河边,在夜晚。把这几个汉语短语串联在一起,表达的是这样一个完整的意思:在黄河兰州段严冬季节的一个夜晚。看吧,有地点,有时间,有悬念。当然,还要有人物,有剧情。一个烧烤摊,一伙围在烧烤摊周围撸串的人,包括我。此时、此地、此景,本身就是典型环境下典型的人发生的一些事情,便天然地有了某种典型性。

撸串的人很多,这绝对不正常。这么冷的天,又是夜晚。在夏天夜晚的兰州黄河边,没有烧烤摊,或者烧烤摊的规模小了,那是不正常的。撸串,喝啤酒,喧哗声震撼黄河两岸。这是夏天的兰州黄河边正常的风景。这样的地方被戏称为"万人坑",可见是一种什么样的情形。

过了国庆节,兰州黄河边渐趋清静,一日比一日清静。当第一场寒流来袭,河边杨柳撒下第一层落叶后,尽管杨柳还是绿的,叶儿还稠稠地挂在树梢,烧烤摊却几乎全撤走了。有那么三两家执着的摊主,并不会赢得执着的名声,也不会赢得多少顾客的眷顾。即便真有在这个时候需要在这里消磨时光的人,也会边撸串边腹诽着为其提供了方便的摊主:天都凉了啊,怎可延续热天的故事?

好像兰州季节的紊乱是某个烧烤摊造成的。

其实,兰州的冬天是漫长的。开春许久了,有些花儿都开败了,有些人都换过多少次单衣了,热得让人受不了的那一天,也许正好是一场寒流到来的时候。兰州的秋天也一样,漫长而啰唆,薄衣服厚衣服换得烦烦儿时,天气才会真正冷了。

没有必要对季节的更替发表什么不同意见,因为所有的意见都是无效的,还可能被说成是牢骚。如果真的对不合你意愿的季节有什么意见,那就做一些不合时宜的事情,而且只做不说。

比如,在冬天兰州的黄河边喝啤酒、撸串。

事实上,那天晚上,我所在的烧烤摊上,什么典型的和非典型的事情一概都没有发生,与夏季的情形没有什么两样,只是喝啤酒、撸串、喧哗。

典型环境下的典型人物,这是我们做小说的金科玉律。这样做小说似乎是可以的,但在生活中,所有的环境都是典型的,所有的人和事都是典型的。

日常生活环境都是典型环境,日常发生的事件都是典型事件,日常生活着的人都是典型人物。

每个人活着都是一场历险,每个人的一生都够得上一部情节跌宕起伏、处处涂抹着狗血的传奇剧。

二

有人说,人的一生是:三年学会说话,终身学会闭嘴。

原意肯定不是这样,但我给曲解了一下:只要学会说话,就不会再闭嘴;只有人死了,才会彻底闭嘴。

在我这个肤浅的人看来，人的嘴至少有三种用途：吃饭、说话、接吻。

吃饭是为了活着，说话是为了表达活着的意义，接吻是让活着更有意思。

吃饭是第一位的，人在没有学会说话之前，就学会了吃饭。老家的土话说："伸出柿饼大的手，都知道要馍馍吃。"傻子不懂得穿衣服保暖遮羞，但一定懂得说话要饭吃。有一次在市场上遇到一个傻子，二十岁的小伙子，天都很冷了，他还光着屁股。女性见之纷纷避让，避让不及的便急忙腾出一只手遮住眼睛。傻子很是兴奋得意，将羞耻处尽量暴露。到食品摊前，他伸出一只手，呜呜啦啦说："饿，吃。"摊主为了让他尽快走开，急忙给他一些食物。傻子收获颇丰。那一年，本埠的小姑娘喜欢穿一种猫头鞋，傻子看见有小姑娘过来，便作势去踩踏猫头鞋，在小姑娘受惊吓尖叫着逃开时，傻子在一旁傻傻地笑，一种勇武有成就感的样子。可是，小姑娘如果与成年男性在一起，傻子是绝不会去恶作剧的，他知晓利害。

食色性也，傻子也不例外。

那么，嘴的说话功能只能排在第二位了。只要排次序，在技术上必须要有先后。其实，人的说话能力是早于吃饭的。婴儿的第一声啼哭，就是对这个世界的第一个宣言：我来了！

只是成年人对婴儿的傲慢和偏见已经形成习惯，把这一声庄严而伟大的宣言，仅仅当成了啼哭。

人的说话，是能力，是需要，更是本能。

所以，学会闭嘴，并不是让人放弃说话的能力、需要和本能，而是不要乱说话，不要说错话，不要说让人不爱听的不合时宜的话。

这个难度太大了，几乎是人生最难的课题，几乎是世界上技术难度最大的工程。比如,谁能准确知道什么话属于乱说,什么话是对还是错,什么话谁爱听谁不爱听。一人一张嘴,嘴和嘴不同,说出的话当然不一样。人人两只耳朵,耳朵和耳朵不一样,同样的两只耳朵,这一会儿爱听这个,那一会儿又爱听那个,好麻烦,好闹心哦!

道理虽可以这么讲,但在某些时候,还真的要学会闭嘴。有那么一段时间,我曾经暗下决心:我宁愿对这个世界闭嘴。

当然,我不是在所有的时间对全部世界都闭嘴,我只是在如下一些话题中闭嘴:春天到了,就说春江水暖鸭先知;秋天到了,又是悲哉秋之为气也。

春夏秋冬不过是天气的自然变化。中国人将这种变化的自然征候以节气命名。而中国人在评价人时,也常用一个词:气节。两个完全相同的字,字序颠倒,一者为天,一者为人。节气有错乱的时候,比如暖冬寒春;气节也总是那么靠不住。古今有太多为守护气节而丧命的人,把气节当成节气频繁变脸的人更不在少数。

我活在世界中,但我看不见世界的模样,如同胎儿被母体紧紧包裹着,密不透气。可胎儿并不清楚,那个正在倾尽心力孕育抚育他的母亲究竟是什么样子。他要挣扎出来,站在一个适当的角度观察。对于胎儿,在母体中时,他与母亲的生命是重合的;脱离母体,他便获得了个体的意义。

人与世界的关系同母子关系是何等的相似啊。

当我们说"这个世界"时,说话者其实也是世界的一分子,说世界,也在说自己。而实际情形却是,人在这样说话时,是把自己排除在外的。假如换成另外一个人这样表述世界,你心中会自然而然升起一个疑问:你说的这个世界包括我吗?无论对这个世界开展正面评价还是反面评价,不把我包括在这个世界里面,那无异于对我的蔑视,等于在宣示我的不存在、我与世界没有关系。而我在表述世界时,看起来也是把我排除在外的,其实,你领会错了。在对世界开展正面评价时,我不仅在,而且是一个重要的在,是一个有权对世界展开评价或审判的在。只有当我在对世界进行反面评价时,我才是跳出来的,我在世界的前后左右和制高点,唯独不在中间。

人为什么会这样呢?据说,人天生有着趋利避害的本能。如果这个本能真的存在,那么,人真的没有什么好炫耀的。人是得到过无数好评的,遗憾的是,这些都是自评。也许,生命界对人是有着评价的,而且,这个评价绝不会少,至少不会少于人对其它生命的评价。无论多少,无论来自哪一种生命,几乎可以肯定地说,对人的评价都是舆论一律的差评恶评,绝不会有一言半语的好评。别的生命不如人那样善于表达,那样巧舌如簧。或许也表达了,表达得很充分,只是人不懂得这些表达,便极端霸道地认定,别的生命不懂得表达,没有表达的能力;即使确知有些生命真的在表达,也能明白它们在表达什么,但为了维护自身表达的唯一性,也假装听不见。听不见表达,便是不懂得表达,便是没有表达能力,人到了这个地步,就不是无知,而是无耻了。

我们必须把人自封的一顶顶桂冠摘去,从认识自己做起。自己的优缺点,自己在这个世界上的位置,自己的过去、现在和未来……给自己一个大体准确的定位后,再面对这个世界。

这也许就是我生活在世界中,还在不遗余力寻找世界的动机。

三

我知道我到不了世界的外面,世界是如来佛的手心,而我远远没有孙猴子的本领。我只是想纵身一跃,摆摆逸出世界的样子。

权当。

这是一个好词,它可以克服我们因为无力而生出的屈辱感。哪怕只是象征性地、暂时地、虚幻地。

权当站在了世界的外面。

权当。

我在世界那里弱不禁风,却因为对世界说了几句毫无意义的大话而倍享虚荣。"世界是你们的,也是我们的,归根结底是你们的。"这是励志的话,无比正确,有了一点儿年纪后,我也常常引用这句伟大的名言鼓励年轻人。我认为,这是一种处世道德,人群的生生不息,就是这样一代代传承维系的。

如果不把自己与世界联系起来,那么世界不是谁的,不是任何人的,世界是世界的。而且,如果对世界没有什么贡献,却得到了世界的一点什么,那么个人的任何所得,不过都是对世界的索取,那也只有一种结果:把被剥夺的世界还给世界。活在世界上,我们需要明白,世界是自足自洽的,而我们遍体鳞伤、漏洞百出。我们不懂得反求诸己,反而去挑剔世界,掘地三尺,不遗余力,不把所有的缺陷嫁祸于世界不罢休。

一念不生全体现,六根才动被云遮。

也因此,忽然有了跳出三界外之念。后来,在研读佛典中发现,跳出三界谈何容易,跳出第一界之欲界都是千难万难之事。在佛家那里,欲界为地狱、饿鬼、畜生、修罗、人间及六欲天之总称,此界中众生贪于食、色、眠等诸欲。我等肉骨凡胎俗人俗心肠,不贪色或可做到,食与眠岂可偏废?而欲界之上还有色界。此色大约不限于女色或小鲜肉的直观之色,在此界,须远离欲界淫、食二欲,无有欲染,亦无女形,其众生皆由化生,其宫殿高大,系由色化而生,一切均殊妙精好。以其尚有色质,故称色界。此界,共分四级十八天。抵达或超越色界,仍在修行初阶,哪怕抵达十八天之"色究竟天",不还有个"色"在嘛。说到底,众生还在物质层面,在"有"中徘徊流连。于是,便有了无色界。抵达此界,唯有受、想、行、识四心,而无物质之有情所住之世界。在此界,无一物质之物,亦无身体、宫殿、国土,唯以心识住于深妙之禅定。这是色界之上的无色界。此界共有四天,即空无边处天,识无边处天,无所有处天,非想非非想处天,又称四无色或四空处。

到了这个境界就到头了吗?当然没有,还差得远呢。在圣者那里,这仍然属于迷界,众生还处在生死轮回状态,圣者对此颇为不屑,所以有:三界无安,犹如火宅;众苦充满,甚可怖畏。所以有:能于三界狱,勉出诸众生。一言以蔽之,到了三界,众生距离解脱还远呢。三界中各界的界限比较模糊,判定起来比较困难,于是,有些佛界大德索性将三界简化为断、离、灭三界。于是:一切行断,故名断界;一切行离,故名离界;一切行灭,故名灭界。

哪怕还身在迷界,这已是终其一生绝难抵达之界。迷,只好迷了。迷是定数,而不执迷,也许可以试试。

于是,在外面走走。

什么的外面?

世界的外面,社会的外面,人生的外面,还是自己的外面?

都不是。

我们只能从某间房屋走到外面,或家,或办公室,或宾馆。

有时候,我们看似走得很远,千里万里,一日之间可以飞越大半个地球。但是,这和鸟儿的飞翔有可比性吗?这和自己用双脚在野外行走几十里路有可比性吗？从房子出来，坐上汽车去机场，再乘飞机到目的地，还是首先入住某间房子。甚至没有看见一个地方的天色，没有看见一个地方真实的土地，如此便有了万里之游。

其实，这与坐地日行八万里没有什么两样。不动是动，动是不动。从这个屋子到那个屋子，睡这张床睡那张床，吃这种饭吃那种饭……我们用脑力使得体力无限扩展，但也让体力荒废殆尽了。习近平总书记回忆他在陕北当知青时，挑上二百斤麦子可以连续走十里山路，引发一片惊呼。很多人悄悄抖一抖自己那副孱弱的肩膀，也许觉得这是一种洪荒之力。这可真是一场跨代对话啊，而时间仅仅过去了四十年。四十年前，黄土山乡如果哪个男性劳动力不具备这样的体能，那几乎是无法生存下去的。习近平总书记当年作为一名没有干过什么重体力活儿的学生，乍来到必须依靠卓越的体能才可求生之地，能够做到这一点，需要多大的毅力？而当地农家孩子十五六岁以后便具备这样的体能，这几乎是生存的最基本保证。

一代人有一代人的生存方式，当下的年轻人，以及一些上了年纪的人，开着车，在平坦的公路上，日行八百夜行千里根本不算什么事儿。哪怕是骑着自行车，一天百八十里，也是不足言勇的小小事情。而红军长征时，一支部队携带必要装备，在崎岖峻嶒、荆棘遍地的山路上，一天一夜奔跑二百四十里，在今天的人听来，那简直就是神话。这绝非个例，我研究党史三十年，这方面的资料看得多了，这几乎是革命战争时期的常态。是体力，更是意志、毅力和信仰，没有这些元素的加持，任何人都会变成娇儿弱女。

第一次上黄山，与一位挑山工并行走了一段路程。他与我年龄相仿。他的体重是一百二十六斤，他挑的货物是一百五十斤，每天两趟，一趟大约二十公里路程。来回不走空，上山挑货物，下山挑垃圾或其他杂物。山路陡峻，左右都是悬崖绝壁，有些路段几乎直上直下。我还是干过一些体力活儿的，自小在山区摸爬滚打，自信爬山能力不输普通人。可是，我却是用尽平生之力爬上黄山的。

迎客松那儿出售的货物，大约就是挑山工一担担挑上来的，每种货物都比山下多出四五倍的价钱。我觉得值，各种货物里都浸透了挑山工的汗水和为了生计的辛劳与无奈。我本来很少喝饮料，这次为自己，也为同行者，买了很多饮料。

那次，也有乘电梯上山的伙伴。我登山而上，在伙伴那里赢得了些许虚荣和骄傲，而在挑山工面前，我却瞬间溃败，一败涂地。

四

一个人对人生的信念绝不会是一天树立起来的，但却有可能是在一天垮塌的。就好比一栋房子，盖起来很费事；要垮塌，眨眼工夫。年少时，我知道所有的人都要死，当然包括我自己。只要是人都得死，只是死迟死早、这样死那样死的区别。但个别人不会死，绝不会死，尤其那些关乎众多人生死荣辱的伟大人物，他们应该与普通人不一样，绝对不一样，万万不可一样。

其实，不在于这个人究竟会不会死，而是这个人死了，我怎么办，我们怎么办，世界怎么办。然而忽然一天，这个人却死了。意外的是，此后，太阳照常升起，我该怎么办就怎么办，我们该怎么办就怎么办。我采访过一位科学家，当时他正在进行着一项关于沙漠治理的研究工作，已经有了重大突破。我难掩兴奋，恍惚间，眼前的茫茫沙海瞬间都披上绿装。我问，这项技术如果成熟，您设想还有多长时间，我国的土地上再无沙漠？他笑说，沙漠是治理不完的，地球上也不能没有沙漠。北非的撒哈拉沙漠每年给南美热带雨林提供几百万吨沙尘，这是营养啊，如果撒哈拉沙漠不存在了，南美森林能否存在还是未知数。再说了，我本身不具备完成全部沙漠治理的能力，即便有这个能力，我把活儿都干完了，别人干什么去？我的这些学生不就失业了嘛。所以嘛，一个人只能干自己该干的事情，把自己该干的事情干好就可以了。比如你，如果你把文章都写完，这世界上今后就没有写文章的人了。

虽是玩笑话，却让我心下惕然。

贪婪无处不在无时不在，它存在于我们每个人的内心，时时刻刻。自私自利时，不加节制是贪婪；利人利他时，遐想无边，何尝不是另一种贪婪呢？

人生而平等，但人从来就没有平等过。平等只是一个理念，是处在食物链顶端者对处在食物链下游者的一种安慰——也仅仅是安慰。当然，也不排除处在食物链顶端者的宽宏大度或者仁义爱心。如果幸而不被当成恶意妄猜，抛出这种理念的人，其中是有着对自身利益的深谋远虑的。处在食物链顶端者，不错，是威风八面，是唯我独尊，是顶天立地，可是，最强大的往往绝灭于最弱小的、最不起眼、最容易被忽视的因素。至少人类社会从来都是这样，强大的政权往往不是死于另一个更强大的政权，往往是表面看还站着，其实已经死了，外力稍稍一推，便倒地而亡。十四万人齐解甲，更无一人是男儿。明明是男儿身，为何在此要紧时刻无人去做男儿事了？男儿精神早已死去，空余男儿皮囊罢了。

风起于青萍之末，千里之堤溃于蚁穴，一切都有缘起，所有的缘起都会成为一种结果的因素，只是我们常常会把一些因素当成可以忽略不计的小事。或者，一种侥幸心理总会适时适地蹦出：那些因果链是针对别人的,于我或许是一个例外。

各个时代精研历史的人都不少,可是正应了一个说法:历史给人最大的教训就是,从来没有人真正接受历史的教训。

这太残忍了,但却是事实,一再被验证的事实。

至少是某种事实。只要有一种事实曾经真切地摆在那儿,再次发生、屡次发生的可能性就是存在的,就是应该永远警惕的。

人世间发明了很多游戏,发明的动机也许是给枯燥而艰难的生活增添一些噱头或乐趣吧。据说,在所有的游戏中,赌博是最公平的,永远都是五五开,你一半我一半。当然,这应该是指长时间流连于此的人,偶尔玩一把,输赢都不具备抽样调查的资格。又据说,概率论就是从赌博中升华而出的。这个我不懂,免谈。但有一点,凡是游戏,必须有游戏规则,而且必须先确定游戏规则再开展游戏。

当一种游戏从创意到规则制定再到最后结果,都为一方掌握,这个游戏便不构成游戏;如果这种游戏还可以存在,只能自己跟自己玩了。从游戏扩展到社会生活,有些重大理念决不可以游戏视之,但却是必须要遵守的游戏规则。比如"人生而平等",这是多么重大而辉煌的人文理念啊,它的发明和践行,几乎是人类文明史上最重要的理念。可是,在践行过程中,则更多地体现为一种游戏规则。创意是人生而平等,践行规则是人人都走在生而平等的路上,至于最后的结果,其实还是继续挣扎在践行之路上。以个体算,个人心中所期许的平等,似乎也不会像一把赌完那样结果一目了然。自己感觉到这一生是公平的,那就是公平的;反之亦然。只有在参与游戏者油尽灯灭时,平等不平等才显得不那么重要了。或含笑九泉,或含恨而逝,即便死不瞑目,也只能睁大着眼死去吧。

自己实在想不开,也没有人会代替你想开。

在自然界,因为有游戏规则在,食肉动物因为肉的源源不断而浩浩荡荡,食草动物因为草的生生不息而瓜瓞绵绵。

估计谁也没有想到,地球会以这么快的速度变得这么小,真是小小寰球。一个人站在自己的国土上打一个喷嚏,会同时喷溅在许多国家的许多人的脸上。这个喷嚏打还是不打,成了一个问题。不打,难受,甚至会把自己憋死;打了,唾沫星子必然会喷溅在别人(不是别人,是别国的人)脸上。外交无小事,把唾沫星子溅到别国人的脸上,至少有不尊重对方的罪过,那么只好紧紧捂住自己的嘴巴。其实,这也不行,总会有不良气体飘散的。比如,碳排放问题,你明明把有害气体排放在自己国家的上空了啊!那也不行。领空是自己国家的,而大气层没法设置海关国门,没法查验护照什么的。

一个叫命运共同体的箩筐把所有人装在一起,拒绝进入这个箩筐,或者把箩筐搞坏,谁都不答应。如同关在鸟笼里面的鸟儿,互相嬉戏、恋爱、性交、生孩子、掐架,甚至一只把一只掐死,都在游戏规则中。谁要是想把鸟笼毁坏了,那是不行的。当然,鸟儿永远不可能依靠自己的能力摧毁鸟笼,除非借助外力。而人可以摧毁自己居住的房屋,可以摧毁家园,可以毁灭地球,甚至可以让太空受损。由于不是所有人都具备这个能力,这下好啦,不具备这些个能力的人却反过来要约束具备这个能力的那些人。谁有能力毁灭某种东西,都得把自己的能力关在笼子里,牢牢地关起来,因为你要毁灭的东西不是你一个人的。

真是吊诡啊!

当然这还不是百分之百的保险。万一遇到哪个二杆子货,有一天二杆子病大发作,说我试一试我到底有无毁灭某种东西的能力,那结果就不好说了。

在某些方面，人必须反过来向动物学习。食肉动物为了不让食物链断裂，必须主动限制自己的能力，最感人的手段便是将自己的种群限制在合理数量内。当我们看到狮子老虎杀死自己的亲生骨肉时，一点儿都不要惊讶，说什么野兽无情，它们无异于人类中的壮士断腕。食草动物处在食物链的中低端，自然会有食物链上端的来控制它们的种群数量。

那么，人该怎么办？

人除了节制生育，以限制种群的无限制扩张，最要紧的，还是要限制自己的能力。人已经没有天敌，而失去天敌的生命是可怕的。恐龙失去天敌以后的下场前车可鉴啊。人可以制造出一切自己想制造的工具，当然也可以制造自己的天敌。但是，当人制造出自己的天敌以后，人自身便也处于万分危险的境地了。

据说，爱因斯坦曾经说过，人类的第三次世界大战何时开打，怎样打，他不知道，但人类的第四次世界大战，所用的武器一定是棍棒和石块。

这是不是爱因斯坦所说并不重要，重要的是，这可能是一个惊心动魄的事实。不是有人威胁别人，要用什么什么玩意儿给谁谁谁动外科手术，让谁谁谁回到石器时代吗？

于是，一个叫命运共同体的理念应运而生。与其说是应运而生，毋宁说是无奈推出。人类的强者必须依赖强者约束强者的行为，即强者先约束自己，再约束另外的强者，这是人类的聪明之处。理性的力量是强大的，这种强大不在于能把别人怎么样，而在于能把自己怎么样。一家独大的世界，正如没有天敌的生物，毁灭他人倒未必，毁灭自己是一定的。

人已经战胜了地球上其他生物,实现了一家独大,但这却不是人类的福音,很有可能是亡国之音。亡国之音从来都是悦耳愉心的,犹如斜躺在暖暖的春阳之下,犹如流连在芬芳可人的百花园中,犹如沉浸在富贵温柔乡中,不知不觉的,恍惚了,迷醉了,沉睡了。而这正是温水炖青蛙的路数。如果说在蒙昧时代,为了让人从神鬼的压迫下抬起头来,鼓吹人为万物之灵是黄钟大吕的话,那么,在现如今,当人早已独霸天下的时候,仍无限拔高人的地位,则不仅为亡国之音,且为亡人之音了。

问题又来了:关于人本身,关于人在生物界的地位,关于人在生物界应持的操守,什么样的理念算得上是黄钟大吕呢? 有三条可供参考。

其一:人之所以异于禽兽者几希。

其二:不再是野兽了,但也不是天使。

其三:变形虫距离爱因斯坦,只有一步之遥。

忠言逆耳。人都爱听好听的话,爱吃美味的食物,爱穿漂亮衣服,在各种各样的所"爱"中,"悄悄的我走了,正如我轻轻的来,我挥一挥衣袖,不带走一片云彩"。在醉生梦死中,耳边忽然响起一声断喝,哪怕是向你预报天塌地陷的噩耗,你睁开迷蒙眼,只要没有马上看见天塌地陷的景象,你是会讨厌这个人的,就像电影《危楼愚夫》中那个叫醒危楼居民的愚夫反而挨揍一样。

人都活在当下,而当下具有暂时性。

是的,当下。

是的,暂时。

虽然人都在追求永远,却把目光盯在当下和暂时,丝毫不舍弃当下的利益,甘愿为暂时性的东西赴汤蹈火,比如名利,比如虚荣。

抠抠搜搜的投资，浩浩荡荡的回报，想起来很美。

人其实都有贪得无厌的品性。非但品性，且为本质。如果仅以是非对错衡量，还真不好判断。如果不是贪得无厌，人类走不到今天；也因为贪得无厌，人类满身病症。有意思的是，对于人类整体的贪得无厌，历来获得的好像都是好评；而对于个人，或某一范围较小的群体（比如，一个民族、一个国家）的贪得无厌，向来又都倾向于贬斥。这是不是说，为人类的整体贪求利益是好的贪，为个别或局部贪求利益是坏的贪？

真不愿意，也不敢做这样的区分，因为谁都可以打着为人类谋利益的名号，为自己，为个别人，为一小撮人谋取私利。在人类文明史的长河中，此前的几千年，在这个金碧辉煌的舞台上，上演过多少幕下作的丑剧，而基本剧情无不是假借着人类、人民、上帝、正义以及其他辉煌的名义，干出来的事情却与所有这些名义背道而驰。

五

什么事都不想做、都做不了时，也许就是思想的开始。我无端地相信，人间的思想都是四体不勤五谷不分的人没事瞎想出来的。孔夫子承认自己种庄稼、苗圃这些事都不在行。难道他当官就在行了？当大司寇，摄行宰相职务第七天，就急不可耐杀了少正卯。按行政级别，两人同为大夫，这可是大夫杀大夫啊，孔子一点儿都不放过他暂代宰相职务的机会。

其实，少正卯算是一个有学问、有情怀、有追求的干部。他和孔子一样，也聚众讲学，也许他的水平比孔子高，口才比孔子好，或者他的学说更切合当时实际，以至于孔子的学生，除了那个死脑筋的颜回,几乎全都去少正卯那儿听课了。这不是唱对台戏嘛! 若以小人之心度一下君子之腹,孔老夫子该不是红眼病大发作吧? 但两人同为大夫,孔子是奈何不了少正卯的。也合该少正卯先生倒霉,天不作美,让孔子逮住了公报私仇的机会。这么足以惊动朝野并给后世留下差评的豪华动作,是需要充足理由的。理由不难找,再难找的理由只要处心积虑去找,都俯拾即是。孔老夫子的学问是可以的,至少足够给自己枉杀少正卯的行为引经据典。他顺手把先前七个圣贤级别的人所杀的七个人拿来作为例证,言下之意,他杀少正卯当然是圣贤行为了。这不,孔老先生给少正卯定了五恶之罪,把自己的行为说成是行君子之诛。

不仅儒家这样,许多学说从发轫到成长,都具有排他性。有些排他性剧烈一些、血腥一些,明目张胆;有些则温和一些、隐蔽一些,瞒天过海。比较而言,真正的儒家算是比较平和的、中庸的、包容的。儒家固然够不上完美,但在绝大部分岁月里,可以与释道和平共处,乃至三教合流。

真正有生命力的学说,都具有尽可能大的包容性。因包容而海纳百川,又因之强大,故此放之四海而皆准。一种学说、一个团体,内部要有不同意见、不同声音存在,一言堂从来都不会有什么好结果。在团队外部,要有反对者、挑战者。看看动物世界,没有竞争对手的物种,自己也就踏上了灭绝之路。

四面楚歌的世界是令人绝望的,遍地颂歌不一定就是太平盛世。

缓歌慢舞凝丝竹,尽日君王看不足。
渔阳鼙鼓动地来,惊破霓裳羽衣曲。

这是说啥呢？

盛世危言，危言耸听。听不到危言的盛世一定是危世，危言能够耸动视听的社会也许有望风清气正。

世界的吊诡就在这里。

我们生活在一个无处不吊诡的世界。

我在文章中，在多次讲座中，都曾企图用最简单明了的话语来概括描述这个时代。我也曾经撰文说，作家们正以自己作品的名字来概括或简化一个时代。在改革开放后的这几十年内，有两部作品值得重视，一个是贾平凹的《浮躁》，一个是雷达的《缩略时代》。

《浮躁》诞生于二十世纪八十年代中后期，不说作品的内容，仅以"浮躁"一词而论，确实算得上是对一个时代的简化和概括。国门打开后，国人一觉睡醒，揉着惺忪的眼睛，望见窗外朝阳初升，雾岚缭绕，清晰与混沌交汇，梦境与现实粘连。那场觉睡得太久，在梦里，国人无比坚定地认为，自己所处的时代是人类最伟大的时代，自己是世界上最幸福的人，和自己同时代的人类，除了与自己一样幸福的同胞，别人都还处在水深火热之中，都在等待自己登高一呼，赤膊前去解救。梦醒后，恍然发现，这仅仅是一场梦，而外面的世界无限精彩，在自己沉浸于梦境时，外面的成果已然叠床架屋堆积如山，而自己却两手空空。于是，梦醒了，紧张感如潮如涌，一切都想一眼见到，一切都想一夜得到，最好是一觉睡醒，什么都凭空飞来。社会浮躁，群体浮躁，人人浮躁，无时无刻不在浮躁中。而这种浮躁在那个特殊的语境下，却不是一种贬义词，甚至不是中性词，几乎带着意气风发的褒义。将失去的时间夺回来，时间就是金钱，效率就是生命，八十年代的新一辈，天之骄子，时不我待，时代在召唤，青春在燃烧，未来属于我们，未来必须属于我们，未来一定属于我们，欣欣向荣，一日千里,等等吧,这其实就是那种浮躁的本意。

雷达的《缩略时代》发表于二十世纪九十年代初期,不像《浮躁》是大部头,这是一篇小散文,只有一千多字吧。文章优劣不在长短,而在于是否切中时代脉搏。当人们看到其中的一些表述后,犹如从梦中惊醒,犹如一股烈风吹散迷雾,其认识功能昭昭然喷薄而出。原来,一切都被缩略了,爱情缩略为性,友谊缩略为利,人生价值缩略为钱,一切都变得那么简单明白,而又是那么急功近利。

我在试图简化或概括一个时代时,不由自主先要引用狄更斯《双城记》中的开场白:这是一个最好的时代,这是一个最坏的时代。

然后回到我们所处的时代,我的概括是:

这是一个抢着说话的时代。

这是一个人人有话说的时代。

这是一个人人都可把自己说的话传播到远方的时代。

这是一个同一个人在同一时间对待同一事情,可以指白为黑又可指黑为白,而且都可振振有词的时代。

这是一个以说真话为名经常说错话,说了错话依然理直气壮,而且不以说了错话而感到丢人的时代。

这是一个常常把一句喃喃独语扩散为举世喧哗的时代。

这是一个人人抢起道德大棒打人,而人人不知道德为何物的时代。

其实,以上的简化和概括,再加以简化和概括,也许是:这是一个难以描述的时代。

丰富而芜杂,激情澎湃而泥沙俱下,大步走向未来,又被古老传统拖泥带水。

我在一篇小文章里还说,这是一个起哄的时代。一则网络消息,短时间引发舆论狂潮,笔扫千军,披靡万众,字里行间,满满的正义感、道德感,引经据典,古今中外;为了体现政治正确,不惜给自己的网文中强行塞入领袖语录、名人名言,往上,与时下国策、政策、法理嫁接;往下,与世情、人情勾连。如此,每一句话都站在道德的制高点上,每一句话都与时代精神相吻合。一时间,文后留言如寒潮飓风,红包如盛大节日期间的满城红灯。看吧,撰文者钵满盆满,赚足了舆论风头,收获了现实利益,而跟帖打赏者其实也没有觉得自己吃了什么亏,他们获得了说话的权利,他们以自己的血汗钱伸张了他们认为的正义。

所有的热文都热不过两三天,乃至热不过夜,真的如寒潮飓风,滚滚而来,滚滚而去,原因在于,有关部门经过紧急而缜密的调查认定,这则网络消息是假的。

犹如全城动员抓贼,却压根儿没有贼,或者,只是某人曾经远远看见街巷深处闪过一个黑影。

先前的人——强调一下,我说的是先前那些靠谱的人——说错话以后,会觉得羞愧,至少会觉得不自在。哪怕并没有人对此说过什么,都会觉得失言不是什么好事,甚至将失言与失德相联系。佛家五戒中就有"不妄语"。提笔作文的人,更是谨慎再谨慎,总怕白纸黑字,取辱当下,贻笑后来。所谓悔其少作,并不一定是少年轻狂,笔下不知轻重,而是当时的见识只能达到那个层级。饶是如此,仍然悔其少作。当今的人却反其道而行之,少作中即便出现天大的谬误,也一概当作宝贝对待,青春无悔,无怨无悔。昨天说过的错话言犹在耳,昨天写过的谬误百出的文章历历在目,非但毫无歉疚愧怍之意,反以之为业绩,因为越是离奇言论,似乎获得的关注度越高"圈粉"更多。受此鼓舞,昨日之文一错十错,今天索性来个百错千错,一错到底。满脑子小九九的作者,一脑子生活用水的看客,在这个时代达到了彼此的高度合谋。

尽信书不如无书,无错不成书,谁料会以这种恶作剧的方式实现了。也由此,写文章以及出版著作,不再是一件庄严的事情。

六

很多人都自称在遥望远方。

我也经常遥望远方。遥望过几回后,我才恍然憬悟:目力所及的远方都不是远方。

小时候,我经常被教导要胸怀世界,以后发现,这并不是什么时新词,很古的人都在自诩或号召人们身居斗室、心系天下。这些励志语不知道对别人有没有用,有一点也许是可以肯定的:凡是说出这种话的人,已经是在自我励志了;而对于一个浑浑噩噩的人,任何励志都没用的。也许,他压根儿不知道天下有多大,也许在他的经验中,天下与斗室没有什么根本的区别。小时候的语文课本上,篇篇都离不开这个主题;广播上,声声断断表达的都是这个意思。但落到具体,最切要的问题是:这一顿饭能否吃饱肚子,下一顿饭还有没有。不仅我这个从小胸无大志的人是这种精神状态,那些谆谆教导我的人,每天最为关心的事情也与我差不多。

因此,请允许我再说一句胸无大志的话:任何不是建立在解决了基本生存问题前提之上的豪言壮语,都是二杆子言论。

人必须有饭吃,有衣穿,有遮风挡雨的小屋,然后,才可要求他做别的事情。一些浪漫的人,可能会把自由呀、尊严呀之类的追求放在相当显耀的位置。实际上,这如同于跟光棍汉商量,今晚跟哪房太太困觉，即便没有欺辱他人的想法，却有着欺辱他人的结果。任何人，尤其是掌握社会资源的人，都不能忽视他人的基本生存问题。

一个人如果连基本生存问题都没有解决，即便才大如凡·高，也得一生都活在屈辱之中，何况我们普通人呢。我们这些普通人，即便侥幸解决了基本生存问题，各种各样可以预知的、无法预知的屈辱都会与我们如影随形。如果再衣食无着、居无定所，那只有两种结局可供选择：一是受辱不过如温水煮青蛙般悄悄死去，二是不堪受辱匹夫一怒血溅五步如扫帚星般陨落。而更可能的是前者，后者的情形是有，但永远属于个别人。要是大多数人，或仅仅是许多人，有着这般的勇气血性，人间的屈辱大概要少一些，至少毫无顾忌地给人施加屈辱的人会少一些。

走兔在野，人竞逐之；积兔在市，过而不顾。

原野上的兔子，或闲来无事溜达，或奔逐嬉戏，或吃草爱恋，过往的人，哪怕是缺手少腿者，虽不能至，却心向往之，那一丝获兔于野的野心总是按捺不住。大约的因由，兔子在野，野为公共所有，兔子便是无主的，谁都有权获得。再者，逮住一只自由的兔子，便可显示自身的强悍。而兔子一旦摆在市场上，便是有主的，获取是要钱的，窃取则是贼人行径；逞其勇踢兔子一脚，既无此胆，又怕兔子的主人返还自己一脚，也算不得勇。踢打死老虎尚且无以言勇，何况欺负一只被捆缚的兔子。最明智或最尊贵的举止便是目不斜视，过而不顾。其实，若细心，其人是斜视了的，趁人不注意，斜视一眼兔子，心中的八八九九眨眼飘过，便过而不顾了。

有人砍村里的树木，遇到干涉，砍树的人会理直气壮地说："公家的，又不是你家的。"干涉的人顿感无趣。有人偷集体的粮食，捉贼的人还没说什么，偷盗者盛气凌人地说："生产队的，又不是你家的。"捉贼的人立即觉得是自己在做贼。有人干活儿磨洋工,干活儿卖力的人看不过眼了,偷懒的人会一脸不屑说:"又不是给自家干活儿,假积极。"

哦,走兔于野,人竞逐之,这是公家的、无主的,谁得到是谁的;积兔于市,过而不顾,这是自家的、有主的,神圣不可侵犯。

占了便宜的是聪明人,吃了亏的是傻子。

这是一个时代最明智的价值观,虽然,所有的人都在高喊"大公无私",狠斗私字一闪念。

直到有那么一天,高处的一个明白人说:"还是各负其责吧。"

亿万农民嗫嚅着说:"那就各负其责吧。"

于是,全世界的人都听见了中国所有农民的那声苦涩而如释重负的叹息,随后不久,全世界的人都看见,中国农民的碗里有饭了。

走向远方的心是要有的,路却在脚下,所谓千里之行始于足下。

七

两只狗打架时,作为理性的人,大可不必去为它们分是非,但人却最爱干这种为狗分是非的事情。当然也有例外,比如,野狗打架,人一般会选择看热闹。人给狗分是非,其实是给人分是非。分是非的目的也不真的在是非本身,而是给人争脸面。俗话说,打狗看主人。大抵狗都是有主人的,那么,狗咬狗便不全是狗的事情。狗是畜生,却是被驯化的畜生,便也不是完全的畜生。完全的畜生,自有一个丛林法则在那儿搁着,谁厉害谁就是当然的王。

这里没有什么道理好讲,双方唯一的道理就是实力的比拼。人类社会本质上其实还是遵循着丛林法则,但却为了表示自己与畜生不同,更重要的是为了显示自己是万物之灵,便发明了无数的道理来解释自己的行为。用道理来阐释行为,并不是为了澄清是非,而是为了混淆是非。历史都是由胜利者书写的,人是很明白这一点的。

先贤早说过,春秋无义战,而取胜者无不是打着义字号大旗去发动战争的。如果失败,便会将战争归结为不义;如果取胜,那便是义的胜利。春秋无数的战争要说有什么义,最数得着的便是宋襄公的泓水之战了。宋襄公他老人家高举仁义大旗,错失战机,大败亏输,从没有人给他的仁义说句公道话,时人把他嘲笑了个够。两千年后,一个伟人还在嘲笑他,甚至不惜动用人格侮辱的话语:"蠢猪式的仁义道德。"

那么,假如宋襄公那一仗打赢了呢?如果真的赢了,那不是他赢了,而是仁义道德赢了。这是假设,是违背事实的假设。事实是,他输了。而更残酷的事实是,他根本不可能打赢那场战争。他为这场战争设计的前提已经是一场败仗。人往往把他的失败归结为战争过程,比如错失半渡而击的良机之类。前提的错误必然连带过程的错误,结论的错误也是必然的,谁见过以纯粹的仁义道德取胜的战争?

近代中国受人欺负一百多年,无数抵御外侮的行动当然都是正义的,但却一次次地失败了。那不是正义失败了,而是实力不如人。抗日战争胜利、中华人民共和国成立后,更是一个接一个的胜利,那既是正义的胜利,也是实力的胜利。正义如果没有实力做后盾,恐怕只具备道德诉求的力量。

不用说,人的打仗不可与狗咬仗相比。狗咬仗也许为了点什么,比如争夺交配权,比如争抢一块质量较高的干屎橛子,比如向主人邀功,比如争强斗狠,比如纯粹是闲得无聊意气用事,等等。所以,执意给狗咬仗分是非的人,也要看具体情形,不可概而论之。比如,智商情商都比狗低的人,比如好为人师的人,比如在人群中没有话语权而在狗那里刷存在感的人。

俗话说,打人无好手,骂人无好口。就是说,只要是动手打人,打人的那只手就不会是一只善良的手,要是真的善良,打人干什么?谁要打你左脸,你把右脸也顶上去让他随便打就是了。从心底不愿骂人,不会骂人,遭人骂也不愿还口或不懂得还口的人,要是被人骂了,听着忍着就是了;或者,做一个阿Q,权当自己是聋子,权当没听见,权当对方在用美言美语夸你。要不就是左耳进右耳出,秋风过耳一缕凉风,又不实际损失什么。要是选择回骂,只要算得上是骂人话,便一定不是什么好话。最高明的骂人话,大约就是骂人不带脏字。不带脏字之骂,也许就是君子之骂,而这种文明之骂,往往更带有杀伤力。比如,明清之际的大汉奸钱谦益,也是几千年数得着的学问家,学问好,却没人格,今日背叛这个,明日投效那个,反复无常,后来终于一头扎入新朝怀抱,如此,仍然被新朝列入"二臣"名单中。晚年他办寿宴,一帮马屁精奉上种种肉麻颂词,不惜把只能给圣贤用的词儿都给他用上了。客走主安,老钱在灯下品鉴着那些谀词妄言,忽然醒悟道:"无德而颂者,骂也。"不过,他的这些追随者人格都不咋地,未必是在骂他,即便是骂,也够不上君子之骂,只能算是小人骂小人,狗咬狗一撮毛。让人多少有些感慨的是,老钱心中尚存些许自知之明,他对自己是什么人多少还是知道一些的。

无论怎么说,个人与个人打架,武力集团之间的比拼,看起来打得你死我活,但还是有着规则,有着底线的。一方如果大幅度突破底线,当下可能会占到上风,但最终的结果总是不会太好。比如德意日法西斯,曾经多么强大,多么不可一世啊,但与人性为敌,与整个人类文明为敌,全面地、无所顾忌地突破道德底线,只能是在呼唤和激发无任何调和余地的死敌的踊跃诞生。日寇一次次灭绝人性的大屠杀,其目的在于打击和彻底摧毁中国人的抵抗意志。结果呢?结果已经众所周知。

战争中杀伐之心过盛的武夫,从古到今,个人命运往往是悲惨的;其所效忠的对象,前景也不会太妙。古代的时隔久远,暂且不去说了,以"二战"为例,那些战犯们,那些灭绝人性的恶魔们,以及他们所在的群体,到后来,都遭到了正义之剑的惩罚。

我们必须相信,最具有生命原动力的力量仍然是仁义之师。为某种现实利益打仗,现实利益得到或得不到,都会让这种力量泄气;假如志存高远,打仗与个人的利益并无什么密切关系,而是为了大众的利益,为了一个辉煌的理想,那么,这种力量便可能拥有源源不断的生命原动力。看看抗战时的八路军、新四军吧,依照当时全世界武装部队的总体装备水平,他们哪里是打现代战争的队伍?但他们却在不断的战斗中生存,在血与火中茁壮成长,在不断胜利中坚不可摧。如果一定要找出什么诀窍,其一,他们是在保家卫国,置个人安危于不顾地舍生忘死;其二,也是更重要的,他们与最广大、最普通的老百姓同生共死。

这些,才是一种力量的真正底气。

八

许多人自诩一生都在寻求真理。

我也这样宣布过。

我相信有些人确实一辈子都在搜寻什么东西,或者仰望星空,或者俯首大地。这些人也确实把自己搜寻的过程和结论,或口授心传,或亲手著录于各种载体之上,从美索不达米亚刻在泥板上的钉头字,到古埃及划拉在草纸上的文字,还有我大天朝灼雕于龟背兽骨上的文字,熔铸在青铜器皿上和形形种种摩崖石刻的文字,深埋于沙漠或地下的简牍文字,还有,还有……事实上,那些涂抹于陶器上的符号,那些深山老林中岩石上的涂鸦,都是记载或表达了某些信息和意思的。有的信息和意思,当下的人,通过以小人之心度君子之腹或以今人之意会古人之心的方式,也算是强作解人吧。因此,人从来都是不甘寂寞的,从来都是要留印痕于后世的,从来都要显示自己的存在的,而且,还要把当下的存在变成后世的存在。仅在这一点上,便显得比动物要高明一些,要显得不那么苟且。

问题在于,上古的人好像并不特别在意将个人的名字留给后世,而是以人类的"类",至少也是某个部落、某个群体的名义,将某种自认为有价值的东西传诸后世。你看那些岩画多漂亮,如今用自己的画换房换车换官换女人的惊世画家,也未必赶得上他们那看似信手而为的涂鸦,但它们却没有署名。再看看那些甲骨文、金文、简牍的书法水平,如今又有几个号称一字千金的书家,好意思在它们面前展纸挥毫。而那些佛窟壁画的画师们到底是谁呀?当今无数的画家在临摹他们的作品,却不知道在拜谁为师。

是不是可以这样说,古代真正有传世价值,也没有明确作者的精神产品,从来毫无争议,后世只有顶礼膜拜的份儿。而有明确作者的那些精神产品,几乎没有一件拥有过完全被公认的地位,大都是在这个时代被捧上天,在另一个时代又被打入地狱的,或者,被这一部分人捧上天,被另一部分人踩在脚下的(在极端的时代,踩在地上还不够,还要狠狠踏上千脚万脚,诅咒其永世不得翻身)。而几乎无一例外的是,获得此种冰火两重天待遇的,都是曾经的名声最著者。

比如被尊为又是素王呀又是万世师表呀如此等等名爵的孔老先生，他活着和他死后的时间里，向他敬奉香火、纳头跪拜的人有多少，给他儒冠着粪、经卷放火的人便有多少。

声名之累，盛名之累，当下之累，百世之累。

当下不得安宁，灵魂不得安宁。

人的霸道无理几乎体现在各个方面，从个人生活到群体世界。人的屎一定比狗屎要臭许多，但人往往将别人说成是臭狗屎。人所做的坏事比畜牲做的坏事要坏得多，却往往要把做坏事的人比作畜生，甚或说"畜生不如"。说到底，人一边在做坏事，在损害他人和群体利益，也在损害畜生利益。或者损害，或者被损害。而进入评价体系后，哪怕自己是被损害者，即便对损害自己的人恨得要死，还是要曲意维护人的体面的。嘴上说对方是畜生或畜生不如，弦外之音是说对方并不等同于畜生。拿畜生作比较，或者把畜生比下去，或者高抬畜生稍许，总之，以此证明人并不等同于畜生。

这不是为了给损害自己的人开解，而是在替自己辩护，给自己争面子。在这里，那个损害他的个人，已悄然由单个的人化身为复数的人，成为"人"本身。如此，损害我的人，哪怕我再怎么恨他，瞧他不起，却仍然是"人"。这个"人"事实上和"我"有着拆解不掉的渊源，日常的表述都是"我们"。我们同在天地间生活，我们披的人皮虽各各有别，但在畜生眼里，或某种冥冥之物那里，我们共同为"人"。这是一个利益共同体，一个被想象出来的共同体，一个被共同命名的概念。"我"不能脱离这个共同体，脱离这个共同体后，"我"就不是"人"了。尤其不能受到"他"——一个在"我"眼里形同畜生或畜生不如的"人"——的连累，否则"我"也不是"人"了。

许多人受到强势人物损害,自己的利益得不到伸张,乃至由此遭到更为严重的损害时,往往抱怨联手损害他的人是在官官相护。其实,在抱怨自己同类的时候,这些人可能从来没有想过,在另一种生命的眼里,人也在人人相护。比如,顺口诬陷自己的同类为畜生。想想,这与畜生何干啊!

人在众生共有共享的生命空间里,获得了至尊无上的霸权,独享本来属于众生的利益,以至于不但抢占强占了本来属于众生的利益,连带将众生本身都划归自己的利益范围,所有的动物、所有的植物,人在这些生命的身上都能找到自己的利益获得点,穷索尽搜,敲骨吸髓,无所不用其极。这还不够,人在猎取对生物界现实利益绝对的支配权后,还要给自己的脸上贴金,首先要做的就是自我授勋,所谓万物之灵之类,接着是自我授权,所谓天赋人权之类,然后便是唯我独尊为所欲为。人把自己面对生物界的一切行为都说成是合理合法的,都是来自神的授权,来自真理的感召,也因此,人对于生物界的一切行为都会受到神的庇护,都是在通往最后的终极真理之路上迈进。

垄断利益、垄断真理、垄断对真理的解释权,在生物界,人取得了"大满贯"。

可是,然后呢?

然后,人的敌人只能是人自己。当人的权利不受生物界其他生命体的制约时,人是人最后的(也是最难对付的)敌人。

一部人类史,就是人对其他生命体的损害史。

与此相伴而行的是人对人的损害。

一部人类史就是人与人的互害史。

人学会使用工具,开启了对自身头脑能力的开发;人学会制造工具,又用头脑的能力扩展了身体的能力。如此良性循环,当身体能力扩展到无以复加的程度时,人们发现,人的身体能力是有极限的,而人的脑力无边无际,宇宙的无限几乎便是人脑的无限。

于是,人便专事扩展人的脑力。人脑所制造出的工具,不但在大范围地取代人力,也在大幅度地取代人脑。人工智能在取代人脑时,很大一部分人脑仍处于无用状态。取代人力的各种工具使得人的身体能力逐渐退出社会劳动环节,比如走路的功能,比如制造和使用工具的功能。而当人工智能部分地取代人脑后,那经过几千年已经被激活的人脑功能能派上什么用场呢?身体能力虚置,现如今只要还有一口气的人,都可以借助交通工具周游千万里,只要还没有傻透,可使用高端工具为自己服务。人群中只需要有少量聪明绝顶的人就可以了,他们制造出来花样百变的工具,让傻子都可以活下去,让拥有正常体能与智能的人都可以像传说中的神仙那样生活。

可是问题在于,当人们适应了一种生活,比如衣来伸手饭来张口,忽然间,发生了某种变故,而人自身的能力已经对现成的工具产生严重依赖,这个时候怎么办?有一本书探讨的是你能不能炒出一盘土豆丝。如果有现成的食材和工具,成年人大体都可做到,只是水平上有差距。可是,书中设置的条件是从零开始。没有土豆,你能种出土豆吗?如何像先民那样在遍地野生植物中选育土豆?没有火,如何像先民那样钻木取火,或像普罗米修斯那样把火弄来?没有炒土豆的锅,又如何像先民那样制造出各种厨具?没有切土豆的菜刀,你能独自炼铁,打制刀具吗……凡是炒过土豆丝的人,都知道需要哪些条件,而我们之所以在炒土豆丝时没有觉得多困难,不是我们自身的能力达到了多高的水平,而是我们在享受着先辈千年百年艰苦探索的智慧成果。现在却要让我们从头开始,环顾今日之域内,能够上天入地挥斥八极的大有人在,可是,能够以一己之力炒出一盘土豆丝的人是谁,站出来,让大家看看?

也许真的有一天,需要人类自己从头开始,为炒出一盘土豆丝而大费周章。玛雅人在拥有高度文明后突然有一天神秘消失了,为什么?以前发生过的事情,无论多么离奇,还会重复发生,这是一部人类史反复验证过的。

九

连续说了这么多上不着天下不挨地的陈词滥调,我们不妨松口气,去两个名不见经传的小地方看看。

有一段时间,我一直纠缠于这种从古说到今,也从来没有谁真正说清楚过的问题中,把自己搞得很烦。这时,我往往选择外出放放风。因为要上班,不能走远,便在城郊走走。走过的地方很多,兰州的南北二山,山中的一些小村庄都去过。其中有两处,曾经引动了我内心的某种情愫,回来后做过文字记录。

一处是什川,我当初是这样记录的:

兰州以东二十公里许有什川,初为黄河转弯处一滩地,山围四周,河水穿行其中,外观如盆地然。与兰州地形近似,可视为兰州之缩微版。黄河中上游此种地形甚多,皆因河水劈山,泥沙漫淤所致,而后多为农耕大作人烟辐辏之地。什川亦如是,而什川独以古老梨园名世。

由兰州去什川大约有两种走法。走水路,则乘船,顺水而下,风萧萧兮水漫漫,群山虽荒芜而可遍览两岸田园参差风光;

走旱路，则越数座土山而过，人在车上，山在车外，山巅童童，而山坳时有繁树野花赏心娱目。水路旱路，都是去什川的好路。不过，走水路者甚少，知者说是船费靡贵，耗时漫长，无如走旱路之便捷。私意揣度，水乡人对水上行走有感觉，而旱地人走旱路心里踏实。到底如何，并无深究之必要，而什川确为兰州人就近游玩之首选。

兰州四面为土山所围，近年发酵般膨胀，本来逼仄的城区已被试与山巅比高低的摩天大楼填塞得满满当当，街衢里弄，车流滔滔，人群泱泱，行走困顿，呼吸亦为之不畅。节假日，坐困城区，散心会友吧，身无空间，心下无趣；而远行，财力时间，均告不便。而什川，实为兰州人两全其美之所。

什川盛景在于春，春来什川有梨花。什川为明代兰州近郊军事要塞，守塞军士及家属因地制宜，栽植梨树，积少成多，渐成规模。苍狗白云，人事更替，梨树穿越时空到如今，树龄六百年，占地近万亩，据云为目下世界上最大最古老的梨园。什川人凭借一方梨园生活六百年，跨越无数艰难岁月，什川梨修成正果，为一方显耀名产，而梨园文化亦堪称博大精深。梨从梨树来，人养梨树梨养人，人不亏梨树，梨树则以香梨回报。什川多少代人守着梨树度日，其养护梨树的一整套技术可谓独步天下。譬如其防虫之术，几乎升格为艺术：或以黄河滩地细沙围树，害虫侵入细沙，脚下溜滑，绝难逾越，形同天堑；或以河底稀泥涂抹树身，藏于树皮细缝中之害虫则无所寄托；或于冬日以利刃刮去树皮硬壳，摧毁虫巢，而树皮硬壳为上佳燃料，煮饭、煨土炕、热黄酒均为不二之选，而草木灰则为滋养梨树之天赐肥料。至于地面事务，诸如为梨树松土、除草、引水灌溉之类，什川男女老少人人都是行家里手。养护梨树难在高处,所谓高处不胜寒,而什川梨树的高处岂一个寒字了得!那是直接与从事者的性命相关,堪当此重任者,一个时代,偌大什川,也仅寥寥。此类梨园杰出人士有一响亮名头,曰"天把式"。天上作业的把式,与天角力的把式,称之为"以色列"也属应当。以色列,意为与神角力的人。天把式,什川与天角力的梨园大拿。

　　什川梨树身高枝密,梨大而繁,挂果后,树梢枝条不堪重负,往往折断,果实跌破,又损伤梨树。什川种梨天把式因此闪亮出世。天把式身手之首要在于爬云梯。此云梯非战阵攻城之宽阔坚挺云梯,宽约尺许,高可数丈,一头挂地,一头搭在树杈上,稍加压力,便软闪闪、晕乎乎,成年人厝身其上,宛如拴在细线上的蝴蝶。天把式爬上云梯是要手脚并用作业的。春天时,天把式攀云梯爬上树梢,脚踩云梯,双手拽扯一根麻绳,将险要处各个树枝一一绊结为一体,使之互相借力,形同伞骨与伞盖阵势。至秋尽天凉,又到了考验天把式身手的时节。什川梨子极是娇嫩,皮薄汁丰,稍有磕碰便"香消玉殒"。云梯架起,天把式缘梯而上,与地面家人配合,将草筐吊至手边,摘下梨子小心装入;一筐装满,吊下入库;反复吊上吊下,一棵树采摘完毕,再换下一棵梨树。设身处地一想,除了双脚附着在晃荡不休的树枝上,身体略无依靠,而双手在频繁劳作,对于梨子还要轻拿轻放,誉之为"天把式",名实相副。窃以为,天把式之诞生,后天历练锻造与天生天赋各占一半。凡天把式,无不瘦骨嶙峋,胆大心细,树枝摇动之下似汪洋中一叶扁舟,动之敏捷如猿猱,静则恰似偃卧床榻,神定身安。天把式,却原来是天生的与天角力的把式。饶是如此,什川地界,身残肢残者多为曾经的天把式。

一方人养护梨园数百年，一片梨园回馈一方人数百年，人于梨树有养护之功，梨树于人有回馈之德。据云，在二十世纪六七十年代，一棵梨树正常年份可给主人带来一千五百元收益。这是多么浩大的恩德啊！在那些岁月，这笔收入，相当于一个普通公职人员几年的工资，而一个普通农民，耗尽心力，十年也未必有此进项。身家性命系于梨树，什川人对梨树岂可生出一分怠慢之心？然而，世事如棋，如今交通便捷，物流天下，时鲜果品，应有尽有，四时供应不辍，什川梨子虽仍为一方名产，却不再独擅天时地利。人世间，从来都是得失在转瞬间，什川梨子失去专宠地位，而梨园梨花却得天独厚。都市人在基本物质需要满足后，休闲度假成为必需，而身边的兰州最为稀缺者，便是什川这样一个去处。什川的先人为后代打制了一只永远有饭吃的饭碗。游梨园，看梨花，成为兰州人的时尚，而招待游客则成为什川人的主业。梨花烂漫时、花落叶浓时、梨子成熟时，每日人车无数，农家乐，游人乐，游人乐，则农家乐。梨园外是如带缠绕的黄河，乘船顺流而下，可达大峡，山势奇崛，向来为名胜，就近，则可于黄河中作泛舟之游。

我定居兰州已二十年，于什川，每年必有一游或数游，多为朋友邀约。有此一日之游，爽身快心许多时日。今春梨花繁盛时，蒙什川朋友不弃，游玩之时，有媒体采访，我坦言，梨园乃什川之魂，有梨树在，什川人的生活，当如梨花般灿烂；而保卫梨园，则是保卫什川人自己的饭碗。

另一处，我也不知道具体叫什么地名，是走着走着碰到的。可以肯定的是，地点在兰州郊区永登县境内。

我是这样记录的：

江山有胜迹，毛驴先登临。在幽深峡谷蛇行数小时后，峡谷渐趋疏朗。忽左侧悬崖下又横生一谷口，且悬有一奇怪名称寺院匾额。细审之，似可通车。拐入，峡谷逼仄，仅容一车道辗转。砂岩耸峙，枯草离离，回旋数里。至沟掌，一间七倒八歪屋，大约庙宇；一个风摆萧条人，疑似庙祝。屋后有炕大空地，聊可泊车。一驴一羊，天地两生灵。车停，毛驴宛然长官模样，面孔肃杀，蹑步抵近视察，车门难以打开。幸获允准，下得车来，举目唯见一片蓝天当顶。庙祝乱发遮脸，胡须纠错，歪坐屋檐下泥地，仿佛无关之人。庙内杂物横陈，几无容足之地，唯两尊塑像光亮依稀。观音面南，护法面北，后背相贴而立，各不见面。上完布施，回头忽见毛驴横身堵门，挥之不去。驴眼与人眼对视，恍如隔世相见。我心中暗祝：毛驴啊，你我前世若为兄弟，今日邂逅，便是兄弟相见，当再续兄弟前缘；前世若为冤家，今生再见，便是善缘，理当一笑泯恩仇，当此戾气滂沱之时代，你我戾气不散，便是旧业未结再添新业，若有和解意愿，彼此掂量生命之意义，何妨一拍两散，从今往后，人走人道路，驴奔驴前程。毛驴挪步，绵羊前来。绵羊角缠红布，疑为放生羊。若是，无论你身负何人魂灵，你已是羊身人心，前生若有不甘，就此甘心吧。人之苦难，在于不甘心；一世不甘心，便是大苦难；若将此生不甘带至来生，无异重吃二遍苦再受二茬罪，君之愚，是为永远之愚。红尘扰攘处，你若甘心，便是圆满，抬头即见晴天，移步处处芳草。

我走过不少地方，也写过不少记录观感的文字，之所以将这两篇谈不上独特更未臻于精彩的文字单列出来,无非是要表明一种心迹:某些问题在书中、在遐思中找不到路径时,到田野去,到那些不被当作风景区对待的地方去,山川草木,大地田垄,那就是一个个象形文字,无不传达着某种人世机密。

十

多年来,每年有那么一个不是很固定的时段,总要出去走走,远者出国跨洲,近者国内省内,或因公,或因私。大多数时间还是在本省行走,而本省地域广大,无论朝哪个方向走,走到边界,都是一趟遥远的旅程。

有时候,走一趟,山河大地从眼前一一掠过,心下没有什么触动,有时候却会连带起一些事情。

那个春天去平凉公干,乘考斯特去,乘考斯特回。乘这种车有个好处,车速比小轿车慢,比大巴车快,视野也比较开阔,适合走马观花看风景。从兰州去平凉,当然走的是西兰公路。这是一个老名字了,时下叫连霍高速,把老西兰公路向西向东各延长了几千里。二十多年前,这条路大多数路段都在山脊梁上转悠,一山又一山,一旋又一旋,迎来太阳、送走太阳,迎来月亮、送走月亮,大约才可到达目的地。若从兰州算起,一路向东,经过的大山主要有车道岭、华家岭、六盘山。

而今,公路改在了平川河谷地带,原来需要翻越的山地都凿通了隧道。第一次由东向西到兰州出差,沿路真是步步惊心。我生长在平凉再往东的庆阳,觉得那里已经够穷了。可是,山上是有草的,本地很少有要饭的,要饭的大多是外地人;身上的衣服虽然也破烂,但毕竟有衣服的样子。在六盘山以东的平凉地界，情形与庆阳差不太多，穷是穷，算是正常的穷；荒凉也很荒凉，算是正常的荒凉。

那可是二十世纪八十年代初啊，按照寻常的说法，改革开放都好几年了，社会已经发生了重大变化。那么，前几年的情形如何呢？我没有概念。正好我搭乘的是一位在平凉工作了半辈子的老革命的车，她也许不好意思说得具体些，只是说比现在要穷得多。原来，她担任了在一个时代让她感到不好意思的一个地方的领导，我也经历了一个不好意思的成长时代，而那个时代的所有媒体，都众口一词地说，那是一个伟大的时代。

一个决意要装睡的人，打醒他也无甚意思，一个睁大眼睛都要说瞎话的人，有眼睛没眼睛都一样。

那是第一次翻越六盘山。在读小学时，因为那首著名的词，我对六盘山生出了无限敬仰之情。十八岁那年考古实习，与六盘山擦肩而过，抬头望过几眼，觉得也就是一座寻常的山，这次终于要以对待一座山的态度以人的姿势翻越了。当然，不是徒步。正是隆冬时节，白雪从山顶覆盖到半坡，那山就像是一个穿着白裙子的半老徐娘。狭窄的公路上也时有积雪，每走出一截，便有一辆解放牌卡车"倒毙"在路边或悬崖下。一盘又一盘，旧时候的老路恐怕绝不止六盘。丰田面包车盘旋而上，在山垭口，人在车中，看看那些翻了车的司机，就知道这里有多冷。过了垭口，就是坡西，坡西和坡东，虽都是白雪覆盖，虽都荒寒，风景却大为不同。举目四望，大地如灰烬，未见黄土之黄，眼见的都是铅灰。山下是宁夏隆德县县城，同事托我给他的母亲带了一点儿东西。对这个县城，我生出的第一印象是回到了教科书中所说的万恶的旧中国。一片土坯房，凌乱地撒在一片山坳里，毫无色彩，毫无生机，恰似先前有一群牛走过，屁下的被风干的牛屎。

完成同事所托，几乎逃似地离开县城，一路向西而去。到了静宁，正好是午饭时间。每人点了一碗炒面节儿，还没有吃两口，饭桌周围已围满了人，伸出的一只只冻疮淋漓的手，像一把漏洞百出的伞罩在饭碗上方。他们是乞丐，其中有老弱妇幼，也有和我年纪一般大小二十岁左右的小伙子。对于老弱妇幼出门讨饭，我勉强能理解，而手脚齐全的小伙子这样干，一下子超越了我的理解能力。我刚经历过一个穷困到突破生存底线的时代，又是在这个时代最穷困的家庭长大，但哪怕饿肚子，也绝不会生出讨饭的想法。老辈人说，讨饭吃？丢先人哩！不能丢自己的脸，万一丢了，也就罢了，可以自己饿死，但不可丢先人的脸。

这是从小浇筑在心底坚不可摧的人生原则。

同行的两位长辈，吃了几口就撂下碗，两碗几乎还原封未动的炒面节儿被两只快手抢走，一声呼啸，身边传来激情四射的争夺声。我和司机年轻，肚子早已饿了，狠下心来，把头低到再不能低了，但到还有半碗光景时，再也吃不下去了。

出了县城不久，便上山了。而山上的情景，让人的心比寒冬还凉。山道弯弯，一盘又一盘，满眼灰黑，不见一棵树、一根草：地皮都是被反复刮过的。后来才知道，老百姓没有燃料，而草木还未长起来已经被割去，冬天只好再铲去草根。所以，此地把砍柴叫作铲柴。公路一边是山坡，一边是或高或低的黄土崖，高者数米，低者与人等身。崖壁上每隔一截便有一个小小的窑洞，洞口一米高低。每有汽车喇叭响，洞口便伸出一只手，手里如果抓着公鸡或母鸡，鸡们便叫一声。伸出的手，拇指和食指撮起，夹着一颗鸡蛋或土豆，在洞口外晃一下，又急速缩回。而窑洞门口，都放着一只或几只塑料桶，里面装着或多或少的汽油煤油。有的洞口正好停着一辆解放牌卡车或帆布篷吉普车，两个人在寒风中瑟缩着脖子，交谈着什么。衣服新鲜些、保暖些，器宇轩昂一些的是司机，穿着已经洗白的过火一般的黑布，周身绽露已经由白变黑棉絮的神情卑怯的人，便是货品的主人。原来，农民是用土特产与过路司机换油品。那时候，全是公家车，没有私家车，司机用公家的油给自己换农产品，农民再把换得的油品卖给需要的人。而那时候，油品都是要有油票的，各单位的车辆买燃油都不够。我们单位的很多车辆，每月的油票都不够用。

我从小接受的是大公无私狠斗私字一闪念教育，我以为人人都像教育的目标那样无私。我的心情很沉重，我所看到的一切，没有一样与教科书或新闻媒体上的领导讲话相符。领导察觉了我精神的变化，以为我午饭没有吃饱，便拿出一包饼干让我吃。我说我不饿，但我无法用语言向她描述我当时的心情。一个小时后，我们的另一辆行驶在前面的、其实是另一个单位的丰田面包车被迎面而来的满载货物的大卡车撞得粉碎，司机当场死亡，几位搭便车的省城干部受伤严重。我们赶到出事地点，高山荒野中围满了不知从哪里突然冒出来的农民，车上的物品已被抢光。有人说，死者和伤员都让一辆过路的军车拉走了。

突然的灾难，让我从同样如灾难般的时代现场脱离出来，剩下的事情，便是一门心思追上前面的军车，处理后事。在飞车行驶中，除了路边稀稀拉拉的行道树，直到兰州，周围的原野中再难见到一棵树、一丛草。

这是参加工作以来我第一次出公差，也是第一次去省城。此后，不知在这条路上走了多少来回，我不敢生出由点带面、由此及彼对社会全貌做出判断的野心，每一趟旅途，我只是凭窗遥看周围的环境。不是我刻意要用自己走马观花式的一管之见，来论证谁是谁非，我不具备充分的材料,不具备论证的能力,也没有这样的念头。从进小学的第一天起,便被严厉训诫,我们今后要学到的都是真理,然后,我们要用这些真理去证明这些真理确实是真理。真理是前定的,只需把宏观的真理投射到具体事物上,然后,恍然大悟说:啊,真理!循环论证得到的结论,当然不会出现另外任何一种结果。而当下无数的人还在做着这样的事情,很多人居然可以做得风生水起,获得这样那样的头衔。我已经不具备这样的能力了,从小学到中学,到后来的历次求学,我只能描述我的眼中所见、心中所思。也许,我的这点小见识、小心思,在那些宏观人士的眼里,是多么的狭小,又是多么的非主流。

好在,我没有撒谎。

一间简陋的小木屋有必要在一片恢宏壮丽的海市蜃楼那里自卑吗?

那么,我们回到这条沟通中国东西两极的通道上来吧。

其实,此后我无数次经过这条公路,只见到以下情形:

脚下的公路路面越来越宽。

路上的车越来越多。

路上的公家车越来越少。

路上的私家车越来越多。

路边服务区的饭馆再也没有遇到要饭吃的乞丐。

两面黄土坡上的耕地越来越少。

两面黄土坡上的杂草越来越多。

两面黄土山坡上有树木了。

两面黄土山坡上春天有山花了。

直到这一次,居然看见两面黄土山坡上山花烂漫。不是偶尔一片的山花烂漫,这种烂漫几乎贯穿了全程。高速路,车速也快,目光风一样扫过山坡,白花花一片,粉嘟嘟一片,红艳艳一片。不确切知道是什么花儿,也许有梨花、杏花、桃花、美人梅等。这几种花儿中的任何一种,都有可能说对了,也有可能说错了。索性不明确说吧,一概称之为花儿,绝对错不了。

返回时,没有走六盘山隧道,是从老路过来的。垭口已有了一片庞大而辉煌的建筑,专门为了那首词建造,只有两个大权在握的官员一样盛气凌人的安保人员,没有一个游客。四月中旬了,垭口处的风很大,是超过凉爽的那种冷。周边的树林很密,以松柏为主,还有挤挤挨挨的灌木。树丛中有花白的雪。平台边上的雪堆尚有一尺高低,还没有马上要消融的意思,大约是冬天撒在平台上的雪堆积到这里了。一层雪容易消融,将一大片雪集中起来,好似众多分散的人纠合为一个集体,承受力便也增大了。本来是要掏钱给辛苦守护者添加一点儿人气的,而那两张官脸加上官腔,只能把人气化为气人。真正的官员,真正会当官的官员,哪怕装样子,在公共场合,也都会拿出一张亲民的脸;而那些不是官的人,一旦管着某些事,哪怕仅仅管着一个厕所,都总忘不了虐民。

人可以为了活命受气受辱,但谁愿意为可有可无的事情看人脸色呢?

走吧。

到隆德,想起三十年前第一次路过这里,此后也曾无数次路过这里,每次车轮碾过,每次目光掠过,却不曾将双脚踏在这片土地上。今晚就住在这里吧。与所有的城镇一样,隆德县城也是一块发面摊成的大饼,再也找不出原来的任何迹象了。只有城北的那座山,山形依旧,却是花色迷离,也是沿路看到的那种可以被当成梨花、杏花、桃花、美人梅的花儿。

订好房间，正当午后四时许。蓝天在上，阳光当顶，却不是那种让人难受的阳光，暖洋洋，懒洋洋。也只数十步，就到了山根。这里原来名叫象山公园，一座基本上不像猪的大象雕像矗立在公园门口。据说这里曾经出土过大象化石，无须深究，各个城市这种语焉不详的设施太多了。山坡有石阶，拾级而上，夹道都是那种远看不敢确定名目的花儿。原来，显白的是山杏，显红的是山桃。当然，这不是果园的那种杏那种桃，是山杏，是山桃。山杏山桃的花儿，要比果园的杏花桃花小一些，繁密一些，简朴一些，自在一些。公园里游人不多，不多的游人都有一些山花烂漫的神色。

由此，我觉得现在的社会很好，越来越好。

当然，这是与先前的社会相比的。

这不是结论。

谁也无权为一个时代做出结论。

每一个人拥有的只是真实地陈述自己所见所闻的权利。

人可以说错话，但不能撒谎。

人可以说无关宏旨的瞎话，但不能对大是大非睁大眼睛说瞎话。过了不久，许多家媒体几乎同时向我约稿，说是要搞一个纪念改革开放四十周年的大庆活动，要我就此给他们写一篇文章。我不知道从何说起：各方面都在变化，翻天覆地的变化，这种变化怎么形容呢？无法形容。时间的跨度不必太过漫长，以现时现地为时间下限，由此上溯二十年。二十年前，恐怕不会有一个人，会想到中国人的生活会变成这样。以我所居住的小区为例，二十一世纪初筹建时，号称是专门为高知建造的模范样板小区，公共设施、楼宇花园，在本城堪称高档。但是，有一点欠缺，三五年后便成为这个小区的致命短板，就是没有地下停车场。拥有上千住户的庞大小区,起初,每天院子里停靠的车辆最多三五十辆。也就一两年时间,原来的停车场不敷使用,便摧毁一片花园改成停车场。此后,每隔半年一年便要摧毁一片花园,直到现在,再无花园可以摧毁了,而停车仍然是令住户们最为头疼的一桩事。

也因此,我把那篇文章的主题锁定在道路和出行上,只写了一篇,给了最早向我约稿的媒体,而那家媒体是那次所有向我约稿的媒体中名头最小的一个,约稿者也是资历尚浅、与我并无交集的编辑。我的理由与排队打饭的规则一样。我时刻牢记,我就是一个业余写点儿文字补充人生的普通作者,多年来,天南地北,众多媒体,绝大多数与我没有任何交集,他们不以我为业余,不惜用宝贵版面扶持支持我。在我的认知中,所有的媒体都是平等的,不应有大小之分,只有办得好和办得不好之别,就像作者一样,不应首先区分专业和业余,而应以文章本身论等次。我写的那篇文章,题目为《车到山前必有路》。为了留存真实信息,不胜惶恐,这里要做一次文抄公了——自己抄自己。这篇文章内容如下:

当人人争说"地球村"的时候,对于许多人来说,地球上最远的路,可能不是去往某个大城市,或某个国家:即便从地球的东边走到西边,或从北边走到南边,搭上飞机,也不过半天一天的航程。如果这些人正好与乡村有着千丝万缕的联系,那么,对他们来说,地球上最远的路,很可能不是绕地球转一圈,而是回老家、娘家。多次转机转车后,从理论上讲,你已经到达目的地了:那个县,那个乡镇,乃至那个村庄。可是,距离你最终要到达的那个院落,面前的这条漫漫山路,所需时间和气力,也不会比此前的千里迢迢少多少。因为，通往目的地最后的这段路是要一步步走回去的。

这并不是很遥远的事情，许多埋汰乡村的"段子"，即便是"八〇后""九〇后"都还言犹在耳。所有关于乡村的段子中，必然有一条是涉及交通的，去粗取精、去伪存真，就是这样一句话：交通基本靠走。其实，这并非埋汰，而是陈述了一种事实，凡是与乡村有着千丝万缕联系的人，谁能没有切身感受呢？而在我们这样一个千百年来以农业立国的国度里，几乎所有的人，都与乡村有着这样那样的关系。于是，乡村的路，几乎成为全体中国人的牵挂。

具体的事情还得具体说。我是二十世纪七十年代开始读小学的。学校离家大约十里路，中间隔着两条黄土沟，一条漫长的羊肠小道，每天往返两个来回，加起来四十里路，一半时间在路上，一半时间在学校。上中学时在县城，二十里路，门前是河，过了河，一半是山路，一半是慢坡路，不通车，一周回家取一次干粮，都得一步步走下来。村里极个别的人家有自行车，去一趟县城，一半山路，自行车骑着人走；一半平路，人骑着自行车走；遇到雨天雪天，土路泥泞，则要扛着自行车，靠两只脚走下来。村里人的日常生活，大部分时间和精力都耗费在路上了：打水的路上，打柴火的路上，运肥收庄稼的路上，赶集的路上，走亲戚的路上。交通基本靠走，不是甩着双手轻松走路，所有的重物都得靠体力，背上，扛上。

到了二十世纪八十年代，我参加工作后，按说离家也就一百多里路，可是要回一趟家却是千难万难的。每天只发一趟班车，从我所在的城市发往邻省的一个城市，回家时是始发站，发车时间是固定的，春节前后，即使没有座位，也能挤上去，三四十人的车厢往往承载七八十人，这都不算什么。摇摇晃晃几个小时后，从公路边下车，离家还有二十多里山路，这就得靠自己两只脚走了。这也没有什么，在返回单位时，就相当麻烦了。早早地出发，上午十时许，步行到公路边等车，最幸运的时候，半小时一小时后，班车过来了，司机也会停车上人。比较差的时候，往往等到下午四五点，班车才摇晃着过来，车厢虽然挤满了人，只要司机肯将车停下来，已经不错了。最倒霉的是，在寒风中，从上午等到下午，班车终于来了，司机却不停车，原来慢腾腾的班车，此时，加足马力，呼啸而过。怎么办？还能怎么办，回家去，明天再来等车吧。那个时候，运输公司是国有的，不用考虑什么经济效益，要看司机此时此地的心情，拉你或不拉你，司机拥有绝对的权力。

乡村的这种情况，一直保持到二十世纪末。此后，我虽不曾回老家，但传回的信息说，老家可以通行农用车了。这让我感到巨大的惊异和兴奋。我曾经乘坐帆布篷的那种北京吉普回过老家，但那是在一年之中极个别的情况下才可以做到，要全年通车，无异于做梦。那时候经常去乡村考察，天南地北的乡村去过不少。有一次，去我刚参加工作时曾去过的村庄，我已经做好了跋涉一天山路的心理准备，因为先前来时，就是将车停在乡上，步行一天才到的。而这次，车不但直接开到了村上，还开到了那家人的家门口。这是个别情况，还是普遍现象？这引起了我的好奇。此前，个别偏僻村庄也是可以通车的，往往是因为这个村子出了一个什么人物。这时，也正是国家花大力气搞"村村通"工程的时候。许多自然条件稍好的村庄，确实通车了。但我想，恐怕也只限于自然条件较好的村庄通车了，最多只能是自然条件较差但是人口较为集中的村庄通车。那么，自然条件很差的村庄呢？永远不可能通车。

事实证明，我的判断是错误的，我为我的判断错误而额手称庆。此后，我去过一个村庄，那是一个自然村，只有四五户人家，距离所在的乡镇有好几十里山路，与所在的行政村也隔着十几里山路，而那个自然村既没有出过什么重要人物，也没有什么要紧的土特产，但普通轿车却可以开进村里，开到每家每户门前，而且都是质量不错的硬化路面。此后，我去过的村庄，哪怕有多么偏僻，基本也是这样。我们单位的帮扶点在天水清水县的关山村，真正的大山深处，真正的偏僻村庄，但一条宽宽的硬化道路，将整个村庄与周边地区连接起来，从而也与广阔的世界连为一体。前一段时间，我去过清水县的所有乡镇，去过许多村庄，即便比关山村还偏远的村庄，都是可以通车的。这种情况，已经成为全省全国范围的普遍现象。这几年，我去过真正是"地无一分平"的黔东南、黔西南地区，去过让人惊悚数千年的蜀道周边地区，去过太行山地区，去过新疆和青藏高原的很多地区，去过本省许多向来号称交通不便的地区，让我万分欣喜的是，只要是你想去的村庄，必然有一条硬化道路相通。

近几十年中国乡村最大最重要的变化是什么？要我自己说，所有的都在变化，也都重要，但最大最重要的变化是：车到山前必有路。一座座小山村不再是偏僻、闭塞和落后的代名词，道路改变了人们的生活方式和思想观念，延展了人们的生存半径。正是一条条连通外界的乡村道路，使得一个个村庄与整个国家一样，也奔驰在通往美好未来的征程中。

就是这样一篇文章，不用说，肯定是挂一漏万。但也只好如此，诸多的变化，翻天覆地的变化，时时看在眼里，轰响在心中，可要行诸文字，切入点在哪里，怎样去准确表述，却不是一件简单的事。套用一句老戏里的话：情不知何起，一往而深。

在这里，选择抄自己的旧文章，无非是要表明，对待社会、人生，有些看法是长时间形成的，并非一场梦醒的感慨。涉及道路交通条件的惊人改善，其产生的效能并不限于交通这一个领域。有一次，讨论一个有关行政决策的应用性课题，主题大约是各地医疗条件都在大幅度提升，为什么中心城市的中心医院还是人满为患，致使地方基层医院有些很先进的医疗设备长期闲置，而中心医院的医疗设备和医务人员又不敷使用。各路专家高屋建瓴，古今中外，旁征博引，让人高山仰止半天，却不明就里。这种专业会议，我这个公共卫生专业的绝对外行本是不该参加的，躲不过也只是添个人头，万万不该发言的。可是，在体制面前，任何人都得按规矩办事。我只好外行人说外行话。我说，在我这个绝对外行看来，中心城市的中心医院就医越来越难，固然有很多专业内的问题，但有一个因素，似也应考虑。交通条件的改善使人们去中心城市的中心医院就医成为可能。原来，人们有病，哪怕是大病，去一趟大医院，山高高路迢迢，急病来不及，大病去不了，现在，飞机、高铁、高速公路，千把公里路程说到就到。这样一来，无论地方基层医院医疗条件如何改善，在人们普遍的认知上、心理上，只要条件允许，还是要选择去中心城市的中心医院就医。也就是说，中心城市的中心医院的就医环境、医疗资源，在很长时间内，只会越来越差、越来越紧张，而不是相反。我们需要论证的是，如何因地制宜妥善配置医疗资源，最大限度地开发中心城市中心医院的辐射效应。比如能否选派中心医院的专家定期去基层开展医疗服务，患者可以利用交通便利条件来中心城市就医，中心城市的医生也可利用交通便利条件送医上门；同时，也可对基层医院的医务人员进行传帮带。论短期效应，可以使患者无长途奔波之苦，中心医院无人满为患之虞；论长期效应，医疗资源的配置也会分散一些、合理一些，各取其便，两相利好，这不是很好吗？

外行的话即便是说对了、蒙对了，也不会被内行现场认可，要不然，置内行于何地？

我懂得其中的奥秘，我只是躲不过，外行人说说外行话而已。

不过，在当下的社会生活，以及个人生活中，无论谁，无论做什么事，必须至少考虑两个时代性因素，一个是信息传播的同步化，一个是交通往来的便捷化。

一个人无论搞什么专业，专业的路径各自不同，专业指向各有不同，但"始发站"只有一个，那就是常识。

十一

把心里的话都说出来？

不可能！

说一半，留一半，就已经不错了。

这话是要求别人的，要求别人说心里话的人，绝不会说一句心里话的。

谁要是真的把心里话都说出来，注定活不了几天。别人不搞死你，自己都会吓死自己的。

识破人心惊破胆，看透世情冷透心。这是我在骑自行车旅行被困在草原深处时,听邂逅的一个浪迹江湖的人说的。

那晚,在那个专门负责给羊配种的工人住的土坯房中,一盘土炕,外面狂风如潮,一灯如豆,几个流落江湖的人彻夜对谈。说这话的人年轻时曾是一所名牌大学的中文系讲师,莫名其妙成为右派后,从此不再做任何事。几十年间,他走遍全国,他说全国所有的县他都去过。他靠做小生意维持生活。谁都知道,那年月私人不能做生意。他偷偷做,把甲地土产带往乙地,不大做,身上有零花钱即可。

人总是可以找到供自己藏身的缝隙的。据说,钢坯子里面也会生虫子的。只是据说,我不确切知道。我的理工科学得一塌糊涂,说错了,可以笑话,不要乱骂。

那个人说他多少年游历获得的学问,胜过多少年的读书。

我相信。

凭他说的这句话。

凭他那晚说的许多话。

书上哪里有这种东西啊!

写在书里的其实都不是作者心里话的原话,哪怕多么胆大直率的作者,都会多少做一些修饰遮掩的。

据说,书籍是传承传播人类文明成果的。

这就对了嘛!

《金瓶梅》写性事活动,要来一首规训的、励志的、传达礼义廉耻的诗词。性事活动写得越是铺张,接着的"诗曰"或"词曰"越是满满的正能量。在极尽铺张扬厉之第二十七回"潘金莲醉闹葡萄架"后,也要来几句"正是":

朝随金谷宴,暮伴绮楼娃;

休道欢娱处,流光逐暮霞。

有典故,有劝勉,有感叹,有警戒。

不这样写,没人敢给你出版啊!还有那些天生正派的所谓君子读者,晚上灯下读了你的书,正读得有趣——像这种书中常用的词汇——正要"入港",瞎眼的天却亮了。这时,他的正义感也自天而降,他顺手抓起一把铁锹,大义凛然视死如归唯我正派地大叫:"写这种书? 走,挖他狗日的祖坟去!"

只有把别人说成不是东西,本来不是东西的自己理所当然就是东西了。

写书的人,记住了吗?

这就是按照书中提供的逻辑线索,明明不可能大团圆,但却往往以大团圆了结的机密。把人生撕裂了给人看,写的人难受,看的人更难受啊。

作家在书中鼓吹道德,不是为了满足他自己的道德感,而是为了满足读者的道德感。道德感的集合地是大团圆。

还是大团圆好。

我爱大团圆。

"老骥伏枥,志在千里",多么令人敬仰和感动的马呀!

"烈士暮年,壮心不已",多么令人敬仰和感动的人呀!

然而终究是伏枥之老骥,也毕竟是暮年之烈士,能够做的,也只能是以回忆的方式钩沉曾经的铁马秋风。苦难也好,辉煌也罢,都是过去的事了。

区别在于,志在千里的老骥,曾经有过激扬千里的壮志与跋涉;

暮年的烈士，曾有过叱咤万夫的理想和勇武。比如老牛，偃卧反刍是因为体内有储备。而生命苍白如纸的人和马，空心枵腹，不曾有过风吹雨打，无甚储备，想破脑袋也只是瞎想。无端地瞎想倒也罢了，有所期待的瞎想，无异于两个瞎子对望，你瞎我也瞎，瞎看又瞎想。

有的人习惯于嘲笑失败者。无疑，这是一种轻薄而又猥琐的行为。有此劣行的人，往往不是真正的强者，或者，从来就没有做过拿得出手的事情，而是无能无聊而又卑怯的人。这类人没有胜利过，也没有失败过，当然，也无法体会到走向胜利之路的艰难、煎熬和胜利后那种劫后余生的坦荡与超然。没有胜利过，其实也谈不上失败。饱尝失败的人，其遍体伤痕便是一枚枚永远与生命相伴随的勋章，而其内心的丰饶，足以供万千不同的生命于此扎根成长。

胜利者接受别人授勋，失败者自我授勋，也不见得谁的勋章含金量更高。

一个经过绝地反击而仍然失败的人，可以不被拥戴，但绝不可以被漠视。他奋斗过，尽心尽力过，他为自己的梦想付出过热情、真诚，也向自己遥望的远处前行过。只是他没有品尝到胜利的成果。这其中，有能力的因素，有道路选择的因素，也有运气的因素。总之，他是一个为胜利竭尽全力，但没有跨过凯旋门的人。

不是胜利者，却不等同于失败者。

不是胜利者，是因为胜利让自己的竞争者拿走了；而失败者，不过是走向了胜利者的反方向。

即使失败又咋了！

失败者只不过是想走一条与胜利者不同的路，他以自己的失败证明，此路不通。

胜利者以胜利证实，失败者以失败证伪。搁在同一个天平上衡量,他们是等重的;置于同一台验钞机上检验,他们都是真币。

而既不是胜利者也非失败者的人,其实,他们是永远的旁观者。他们也愿意为胜利者献花欢呼,但更会对胜利者挑刺。他们以瞎想的完美来苛责践行者的欠缺。而那些无情嘲弄失败者的人,至死也不会懂得失败者的价值,他们只是以失败者的失败给自己无意义的活着挖出一孔可供藏脸的洞穴。这种人只是彷徨街头的傻笑者,如果说有什么欢欣,那也是廉价的欢欣,一次次欢欣不过是一次次傻笑。

在街头,我们随时随地都可以见到这种傻笑者。

傻笑不是笑,也不是哭,只是一种不表达任何实际意思的表情。回头看看自己,是不是可以为自己来一张素描?

也曾异想天开,

也曾春风走马,

也曾酒醉鞭名马,

也曾色眼对美人,

也曾肝气郁结,

也曾畏首畏尾,

也曾空樽对明月,

也曾无语话凄凉。

真个是——

无须拍遍栏杆,只把一本万年历摊开眼前,闲览甲乙丙丁、子丑寅卯。

只有日光流年,斗转星移,哪儿有什么万寿无疆、岁月静好。

一本密密麻麻的万年历上其实只有两个字:虚无。

平生不写诗。赶紧声明,是不会写诗。不写诗是态度,不会写诗是能力。每每遇到这种话题，我都要赶紧说明，免得会写诗的人怼我："不会写诗就是不会写，干吗要给自己遮丑呢？"是啊，经常会遇到干不了什么的不愿承认自己干不了，非说是自己不愿干。比如，明明赚不来钱，非说是自己安贫乐道；明明无腔无调，非说自己是低调。

我不会写诗。

我只是一个忠实坚定的诗歌读者，我是所有诗人忠实坚定的读者，几十年来，读诗未尝敢辍。对于诗歌，我无门无派，无古无今，无中无西，前提是只要写得好。当然，写得好坏完全是建立在我个人好恶之上的判断。

其实，我也写过诗，那种打油诗式的诗。不敢低看张打油，再无别的适合名号，只好说是打油。基本上都是在网络上的信手涂抹，有一首曾经点击量破百万，正式发表的只有一首。我说的是在纸媒上发表。纸媒训育出来的作者读者，哪怕网络多么发达，都会对纸媒保持着崇高的敬意。那首诗作于二〇一五年的最后一天，题为《有个东西叫世界》，不妨夹带于此，聊博一笑。

有个东西叫世界

这个东西真好

这个东西真坏

不同的目光

别样的心态

纯粹的好

完全的坏

这样的世界

本来它就不存在

时好时坏　又好又坏

这才是世界

恨极了

喝几口烧刀子

赶早上街去买菜

爱疯了

喝口凉水

出门别忘系裤带

有个东西叫世界

世界太好　人会变坏

世界太坏　人会无爱

恨得要死　爱得要命

这个东西叫世界

呵呵，嘿嘿，吼吼，嚯嚯。

这就是我的诗歌处女作。

我在网上发布后，转发点赞，雪落海棠，雨打梨花，纷纷扰扰，一地聚讼。一位朋友索要，我用毛笔誊写一份寄给她，她将其在纸媒上发表了。

爱诗几十年，华发满头时，实现了诗歌发表的零的突破。

当然，这不是诗，只是把一些感怀分行以后，像诗那样排列。

这个我心里冰雪明白，不劳提醒我。

十二

有一段时间,网上热议一种叫什么底层人格的话题。我自省:自己一直处在底层,高层人格是啥样的,我茫然无知;底层人格又是啥样的,也茫然无知。但我学过一点儿心理学,刚二十岁吧,还没有谈过恋爱时,就应命为一个妇女干部培训班讲授过半年妇女心理学。于是,对这个话题颇感兴趣。网上一些貌似心理学家的人,把不同社会层次的人做了一些基本的界定,大约是:

> 上层社会的人,每个人都在盯着别人的长处;
> 中层社会的人,每个人都在等待别人的好处;
> 下层社会的人,每个人都在坐等别人的笑话。

我认为,这是一个极其简练而精彩的评判。此前,我对此有过认识,但却是模糊的,无法用如此精确的语言概括出来。我对此之所以有认识,也并非凭空想象。我要是能够凭空想象出来,那我就是天才了。我之所以不是天才,是因为我在漫长的研究和观察中,仍然没有得出这样的结论。有些人把如今的社会分层归结为体制的弊病,这非但不错,而且正确得一塌糊涂。你去随便问一个傻子,别人为什么不傻,你傻。傻子都会说,别人的爸爸妈妈不是近亲结婚。近亲结婚和远缘杂交,导致了结果不同。

说到底,体制只是一个客观原因,而且是非常重要的客观原因,但将社会的分层一句话归结于体制,就像傻子说出来的"近亲结婚导致了傻"一样简单粗暴。这个极其伟大的科学发现,可是人类几千年的探索所得啊。想想几十年前，我们中国表兄妹结婚还是亲上加亲的好事，而西方更过分，堂兄妹结婚都不鲜见。而现在，即便是傻子都明白这个重大科学发现了。也就是说，把什么事都归结于体制，虽无比正确，却是傻子一般的正确。

所谓体制，自从单个的人组合为一个群体后，这个群体无论大小，按照中国古人的说法，三人成众，三个人就算一个群体了。这是死一人就剩两个人，再溜掉一人就回到单个人状态的群体，但仍然有体制。三个人只要还在一起混着，那么三人之间必然有继续混在一起的规则。这个规则就是体制。这种由具体规则统摄的体制，从三人成众那么小，直到现在，群体越来越大，整个地球都是一个村庄了，规则当然也越来越严密。每个人都生活在具体的体制中，不是这样的体制，便是那样的体制。任何体制都是体制，区别只在于有的体制设计可能更合理一些，而有的体制毛病更多一些。

但是，没有一个体制可以保证，一个一无所长且懒惰成性又到处给别人添麻烦的人，一定要成为比尔·盖茨或马云。成为不了他们，那么就是体制有毛病，就是不公平。要把话说死了，这样的人如果真的成为社会精英，才是体制出了大毛病，出了不可疗救的死毛病，才是真正的最大的不公平呢。人常说，只看见贼吃肉没看见贼挨打。这话谁都会说，谁都在说，谁都明白其中的原理，但在说这话时，往往却是不及己的，是渴望自己这个贼是例外，有吃不完的肉，还不挨打，连必要的手艺都不用练。贼在练手艺时，要在滚热的油锅里抓硬币；要练习翻墙，至少要练到比警察翻墙还麻利；要练习逃跑，至少要跑得比抓贼的人还快。练成这些技能，要脱多少层皮呢。即便这样，要做贼，难免被抓住，被抓就得挨打，所以，在做贼前，还得修炼一些最起码的心理素质。当把自己排除在贼人之外时，那么，便会滋生出一种奇怪的心理:平时不愿流汗,战时不愿流血,不挨打还要吃肉;没肉吃,便是体制有毛病,就是社会不公平。

当然,也有贼,练手艺也足够努力,手艺也真的不错,但一出手就被抓了。这是运气不够好。可是,按照欧洲一个著名的足球教练说的:运气也是能力。中国队为什么赢不了球,首先是技能差,面对空门,射偏比射进难多了,可偏偏就是射偏了。狗屎运也是运啊,别把豆包不当干粮。借用时下小年轻们的一句调侃语:投胎也是一门技术活儿。咱爹不是王健林,咱就不要把自己当成王思聪。这个世界上从来就有运气好运气不好的人,但却不可以由此怨恨那些运气比自己好的人。至少,坐等好运的人,好运轻易是不会来的,霉运不来就算是好运了。

所以,这个人的这几句判词,固然很精彩,但却忽略了一个重要的因素,那就是底层人格是如何炼成的。人们在进行社会分层时,往往把个人占有的社会资源和财富水平看得很重。其实,实在是简单化了。有的人,或高官厚禄,或富甲一方,却是一种底层人格,说话做事总是摆脱不了小鼻子小眼的习性,不愿与人分享利益、共享资源,又生怕别人超过自己;身边要是有一个露头的,便极尽打压之能事,如果打压不住,别人真的露头了,高出自己了,反过来又极尽卑躬屈膝之能事。生活中,我们常常会遇到这种前倨后恭的人。这就是典型的小人心态、底层人格,侥幸当了大官,那就是大小人;侥幸发了大财,那就是富穷人。说得文雅点,就是缺少主体意识,缺少平常心。虽坐拥金银,内心却是卑怯的,恨人有,欺人无,在比自己有钱有势的人面前,什么孙子都当得了;相反,面对不如自己的人,那就是大爷,哪怕给狗当大爷,那也是大爷啊。遇到一只流浪狗,狗又没咬你,没碍你的事,上前就是一脚,然后志得意满,瞥一眼落荒而逃的狗,心想:看看老子多威风。遇到流浪者,不给钱倒也罢了,走你的路就行,非要上去教训几句:啊,怎么可以这样啊,人怎么可以乞讨呢,少壮不努力老大徒伤悲,我没错说你吧!然后,大人物似的,挥挥手,鞭敲金镫响,人唱凯歌还,自己把自己尊敬得百感交集。而与此相反的却是,有的人虽沉于下僚一文不名,说话做事却是斜看成行顺看成样,无论遇到谁、遇到什么事,分寸感都是铁打的。因此古人才说"仗义每多屠狗辈,负心多是读书人"。

成人成己,先成人,再成己,无成人之度量,自己也成不了。

一个人要是自甘沉沦倒也罢了,那是他自己的自由。可怕的是,这种心态如同福岛核泄露,会蔓延的,而一旦成为一种社会情绪,那一定是所有人的灾难。看看古往今来,在社会动乱时,覆巢之下岂有完卵,尤其当这种底层人格受到道德鼓励时造成的那种破坏,真可谓万劫不复。比如,遇到比自己有钱的人,不管人家是如何地风餐露宿省吃俭用,一言以蔽之曰:那钱脏,来路不正,咱哥们儿分分吧!脏钱,来路不正的钱,给了你,就不脏了,来路就正了?还有一种,自己穷困并不可怕,也不丢人,导致穷困的因素很多,秦琼还卖马呢,杨志还卖刀呢,可怕的是,说自己穷是因为被有钱人剥削了。剥削行为肯定是存在的,但导致穷困的因素却是很多的,不一定就是被别人剥削所致。一定要杠精一下:我们当下的社会制度没有阶级剥削阶级压迫了,为什么还有那么多的穷人,或者,为什么你还是那么穷?不能说你懒,不能说你笨,同样也不能一味说成是社会或别人导致了你的穷。

我在长篇小说《一九五〇年的婚事》中写了这样一个情节:土改时,一个懒惰又愚蠢的人受到鼓励上台诉苦,说他家穷是因为村子的富户把他剥削了。事实上,大家都知道,他家几代人都是靠村里人无私援助活下来的。一位上海来的女干部知道情况，实在听不下去了，说：你不是给别人扛长工，你是给自己的锤子扛长工。因为这家人特别能战斗，啥事干不了，生孩子却是有风便有雨。女干部当然犯了重大错误，好在领队是一位正直的革命干部，给上面汇报说："女干部是上海人，不懂当地土话说的锤子是啥，还以为是好话呢，知识分子与工农相结合是要有时间的，以后我好好带带她，先教她学会土话。"事情就这样蒙混过去了，但老百姓私下都夸这个女干部说，还是人家大城市的人水平高。在当下，在一个单位，只要别人比你干得好，明明知道人家水平高，自己却不努力迎头赶上，而是马上给别人挑毛病，同时也等于给自己找到了遮羞布：他（她）都是如何如何爬上去的，我上不去，只因为我比他们正派。

如此，肉体失败了，精神胜利了。

这种思维方式一旦确立，在正常情况下，只会自己先把自己气死，可是遇到黄钟毁弃瓦釜雷鸣的时代，天地倒悬，陀螺反转了，终于让他逮住机会了。你不是有钱吗，我烧你的房子抄你的家睡你的老婆。你不是读书多吗？我把你的书一把火烧了，或踩在脚下，把你也踩在脚下，再踏上几脚，让你永世不得翻身。谁说知识就是力量，简直胡说嘛，力量在哪儿，我一脚就可踩碎了它。

我武断地认为，底层人格不在于人在哪个层面，而在于一种精神状况。当一个人形成底层人格后，其实他永远都在底层，哪怕在某个显眼处招摇了一会儿，浑身上下散发出来的不过都是优孟衣冠。一个社会的非常态永远是暂时的，而常态却是大势所趋、人心所向。君不见，当年非正常时代的那些红人，当社会还没有恢复正常时，有的已经身在牢狱了，因为他已经失去利用价值了；当社会恢复正常后，那些曾被自己踩在脚下的人，很快走到了社会前台，而他自己什么都没有了,连原来的好人品好人性都不复存在了,真正的一无所有了。把别人踩在脚下,自己永远不会成为大个子。当下也一样,你看看那整日鼓噪的都是些什么人,听说哪个明星劈腿了,便奔走相告,普天同庆,好像给他劈腿了;哪个人倒霉了,好像自己中了头彩似的。有自己主见,有自己事情可干的人,哪有时间哪有心情关心这些破事儿。

所以,一个人可以不做官,但不可不做人;一个人可以没有钱,但不可以没有善;一个人可以一无所有,但不可盼望一把火烧出一个白茫茫大地真干净;一个人可以不劈腿,但自己必须有腿。那么,一个不愿付出汗水而抱怨自己收成不好的人,甚至迁怒那些用汗水浇灌出成果的人——该怎么办呢?我的智商情商都不够,不知道说啥了。

当物质成为人们追求的目标时,几乎每个人都是精神饱满的。大约是因为物质的目标是可以具体衡量的,是看得见摸得着的。比如,我为今天订立的目标是好好吃一顿,为此,我早早起床,努力工作,晚餐时,果然挣到了可以好好吃一顿的钱,于是,我今天便无比快活,便饶有成就感。哪怕今天没有挣够这一顿好饭的钱,沮丧是有的,但不至于绝望,因为还有明天、后天,还有更多的时间。甚至越是没有吃到这顿好饭,对这顿饭越是渴望。这与男女爱情有些类似:没有得到,看到自己钟爱的对象,啥啥都是好的,放一个屁,都是高耸金臀弘宣宝气,依稀乎丝竹之音,仿佛乎麝兰之味;可目标一旦达到,也就那么回事了,缺点依然是缺点,恐怕正常的缺点都会被放大为不可容忍的缺点。那些以马拉松耐力追求又以百米赛跑速度分手的男女,情形大约如此。

在这个世界上,人的最后一项使命,也许就是对自己的审判。

对人这种生命体——所谓人类——的审判,老早就开始了。虽然一边审判一边维护,而审判的目的在于维护,也总还是有审判的。浮皮潦草,遮遮掩掩,曲意逢迎,枉法误断等等,但重罪轻判总比无罪释放要好那么一点点。

人之所以还愿意审判人这个群体,一定是经过精心算计的。而人本身是一个精于算计的物种。

在这个世界上,一个人的本事越大,活得越是艰难。正如农家豢养的耕牛一样,所谓鞭打快牛,就是这个意思。牛懒而慢,不堪使用,主人使劲捶楚吧,万一打伤打死了,反倒损失一份家产,再说,还要误事,有时候会误了大事。误了事,主人即便把牛宰了,又能怎样? 误的是主人的事,宰的是主人的牛。懒牛慢牛是懂得主人的千千心结的,便也这样对付主人:我就是这样一头牛,能奈我何!

倒霉的是勤牛快牛。日子总得过吧,活儿总得干吧。一个农户如果养两头牛,不可能两头都是懒牛慢牛,要是那样,主人的日子无法维系,会导致主人破产,整个关系链就此断裂,游戏无法进行下去了。两头牛中必然有一头是勤牛快牛。另一头又懒又慢的牛耽搁的事,就得由这头又快又勤的牛承担。毕竟是一头牛干两头牛的活儿,再快再勤,四只牛蹄总是赶不上八只牛蹄,怎么办呢? 必须赶出来,一头牛顶两头牛使唤。当然,也不排除那头又勤又快的牛心中不爽:凭什么,同样是牛,它吃的不比我少,凭什么干的活儿比我少? 心里这一赌气,干劲便受影响。可是,主人已经习惯了这头牛的勤快,对它的勤快又生出了更高的完全不切实际的期许。

最坏的结果可能会是,把勤快牛累死气死冤死,把懒牛饿死或者索性杀掉。许多人都在说"二八定律",但几乎没有一个人会将自己主动搁在"八"的阵营,几乎都会不由分说地认为自己很"二",是相当的"二",独一无二的"二"。

这才是"二八定律"得以形成、得以存在的主因,又何尝不是底层人格的训练场呢?

一口气说了这么多的冷言冷语,还是把掩藏在冷言冷语背后的一颗热心亮一亮吧。梁启超先生有一句自况语,八个字:十年饮冰,难凉热血。先生是近代圣人级别的人物,给我一百个胆,也不敢凑上去胡乱比附。比附的只是一种境况:与其好话说尽坏事做绝,还不如嘴欠若干,心甜几分。

不用说,对于每一个人来说,活着都是一桩千难万难的人生课题,可是,谁都愿意活着,哪怕好死也不愿死,哪怕赖活也都愿意活着。其实活着并没有想象的那么难,这要看个人对自己的定位是怎样的,打个最蹩脚不过的比方:人生好似一场世界杯足球赛,对于巴西队来说,没有入围决赛圈,便等于死了一回,这一死,至少是四年以后才有望复活;进入决赛圈了,没有将大力神杯收入囊中,都算是失败,球员会伤心痛哭,国民会理直气壮大肆骂娘。在他们的心目中,大力神杯天生就是他们的。而对于有些球队,比如我们最熟悉的球队,只要打进世界杯,哪怕一场不赢、一球不进,自家球门被对手打成筛子,那也没有什么要紧。因为打进世界杯本身,与巴西队夺冠一样,都是值得举国欢庆的重大胜利。

你要干什么?你能干什么?你又干了什么?这恐怕是每个活着的人,都要时时自问自答的人生试卷。

风走流云

一

　　那是一座废弃的村庄。看得出来,原来是一个很大的村庄。一层层或宽或窄的梯田,从山根一直盘桓到山顶,像一只螺号。山顶有一圈土墙,还有几棵大树,象征着这儿曾经是权力中心。细雨下个不停,原来生长庄稼的梯田里长满了杂草,密密实实,走进去,露水打湿整个下半身,而脚下软乎乎的,像是光脚踩到了一片死而不僵的虫子。山坡上有一棵榆树,树冠不在了,只剩下半截树桩,在一尺高的地方分成两叉,一只脚踩在分叉上,遥望远天远地,再把脸色调整得忧戚一些,细雨打湿头脸、衣裳,便也有了某种感时伤怀的志士味儿。

　　一条简易大道就是这座山包的腰带,一圈圈绕上来,搭在山垭口,然后,从那面山坡一圈圈绕下去。这是几千年让无数旅人迁客谈之色变的陇坂。从关中平原一路西去,或是从西边一路东来中原,这都是一条捷径,也是险道,而且是方圆数百里唯一的选择。张骞从这里一路西去,发现大中原之外的天地更大。法显从这里西去求法,鸠摩罗什则带着佛法东去长安。求法之路永无尽头,弘法事业继往开来,唐僧踏上了无数前辈走过的求法、弘法之路。西边山下的渭河边是李白的故乡,而杜甫就是从这个山垭口逃离动乱的关中,来到秦州避难的。如果再往前推一些,漫不说伏羲女娲这些传说中的中华始祖了,秦始皇的祖先就是在这片山地为周王室牧马,就此扎下根基,继而西守东扩,然后定鼎天下的。

这是一片天然的马场,至今仍然骏马成群。当然,辉耀数千年的良马再也不能在疆场雄风猎猎了,它们会成为影视剧中的道具,成为富人庄园里的宠物。马是为战场而生的,离开战场,马就是一种牲畜。这些牲畜当下在细雨中,在到处喷溅着绿汁儿的草地上,吃草、恋爱、嬉戏,自由自在,却也目光散乱,神情淡漠,像是所有那些不愁生计但心神不宁的人。

站在山垭口的沙石路面上四外瞭望,往东,烟雨茫茫,草木莽莽,但我知道,看不见的所在,就是西行者的来路。往西,烟雨茫茫,草木莽莽,我仍然知道,看不见的所在,就是西行者无尽的旅途。无法猜度,在虎狼成群、大树蔽日的时代,那些上路者站在这条自然地理的分水岭,也是中原与边地的分水岭上,到底都在想什么。西行者的目光一定是迷茫的,但心志一定是决然的:没有那种决然,谁敢踏上传说中的无尽之旅、不归之路?而东来者一定是带着再生者的欣喜的,他们的目光一定是像每天早上看见朝阳升起时那样,因为他们已经走完了无尽之旅,所有路途上的艰险都被他们一一甩在了脑后,面前就是传说中的锦绣之地啊。

陇坂,一个在史书上被书写了几千年,而我去过许多次,却写不出来一篇文章的地方。

二

也许,人们走向远方的最初原动力就是传说:传说中的天堂,传说中的天堂之地。

我第一次来到这里，一个以单个"高"字命名的川南小县。但我很早就知道，那个神秘的僰人与这里有着关联。夜色里，来到长江边，然后坐在车子里走了许多山路。不辨方位，感觉是朝着长江的反方向走了。忽然想起一个问题，我问接我的本地领导，高县以前一定是有水路通长江的吧？她说，是啊，以前没有公路，全靠水上交通。现在小河上建了水电站，水路不通了。继而她反问，你怎么知道以前是通航的？我笑说，现在到处都是高铁、高速公路，你们还是这种老公路，说明山区很多。那么，在百年前，你们那些后来成为各方面英才的人物是怎样走向广阔世界的？一定是有水路联通长江，然后通达世界的。

她说，是这样的。

第二天天亮，我看到宾馆外面就是那条通往长江的河流。

与许多川地小城一样，高县的平地也极其有限，一条窄窄的街道将建筑与河堤分开，因为拥挤而尽显繁华，吃的用的，抬脚就可满足日常所需。河堤很高很陡，看得出，过去的老城区是多么逼仄，又是多么惊险。人住在河边，出门就可上船，水路通到哪儿，人便可随水追逐世界潮流。

去南方的次数多了，也明白了许多事理。北方地域虽辽阔，河流却很少；即便有河流，能够通航的却少，来往要依靠官道。官道稀少，又要翻山越岭，地域辽阔，交通反倒不便。而南方到处都是河流，而且几乎所有的河流都可行船。大江大河行大船，小河小溪泛扁舟，支流干流相接，交通网络便形成了。又因为在传统的农业社会里，北方土地广阔，一个人一生不用出外谋生，待在村庄里就可养家糊口，也因而思想和行为方式趋于保守。而南方耕地普遍稀少，如果不去外面闯世界，很可能出现生存危机。也许，这就是近代以来南方地区往往引领时代风尚的内部原因。

就地形而言,四川处在西部内陆地区,周围大山围困,却往往成为得风气之先的地区,大约与这条河流有关。只要门前有小河,便可通大河,大河通大江,大江通四海。位居长江边上的高县,一代代人便依靠这种便利,把自己的子弟送往广阔天地。

做完在高县必须做的事情,我逗留了一天。

来了,一定要看看僰人曾经居住过的地方。

我不打算寻根问底,我不具备这种能力,也没有什么必要。当下正在发生的事情,许多都无法真正抵达真相。对于大多数笼罩在历史烟云深处的事情,我们只能看看残留物,嗅嗅飘浮在现场的气味,如同大戏业已散场。看看戏场,听听那若有若无、似真似幻的遗响,仅此而已。

在当地朋友的引领下,我来到了传说中的僰王山。一盘盘山路,一片片翠竹,山路惊险,翠竹茂盛。山路有多惊险,翠竹便有多茂盛。正是概念意义上的冬季,这里却是冷雨潇潇。雨雾在山谷翠竹间缭绕,洒在身上的不是雨滴,而是像雾像雨又像风,目光被无穷尽的景色缭乱着,心神却被一种天籁般的静谧抚慰着。一片巨石,错落在翠竹间的空地上,传说僰王在这里演绎过什么神奇的军阵。我不想在传说中搜寻传说,然后以传说证实传说;传说只能繁衍传说,而传说毕竟只是传说。巨石阵的后面是一座高山,一座被雨雾和翠竹封存的高山。可以想见,在无法精确计算的岁月里,一场地震,或仅仅是山体想换一个站立的姿势,稍一动弹,原来附着于山体的一些石头,便会趁机脱离本体,呼啸而下,到了较为平坦的缓坡,再也跑不动了,于是各自以当初停下脚步的姿势定格于此,完成了亿万斯年的守望。从此,山,独立为山;石,独立为石。

其实,巨石阵就在山脚下。巨石阵已经在山上了,距离平地很高很高了,说是山脚,指的是更高的一座山的山脚。到了山脚,车路还是有的,可在这样的天气下,汽车不能再走了。步行当然是可以的,不过,我没有勇气,也没有时间,重要的是没有勇气。很多时候,我们习惯于以没有时间来遮掩没有勇气的脸面。逢山必登,已经是多么遥远的事情了。天地间的每一座山,无论山体大小高低,毫无疑问,都是世间所有人的长辈。年纪再大的人,包括死去的人,哪怕是号称"人类祖母"的南方古猿露西,如果活到现在,即使两百万岁,在山面前,在任何一座山面前,也都还算得上一个妙龄少女,乃至襁褓幼女。真正的山根下,一棵大树一样的山,直杠杠站在面前,谁要是与山的个头儿等高,便可额头对额头说话了。就是这样不留余地的山根,在山根的平缓处有一座院落。

那是一户人家。

此前,无论在哪里,都没有见过这种居住布局的人家。房子很高大,类似大屋顶那种建筑样式。当然不是典型的大屋顶。在左首房屋的山墙上,朝着大路开了一个口,说是窗口,却比正常的门还宽阔;说是门,作为门槛的墙却有半人高。一位中年妇女正是在半开房门的房间里劳作,这才引起了我的注意。我打了个招呼,走近一看,那是一间厨房,里面陈列着一应厨房设施。而靠着那半人高的石墙,是一只巨大的石槽,一米宽阔,一米半深浅,两三米长短,有半槽清水,可以让人脸在水中映现。我问这个石槽是干啥用的。妇女说,那是水缸。嗯嗯,水缸放在户外,我还是第一次见;以这么大号的整块石头凿出一口水缸来,我也是第一次见。院子里堆满了竹枝,带着竹叶竹花的那种,我问这是干什么用的,妇女说是做扫帚的。哦,家乡位于黄土高原腹地,不产竹子,却离不开竹扫帚。小时候,家里常备两种扫帚。一种是自家田地或房前屋后空地上生长的扫帚。这是一种单本植物,青苗阶段可以割下来喂猪,人也可以当菜吃。每家总要留一些,看着它们长大、长高、变老,连根挖出来,晒干,用麻绳捆缚结实了,可以当扫帚用。大号的单株扫帚可以有一米半长短。这种扫帚的枝叶比较脆弱,通常用来扫院子,枝叶绵密,用力不大,就能把院子扫干净。竹扫帚可是稀罕物,要花钱在集市上买的,它枝叶坚韧、耐用,往往用于打场时捋出粮食颗粒中的杂质。

当然,我童年时期家乡人用的竹扫帚不可能来自川南,山河悬远,运输能力有限,一把竹扫帚从产地到终端消费者手里,仅成本恐怕就赶得上金扫帚了。我们用的竹扫帚来自陕西,大约是西安以南的终南山一带。柳青在《创业史》中写过这样的情节:梁生宝他们利用农闲时节,去终南山割竹子,打成扫帚,搞副业。终南山距离我们老家那里也就两三百公里路程,说不定父老乡亲们曾经使用过"梁生宝"们用一根根竹条捆缚的竹扫帚。想一想,世界也不是想象中的那样浩大无边。

上不了山顶,不妨下到山谷中,那就是传说中的燚王洞。不辨天日的雨雾,不见地皮的绿色,冬天尚且如此,春夏秋不知要绿到什么地步。我是西北人,常年生活在西北。西北缺少绿色,自我参加工作以来,每年都在履行植树义务。"让大地披满绿色"是我们的口号,也是常常撬动内心情愫的奢望。可是,如果行走半天还看不到大地的本色,就会生出些许莫名的恐慌来:大地哪儿去了?燚王洞深藏在雨雾和绿色中,那应该是水流亿万斯年的杰作。原本浑然一体的大地被划拉出一条巨大的伤口,水流还嫌不够,一道道瀑布利剑般劈空而下,峡谷内所有的石壁上挂着五颜六色的苔藓,像是一片片厚厚的挂毯。在人居住的屋子里,挂毯有多厚实,屋子就有多温暖,而在这间上古化外之王居住的石洞里，挂毯有多厚实，就意味着洞里有多冰冷。真是够得上冰冷，身上所有的衣服顿时化为乌有，肌肤似乎也变得千疮百孔，一丝丝阴冷之气直接穿过衣服和肌肤，直刺骨头。在上古时代，这里的植被应该比现在还茂密，难以想象夔王住在这里是何种感受，也许，夔王对于阴冷有着非常强大的耐受力。

离开夔王山，依然是冷雨，然后去了宜宾，去了五粮液酒厂，去了李庄，去了三江汇流处，最后去了机场。不是飞回家，而是飞往另外一个离家更远的地方。

来了，去了，来这里了，去那里了，人人都在路上，时刻准备着出发。移动社会，无人不在移动。

<h2 style="text-align:center">三</h2>

以省际关系论，我所居之城与青海最近。兰州到西宁，动车一个小时，汽车两三个小时。接上地界就算到了的话，那么，抬脚就到了青海。兰州的红古区与青海的民和县比邻，城区原先还相隔着若干距离，有一片平地属于两家共有，一家一边。红古区的政治文化中心在这里，民和县也不失时机，在属于他们的那一边搞了许多设施，街道互相拉通了，同在一个街区，那么谁是谁的呢？好办，给马路上画出一条线，就算是边界了。很多年前，我参加的一个采风团路过这里，我发现了这一情况，可是，车上许多高明之士，竟然没有一个人相信。正好那天要下榻红古区，晚饭后散步时，大家走到那条线上，还是表示难以置信。其实，这有什么好惊讶的呢？同在一个地球，相隔千山万水者，不过就是山川异域风月同天；地缘相近者，国与国之间，与一个国家内的省际县际村际之间，山水相连，声气相通，并无

什么特别之处。有如邻居，双方关系要是融洽，谁家有一口好吃的，都不会闭门独享；关系要是破裂了，平和一点儿的，各扫门前雪，鸡犬相闻，炊烟相混，但老死不相往来；真正撕破脸了，近我者先死。俗话说，远亲不如近邻，真是说到了核心。可是，人们对这句话的理解却是有偏差的。《史记》说："且缓急，人之所时有也。"说的是人都有困顿的时候，免不了需要别人帮助。这是从人的互惠互利关系说的，因此，人们便忽视了互害。而邻居间的互害，总是近水楼台。因此，睦邻友好其实还包含着一层不便明言的意思：未必互利，免了互害即为互利。

古书上常说的河湟地区，核心位置就在兰州的红古区。湟水发源于青海湖边的日月山，一路向东，开山劈石，在兰州西郊，与从青藏高原倾泻而下，又转而北上的黄河交汇。两条河的河谷地带，成为国家自然地理的第一阶梯和第二阶梯的过渡地带，也成为草原文明与农业文明融合的地区。而红古区正好位于兰州与西宁的正中间。在这片狭长蜿蜒的谷地里，上演了千年历史大剧，汉与羌、五胡争霸、大隋与吐谷浑、大唐与吐蕃，然后是众多少数民族在这里生存、繁衍、融会。如今，一县一乡，乃至一个村庄，可能有多个民族共同生活。彼此生活习惯可能有所不同，生活理念以及对未来的期许却是共同的。

刚参加工作不久，我第一次独自（也是私自）远行，就是去青海。那个时候我在本省的最东部工作，到兰州需要乘坐两天的长途汽车。在兰州换乘火车，在青海湖边一个叫哈尔盖的小镇下车，我随着车上结识的几位藏族人进入了祁连山南坡的草原深处。那时候，除了对有关青海的历史典籍略有浏览外，对其山川、地理、民情、现状一无所知，以至于晚上在落雪的山地，我还穿着一件单衣。而那是一年当中北半球最热的季节,即便在西宁,穿一件半袖就可以了。

多年以后,定居兰州,去青海比去本省大多数地区还要方便。有一年在新疆采风,喀什是最后一站,但心中甚有遗憾:南疆的北线走了一遍,却错过了南疆的南线。试着向领导请假,开明的领导居然一口答应了,并且说,年轻人就该多走走。与我志向相同者还有两位同仁。三个人搭乘长途汽车,一站,一站,英吉沙、疏勒、于田、和田、皮山、民丰、且末,直到若羌。走出南疆还有几百公里路程,道路是国道,却是沙土路面,而且不通班车。好在有黑车,一位河南人开着一辆八面漏风的"陆地巡洋舰",常年跑这一路的客运生意。七座车,座位都是塌陷的,塞进去十几个人。车辆飞驰,沙尘漫天,汽车卷起一道长城似的尘雾,绵延几百米,久久不散。攀上阿尔金山,几个小时后到达青海茫崖。这是甘青新大三角无人区,也是一座大型石棉矿,石棉的粉尘铺天盖地,空中好似大雪纷飞,地上好似陈年积雪。"陆地巡洋舰"司机将我们交给他的合伙人,我们乘坐一辆面包车,来到一个叫花土沟的地方,海拔三千米,青海冷湖油田的一处生活基地。北望祁连山,雪山白光皑皑;南望昆仑山,唯余莽莽。看起来两座山都在眼前,认知告诉我,那都是不可轻易逾越的距离。

第二天一大早,搭乘去西宁的班车,至今还记得,路标上显示的距离是一千两百二十七公里,不过,我们要在德令哈下车逗留若干时日。这是横穿整个柴达木盆地的旅程啊。我在读小学时,似乎已经对柴达木很了解了,其实,当一眼望出后,便知这是一个此前完全陌生的世界。旅客稀稀拉拉上车完毕,司机打开一瓶白酒,仰头一口气喝得只剩下了瓶底,然后,一手高高扬起,以西北民歌开唱的姿势,长长地撩了一嗓子:"走——了——"

一条东西向的公路从天边到天边,南北两道山接上了南天和北天。车行一会儿,窗外景色毫无变化,在一些人的眼睛里,窗外一片空无,什么也没有。真的什么也没有,没有草木,没有奇峰异石,没有飞鸟祥云。许多人已经开始闭目休息了。将近一个月,我整日都在北疆南疆乱窜,在许多日子里,每天都是前半夜休息,后半夜起身。可我丝毫不觉得困乏,我甚至认为,在大好河山面前睡觉,实在是一种不道德的行为。此时,也毫无倦意。我征得司机同意,坐在引擎盖上,与他一同抽烟聊天。我问怎么不给公路边栽一些行道树,司机笑说,栽树需要淡水,还需要土。这里的地表水都是盐碱水,要栽树就要从德令哈拉来淡水熟土,上千公里路呢。大地上只有一种风物,就是电线杆,与公路并行,从天边到天边,像一列军容齐整的队伍。司机给我讲了一个笑话。他说儿子上初中时,到了暑假,家中无人陪伴,他带着儿子出车走了一趟。儿子问,爸,你带着我是让我看电线杆吗?下一趟,咋说都带不出来了。他也找到了儿子的软肋,每逢儿子调皮捣蛋,他就威胁要带着他一同出车,儿子马上就老实了。

我相信这是真的,如果对荒凉达不到变态般的喜好,这样的一趟旅途便是一趟折磨:眼睛的枯燥,身体的疲倦,心灵的荒寒。不过,如果心灵足够丰富,五步之内必有芳草;如果对自然万物不由自主常常眼含热泪,那便何物不风景、何处不风景。这一趟飞车观景,我分明听到了如同宣誓一般的心声:我还会再来的!那一趟仓促的旅程,我一直坐在引擎盖上,很少返回自己的座位。司机很兴奋,他跑这路班车已经十几年了,大约第一次遇见这样一个旅客,全程陪着他说话抽烟。常年孤寂枯燥的旅途,让他习惯了沉默,也正如地下的熔岩,没有出口,便是千年万年的默默运动,一旦有缝隙透入地层外部的迹象,那便是冲决封闭迎接光明的喷涌。看得出,他生怕我失去与他说话的兴趣,挑拣自认为感兴趣的故事,一桩桩一件件说给我听。

小时候，长辈们把出门在外经商搞运输的人叫脚户。这是一个意义相当复杂含混的称谓。首先，这是对一个行当的正式称谓，有意思的是由此衍生出来的种种意味。脚户全部为男性，常年奔走在路上，风餐露宿是家常便饭，路途寂寞辛苦，每到站点，或生意做成后，吃喝嫖赌，成为其消遣放松的基本内容。正规的站点提供这些服务，另当别论；人在旅途，前不着村后不着店，更是常态。在临时歇宿之地，脚户勾引良家妇女，或被良家妇女勾引，都是路边寻常故事。也因此，在老辈人那里，脚户等同于野男人，约等于嫖客。民间日常打嘴仗，最恶毒的话，就是攻击对方为嫖客或脚户的种。在汽车罕见的年代，汽车轮子抻长了司机的脚步，也因为手中有资源，经常会有司机如何勾引搭便车的妇女，或者，有些妇女为了搭便车如何色诱司机的传闻。也因此，在很长时段内，我们那里，把新时代的司机与旧时代的脚户看成是一类人。

去除那些把脚户（或司机）妖魔化的道听途说式的闲言碎语，其实，在人们的心目中，脚户（或司机）都是走州过县见多识广的能人。这也符合实际情形，他们去的地方多，见过的人和事多，亲身经历的和听闻的故事也多。眼前的这位司机也算是这类老司机、老江湖，他熟知柴达木的种种掌故奇谈，赤橙黄绿青蓝紫、酸辣苦甜辛咸臭，如那一眼望不到尽头的旅程。司机说得尽兴，我听得过瘾。从日出走到日落，旅程刚过半。过了小柴旦，我忽然发现路边的荒原上有了枯黄稀疏的荒草，我惊呼道，有草了！司机笑说，柴达木这地方，地上有草的区域，地下啥都没有；地上啥都没有的地界，地下啥都有，各种矿产，一镐头挖下去就是宝贝，不然为啥叫聚宝盆呢？

不用说，司机是夸张了，不过，从中能觉出他对柴达木的热爱。我依旧坐在引擎盖上，在车灯洒出的光晕中，捕捉大地上的灵光闪现。忽然，一只兔子穿过马路，在路中央，正好被车灯射中。兔子原地立定，不知所措，目光中满是惊恐，我喊了一声："兔子！"感觉庞大的车体要覆盖兔子时，车灯偏移，兔子似乎找到了方向，几个纵跳，已在路边草地上完成一个急速转身，再目送眼前这个庞然大物隆隆向前。我长出一口气说，好险！司机笑说，兔子精着呢，一般不会让车轧着；倒是老鼠，经常有被车碾死的。我问这是为啥，司机说，我也不知道为啥，可能是老鼠没有兔子有定性吧。汽车过来了，兔子不乱跑乱窜，瞅准机会了才跑；老鼠乱跑乱窜，往往就跑到车轮下面了。

凌晨四点，车到德令哈，司机连续开车近二十个小时，丝毫不显疲态。中途我问过他累不累，他笑说不累，上车时喝的那大半瓶烧酒很长精神。明天他要走完剩下的旅程，大约还有五六百公里。我到站了，我们要在德令哈停留几天，看看周边的风景。

小时候，长辈们谆谆教导说，娃娃，不走的路都要走三回哩！意思是说，话不要说绝，事不要做绝，说话做事要留有余地。小时候当然不懂得这句话的微言大义，同伴们玩恼了，有时候会说："我一辈子都不会再跟你玩了！"没等几分钟，又在一起嗨天嗨地了。任何大话硬话在顽童那里只是不同情境下的一种说法，当不得真的，自己随口说，别人也不会当真。可是，长大成人后，自己就该为自己说的话负责任了。有时候，一句大话会成为自己迈不过去的一座大山，一句硬话会成为自己啃不动的硬骨头。童年时，一位与我同样贫寒的伙伴受尽人间白眼，有一次被一个成年人实在鄙薄得无地自容了，他鼓起天大的勇气说，你说话给自己留点后路。成年人哈哈大笑，笑得几番岔气，笑得涕泗滂沱，气息匀称后说，你放八百个心吧，我就是钻狗洞，也不会在路上遇到你。没过几年，成年人遇到了那位已经长大的儿童，他的命门就捏在人家手里。不过，儿童并没有为难他，他只是被知道当年事情的乡邻奚落了一个底儿掉。莫欺少年穷,成年人拥有现在,而少年拥有未来,幼苗在成长过程中,历经风雨雷电,有可能会因此夭折,可一旦长成,那就是一根栋梁啊。老辈人又说了,"惹了老汉不相干,惹了娃娃有后患",说的就是这个理。

话头儿扯远了,老辈人普遍读书不多,大多数人一个大字都不识,但明白的事理真不少,这些事理来自生命中的百般煎熬。首次在柴达木走马观花后,我预感到,不久的将来,无法预知是什么原因,我还会再次来到这里。仅仅过了一年,我陪南方的几位朋友在敦煌搞活动。活动结束,我提议,不走回头路,从敦煌南下,翻越阿尔金山,横穿柴达木,从祁连山南麓返回兰州。我的提议得到了大家的积极赞同。从兰州到敦煌,习惯的比较好走的路线,当然是横穿河西走廊,一千公里的路程上,抬头巍巍雪山,低头戈壁绿洲,风光自是无限。原路去,原路回,去时兴致勃勃,回时驿路漫漫。绝大多数人只能选择这万古一条通道,决然想不到还可从南路返回;即便地理知识渊博,也会将南路先验地视为畏途险路。其实,南北两条道是大致平行的,南路比北路也就是多出几个小时路程吧。另外的困难,不过就是海拔高一些,北路河西走廊大多路面海拔一千五六百米,南路大多地段海拔两千多米,仅此而已。敦煌南行七十多公里,就是阿克塞哈萨克族自治县的新县城,朝着阿尔金山走,走到当金山口,就是阿克塞的旧县城。那里一片废墟,高山草原上的牧民大多都迁居新县城,除了路过的少量大型卡车,蓝天白云,荒原岑寂。在当金山口,遇到广东来的一溜儿驴友车队,车都是高档车,人都是阔气人,显然地理知识有限,停车在山口不停拍照,却乱说一气。我给同伴介绍沿途地理时,他们也有了兴趣,围上来问这问那。我指着这条最窄处只有数百米的山口说,这是两座大山的接合部,东边是祁连山,西边是阿尔金山,这是河西走廊与柴达木盆地主要的自然通道。

去过的地方多了,便会发现,世界上本无与世隔绝的地方,只要有一个人能够抵达,就会有无数人循迹而来。

大自然真是神奇,人能想象得到的山川形胜,大自然应有尽有;超出人的想象力的奇花异草,大自然也会盛装以待。自以为见过的自然奇迹已经很多了,可没有见过的总是比见过的要多得多,而见过的那些,实在是属于寻常一种。早年读《徐霞客游记》,心想这个人是世界从古到今最幸福的人,一生见过那么多的名山大川,一生经历过那么多的风霜寒苦,生命之光是何等盛大辉煌。也因此,很早便生出四处看看的奢望。这种奢侈的动因,大约来源于家中幸存的两本地图册的诱惑:一本《世界地图册》、一本《中国地图册》。在一饭之饱一衣之暖尚且成为镜中花水中月的艰难时代,我童年少年时代从未走出过县境,但已经对整个地球游览无数遍了——是心游。"心游太古后,转觉此生浮。天外知何物,山中著得愁。"这是后来读到的古人诗句。我能磕磕绊绊读书时,家中的课外书只剩下两本地图册了,爷爷丰饶的藏书在我不明白书为何物时,毁于时代的焚书野火。

四

书不在多,对于一个乡下孩童来说,两本地图册足够了。那是一个无穷无尽的世界,那个世界只要打开,再也不会被关上,哪怕前行的路被断绝了也没有关系,心中有远方,人也会一直在远方。地图中,每个用方块字标注的地名,我都曾动用我幼弱的理解力和想象力,去复原为一个个自以为是的形象,一遍遍、一遍遍都不尽相同,甚至大相径庭。比如,太平洋到底是什么样子的?为什么叫这么个名字？是水波不兴吗？好像又不是，是浪潮喧天吗？为什么要叫这样安详的名字？地图上看起来蓝哇哇的一大片，肯定比村头的涝池大多了，究竟有多大呢？穷尽想象力，我也想不出来有多大。我那时候见到的水域太少了，见到的最大水面就是村前马莲河发大水时的阵势，但即使洪水填满河槽，也不过一里宽阔。为什么那么多的地名叫起来那么拗口？地名不能起得顺口简单响亮一些吗？什么布宜诺斯艾利斯、斯德哥尔摩、伊斯坦布尔，这些外国人真是外国人，地名难听，人名更难听，赫鲁晓夫、勃列日涅夫、西哈努克，简直就不是人名嘛。你看看我们的地名叫起来多顺口、指向多明确，北京、上海、西安、马家湾、高家庄；人名也起得有意思，狗蛋、狗剩、张发财、李有粮……叫起地名人名来，好比嘴里嚼着炒黄豆，嘎嘣脆的，连叫几声，口齿生香，饥饿感都不那么抓肠挠肚了。

在缺吃少穿的懵懂时期，我对吾国吾民最初的优越感，就是这样培养起来的。

第一次走出县境，当然是考取大学以后。那是一所省属师范专科学校，距离老家的村庄只有一百多里路程。不过，按那时的交通条件，似乎也算得上走向远方了。每次去学校，要徒步二十多里山路，蹲在公路边，等待那趟一天只路过一次的班车。班车是从我上学的小镇发往延安的，属于省际班车。从学校回家还好说，从车站上车；从家中返校，就比较麻烦。那趟班车的线路是固定的，所经乘车点的时间却神鬼难测，从上午十点到傍晚六点这个时间段，都有可能。而我乘车的时间段都是寒暑假即将结束的时段，即所谓的交通高峰期。我一般都是早上七点从家中出发，爬上漫长的黄土高坡，蹲在公路边，眼巴巴向着看不见的延安方向遥望。路边等车的人很多，有出外上班、谋职的干部、工人，也有走亲戚的农民。还有一件让人放心不下的事情，那趟车是必须要经过这里的，但停不停车，却要看司机当时的心情。司机要是不想停，哪怕车是空的，一脚油门，呼啸而过，等车的人什么脾气也没有，骂娘的人都很少，大多都是长叹一声："唉！"收拾行李，打道回府，明天再来等车吧。那时候给公家开车的人就这么任性，反正工资待遇是固定的，公司的经济效益与他们无关。事实上，公司的经济效益也与公司无关，亏赚都有国家兜底。

这种尴尬的事情我只遇到过一次。我们那里一直要到正月二十才算过完年。我受不了那种没完没了的烦，正月初九吧，再也不想待在家里了，就撒谎说去学校有事儿。那天寒潮滚滚，我不愿将破棉袄带到学校，再没别的衣服，只穿了一件薄薄的绒线衣，爬坡赶路并不冷，蹲在路边等车。高原上一眼平畴，寒风无阻无碍可以尽情撒欢儿，那是相当冷的。别的等车人都穿得像狗熊，还在那里簌簌发抖。我其实不觉得冷，别人看着我冷，把我也看冷了。终于离开万般拘束的家，要去自由自在的学校了，我的心是热的，那种热，足以抵挡这种冷。从早上十点，眼巴巴遥望延安方向，远远地听见汽车轰鸣，人们忽地拎包站起，看见的却是卡车。一惊一乍数十次，到下午四点，班车终于过来了。所有的人都做好了冲击车门的准备，可班车非但没有减速，反而嘶吼一声，绝尘远去。

人们默默收拾行李，一步三回头，恋恋不舍，仿佛那辆车会返回来似的。路边只剩下我和一个干部模样的人，原来那人家在我家沿河往下游走的另一个村庄，距离公路边三十里路，他要赶回四川上学。常年出门在外，对此他似乎特别适应，背起沉重的行李，沿着公路，朝另一个方向大步流星走去。我知道，往前再走二十里，还有一个乘车点。过往那里的班车很多，半个小时一趟，最后一班车是晚上七点。那时候的长庆油田总部在庆阳县城，庆阳地区政府所在地在西峰小镇,两地相距一百多里路。西峰也有许多油田的办事机构,班车是油田的通勤车,买票都可以乘坐。我要去的地方是西峰。回家二十里,赶往下一个乘车点二十里,何去何从?只剩两个多小时,能不能赶上下一趟班车?万一没车怎么办?那里虽是陕甘宁三地的一个交通枢纽,却在荒山野岭,方圆几里荒无人烟。回家吧,实在不想回家,再说,明天再等不到车又该如何?路边徘徊一会儿,下了决心:还是不回家为好。冬天,太阳落山很早,此时,那颗冰冷的太阳,距离山顶只有一人高了。

那人已经走远了,我也没有与他搭伴的意思,男儿行世,当独往独来。积雪覆盖原野,早上随手扒拉的几口食物,在冷风中早已耗尽了热量,此时真的觉出冷来了。空旷的原野上,寒风失去羁绊,好似从西伯利亚一下子蹦到了这里。人的躯体像是用牛皮纸装裱起来的,一阵风,直接洞穿骨肉,从前心到后背。积雪盈野,这是一个冬天从来没有消融过的积雪,从初雪到最近的一场雪。我知道,白雪下蜷缩着冬小麦。对于冬小麦,积雪像是一床棉被,雪越厚,麦苗越安全;开春后,照例是春旱,积雪融水就是农田的底墒。奔命一样离开了农村,庄稼事务仍是心心念念,对于农家子弟,土地是其生命的源泉。公路两边的白杨,已经没了风吹簌簌的柔和声响,干枯的树枝在风中互相击刺,铮铮有声;偶尔有被磕断的残枝摔在冷硬的路面上,像蹦到岸上的鱼儿,还要挣扎着蹦跶几下。树梢上一片树叶都没有,一个冬天,罡风搜刮了一遍又一遍,而掉到地上的树叶,未落雪前,一部分让饥饿的羊吃掉了;落雪后,让附近的农民用铁耙一般锋利的竹扫帚搜罗一空,拿回去烧炕了。

大地无余物,连同地畔的杂草都让人连根剁去,当成燃料了。我们都算是时代的幸运儿,又被称作天之骄子、新时代的大学生,但相当一部分同学仍是老虎下山一张皮,连换洗的衣服都没有,有的甚至穿着补丁衣服。旧时代的贫穷后遗症,在新时代仍在高频率发作,唯一让人感到欣慰的是,似乎再没有人公开地以贫穷为荣了。事实上,在为贫穷高唱颂歌的年代,也没有人真正以贫穷为荣,相反,贫穷仍然是每个人心底的耻辱。只是不明白,贫穷为什么会被赞颂,而且会成为一个时代的道德底色。与以贫穷为荣相伴的是以大老粗为荣。有那么几年,随时都有群众大会召开,田间地头、县城广场,一只高音喇叭就可以让一大片地域沉浸在动荡和亢奋中,而坐在主席台上的人物,讲话发言的开场白,第一句几乎都是:"我是个大老粗!"头颅后仰,鼻孔朝天,目光坚定,伴以豪迈的手势。这句话经扩音器一扩张,立即天地为之震动,讲话者由此便拥有了无可辩驳的政治正确,听讲者顿时神情肃然,必须拿出聆听天音的虔诚庄严,以此表示自己的双脚和灵魂都坚定地与讲话者站在一个阵营。而大家明明知道,有些讲话者明明就是读过书的人啊。知道其中机巧的人都懂得,这类人是被视为改造好的那一类人,所以便格外地气壮山河。小孩子可不管那一套,每到课间休息时,总有调皮捣蛋的男生冲上讲台,模仿主席台上那些人讲话的姿势、口吻,抑扬顿挫说:"我是个大老粗。到底有多粗呢?问问你们的妇联主任,因为我和她搞过一段时间——工作。"

好在,这一切都过去了,数风流人物,还看今朝。人们仍然贫穷,但可公开承认,贫穷是一种耻辱;人们普遍缺少文化,但可理直气壮追求文化了。我走在去学校的路上,天寒地冻,一地荒寒。走在我前面的那一位,据说也是本地考出去的大学生:我是十七岁进考场,而他进考场时,已经三十几岁了。此前,他在四川某地当了十几年工人,高考恢复后,他毅然走进考场,成为一个父亲辈的大学生。没有任何犹豫,迎着寒风,他朝着下一个车站走去。也许,他曾经错过了许多人生的车站,当下,再也不能错过了。我也饱受人生挫折,为了搭上通往大学的时代列车,早已身心俱疲。好在,我还年轻,正是正常的求学年龄,时间对我来说似乎碗大汤宽,足够我消磨许多年。距离开学还有半个月时间,我只是不愿待在家里,整日人来人往,农闲时节,什么事也没有,一天吃好几顿饭,从大清早一直吃到天昏地暗、星光灿烂。许多人把肠胃都吃坏了,还在赶场子吃。一天喝几顿酒,稀里糊涂上酒桌,不省人事醉卧别人家。在生活最困难的时候是这样,改革开放好几年了,一切照旧。从懵懂记事起,我就对这种风俗习惯深恶痛绝。过年时死吃死喝,在农忙季节,需要食物带来的能量了,又青黄不接,整天饿得三昏五迷,却要大干苦干昼夜不息。老话说,宁穷一年,不穷一天。这一天就是过年。不止一天,我们这里过年,大约要延续一个月。我粗略估计,这一个月耗费的粮食,够得上平常三四个月的口粮。

我无力改变现状,我只有逃避和逃离,以逃离的方式逃避。

走完几里坦途,就是危途了。黄土高原的自然地形真是千奇百怪、气象万千,要是作为一个闲游者,哪怕是在荒寒时期的荒无人烟地带,都会让人惊叹于造物主在造物时的神经错乱。川塬交错,墚峁梗阻,一眼望去,气象万千。此时,我从川里爬上来,正行走在塬上。这个"塬"字,诞生于黄土高原,也只有在黄土高原才用得上,代表一种特殊地形。我曾这样描述过:好比一个蛋糕,让熊孩子用一根柴棍儿随手划拉,划破的就是川或沟,没有划到的就是塬。残塬,黄土残塬。塬与塬之间,远看完全断裂,走近了,却有盈盈一线黄土勾连。这种地形名曰崾岘。我写过一篇散文《崾岘论》,详细描述过这种地形的构成元素,以及"崾岘人生"。这是上天赐予或者给一方生命预留的自然桥梁,一条崾岘被阻绝,周边几个或几十个黄土塬,隔沟可以说话;要是互相往来,那可得转悠老半天。眼下,要通过的第一个崾岘名为瞎婆娘崾岘。听听这名字,多寒碜的。先前随大人走过,那是夏秋季,两边土塬上农田连片,鸡犬相闻。而对于这个崾岘的古怪传说,听听都让人惊悚,虽无非就是神鬼狼狐之类。大冬天,又是过年,崾岘周遭数里远近什么也没有,只有风,那种刮着地皮飞奔的寒风。积雪盈尺,寒风无所刮,只能寒风刮寒雪,如铁铲刮锅底,刺耳惊心。从这面塬边踏着深深的车辙一步步滑下去,到了崾岘口,两边都是幽深的黄土沟,正好是风道,雪片劈头盖脸砸下来。此时并未下雪,但雪片如潮。风将地上的积雪揭起来,扔向空中,再落下来,名为风搅雪。再从那边沟坡一步一滑爬上去,又是一片土塬。

我不明白,在这样的路上,为什么汽车还可以照常行驶,也没听说出过什么车祸。那时候汽车很少,司机个个训练有素。这趟班车虽然甩站了,但我还是祝福他。过年还要出行的人需要安全,过年还在开车的司机需要安全。这不是某一个人的过错,当一个人手中的权力不受限制时,什么事都做得出来,无论好事坏事。当一个人什么好事都可做出来时,同时意味着,他什么坏事也可做得出来。好事坏事其实都是有边界、有底线的,当易牙将自己的儿子蒸熟了奉献给齐桓公时,齐桓公理应马上心生警惕,最好将这种人赶得远远的:他能够"杀子以适君",便没有其他做不出来的事情。齐桓公一顿婴儿肉吃美了,最终却被饿死了,不出意外,断他伙食的就是那个易牙。意外的是,易牙却被奉为厨师的祖师爷,享受着袅袅渺渺的不绝香火。无底线的人被无底线地追捧,也实在让人无话可说。经常有人炫耀自己手中的权力有多大,一定要抬杠:谁都没有权力,谁都有权力,要紧的是,在什么时间、什么地点,谁会遇到谁。比如,这趟车的方向盘掌握在司机手里,公司的规章肯定是有的,但现权现用,一堆人就被他轻易地撂在了寒天野地中。

走过瞎婆娘嶙岘,照例还有漫长的黄土塬上的路要走。太阳已经落山了,光晕还隐现在大地上,遍地积雪的白光与土红的光晕搅合在一起;白雪是那种阴冷的白,光晕是那种回光返照的绝望之光。天地都是一派死亡的景象,原野上没有一个人,公路上也没有一辆车通过,只有偶尔有一两只乌鸦落在枯树枝上叫嚷,和我一样,它们也处在饥寒交迫中。要是早几年,在我最困顿最无助的时候,我马上会把我和眼前的乌鸦联系在一起,可是,如今不同了,我觉得我怎么都比乌鸦优越:我的饥寒交迫是因为我正在寻找理想的征途,是我自找的,是自觉自愿的。

太阳彻底落山了,收走了今天的最后一抹光晕,天空陷入黑暗。而原野因为有雪地的反光,好似一个全裸的人,被子没有盖严实,露出一溜儿白光。我借着这层冷寂的白光,看得清周围一大片地界。又一个嶙岘到了,这是陕甘宁三省接合部广大地界最重要的一条嶙岘,一道洪水留下的天然黄土桥。如果这条嶙岘被阻断,至少要绕行上百里路程,互相之间才可互通联系。这是一个深沟中的丁字路口,一条东西向的公路连通陕甘,从嶙岘口伸出一条岔口,下到马莲河川,北上宁夏。长庆油田的汽车,就是通过这条嶙岘连通庆阳县城和西峰镇的。嶙岘有两百米长,刚好能错开两辆车的宽窄,两边都是数十米深的悬崖。两条大沟从这里展开,一条向南,一条向北,不知道延伸到哪里。黄土沟都是洪水切割出来的,不能不说是奇迹。洪水在将一个整体的黄土大塬切割为残片时,偏偏留出这么一道土桥。像是两个人站在两面土塬的边上,拽扯一匹布,力气不够,或是有意为之,布匹没有扯直,中间大幅度凹陷下去,但却没有落地。那就是公路,长庆油田的车辆去往西峰、南下西安的必经之地。崾崄两边的土塬上都是农田,但没有人家,农户家的土窑洞离这里都很远。原因没有别的,这是要命的地方,兵家必争之地,离得近了,就是离死近了。明朝前七子领袖李梦阳就出生在这里,他家是世袭军户,这里是控制西安北部的要隘险关。崾崄口只有一栋孤零零的平房,两间连在一起的小小的房子,给来往司机售卖烟酒之类的杂货。后来我才知道,这家人可是有大来头的,是民国年间本地一个军阀的遗脉。我详细研究过那位军阀的事迹,乱世出英雄,平民举义起事,起初为了保一方平安,声势一度很大,成为全省几路诸侯之一;后来遭人暗算,但他本人并无多少劣迹,这也许就是他的后代能够躲过时代碾压的原因吧。

有班车过来了,这是今天最后的一班车。幸运之神在这个寒夜里,以一声凌厉的刹车声,停靠在我的面前。

谢了,生活!

五

多年来,我走啊走。在有些人那里,走,走出家门,走出自己居住的地方,可能是为了观光旅游,或谋生,也有"为功名走遍天涯路"的意思,可我不是,真的不是。我的走,只是为了走,不要让自己的脚步停下来,为了走而走。走,是生命的常态,从出生到死亡,只不过是一场走,从起跑线到终点线,无论百米短跑还是马拉松。不能出城的日子,我每天黄昏在黄河边步行两个小时,二十年春夏秋冬风雨无阻。看黄河水清水浊水涨水落,看河边柳,青了,绿了,黄了,灰了,看河边人,来了,去了,欢乐了,忧伤了。还是孔圣人说得好,逝者如斯夫,不舍昼夜。其实这是自我安慰的话语,河流千年万年滔滔不绝,而人生不过百年。当然,这是将每个人割裂为一个个个体而言的;如果将人看做一个整体,一条涓涓细流汇成的泱泱大河,那便是人生如河了。于是,一个人的生命到底有无价值,或价值大小,任何貌似客观的标准其实都充满着主观臆断。还是看看眼前的黄河水吧。谁给我说说,哪滴水重要,哪滴水不重要?哪怕其中的某一滴水曾经是污水,当汇入大河以后,那也是大河的组成部分啊。又有人说,水流十里自净,说的是河流的自净自洁功能。也许是吧,可是,如果污水过量呢?即便是滔天大河,其自净自洁能力都是有限的。这和人类社会何其相似。无论在什么时代,罪恶的时代,清明盛世,恶人坏人何曾彻底灭绝过?可是,如果让罪恶演变为主流,其所祸害的群体便再也无以为系了,正如一条河流如果污染过度,要么河流死亡,要么依河而居的众生群体绝灭。

人类历史上有过这样不幸的时代,众多河流也经历过这种惨淡的岁月。我生长在黄河流域,尽管那只是一条黄河的三级支流,先是注入泾河,泾河携带着它的成分进入渭河,再由渭河汇入黄河。那是一条漫长而艰辛的寻找之旅,像许多小河一样,汇入主流的过程,都是一场淹灭,也是一场再生。必须湮灭,然后再生。任何人何尝不是呢?泯然众人,又特立独行,复归于泯然众人。我真正定居黄河边时已经三十五岁了,那是我人生逃脱童年少年苦难之后的又一段艰难时期。有区别的是,童年少年更多的是物质匮乏带来的生计困顿,而此时的困顿,更多的则是精神上的迷茫。正如那时候兰州的天空,老是灰蒙蒙的,只有大风起兮,天空方可晴朗一两日。这与我的精神状况多么契合啊:心头整日迷雾缭绕,偶或看到一本书,心头豁然一亮,再度陷入迷茫,比先前的迷茫更甚。而周身的疾病让我坐卧不安。肩周、颈椎、腰椎,时时火辣辣的。一位同事也患有此种恶疾,有一天,他说他找到一位高明的大夫,只需一个小手术就可治愈,邀我同去。我是一个讳疾忌医的人,长这么大,几乎没有去过医院。不便拒绝同事的好意,我以含糊其辞而婉谢之。可恶疾在身,无以安生。

　一天黄昏,我去了黄河边。那时候出门十公里周围的黄河边还是一片荒滩,采沙场、砂石堆积场、垃圾堆、芦苇荡,一派杂乱。河滩上无人,我转了一圈。那也是黄河最为艰难的时日,河源草地遭破坏,中游工业污染,加之用水过度,下游频频断流,保卫黄河之声不绝于耳。快入冬了,枯水季的黄河恰如一位风烛残年的老母亲,步履蹒跚,神情委顿,气息奄奄,朝不虑夕。那一刻,我无限悲凉,从黄河中看到了自己。此日黄昏,鬼使神差我又去了黄河边,散步,打水漂,目送黄河东去,间或忆起曾经岁月。一个多月间的每个黄昏,撂下饭碗,似乎听到了某种不可拒绝的召唤,我来到黄河边,散步玩耍到夜深人静。忽而有一天,感到必须写一篇文章,坐在书桌前,身体毫无不适感,而且心情大好。不信,站起来,在房间里走几步,这是真的。恍然悟到,长时间的河边行走,治愈了身体疾病,消散了心中块垒。

　从此,我与黄河结缘,从身体,到内心,皈依黄河。

　那真的是一种皈依。许多年间,只要在兰州,我每天必须到黄河边散步两小时。有时候在城区开会,只要没有超过晚上十点,我都会打车到安宁桥头,下车步行回家。不断有人提醒我注意安全,我接受朋友的好意,但我心里却在抬杠:黄河边都不安全,世界上还有安全之地吗? 走在夜晚的黄河边,在天气不好的时日,或寒冬季节,有时河边就我一个人。一边是什么也看不见,但可听见哗哗的黄河水声;一边是黑黢黢的宽阔的滨河公园,树丛、花丛、水池。我并不害怕什么。我的内心是安然的。遇到不顺心的时候,我不会去找朋友诉说。

这是习惯。很早我就认为,欢乐可以共享,烦恼只可独领。向人倾诉烦恼,如同嫁祸于人,将一人之灾难蔓延为多人或众人之灾难,好比一家着火,自己不赶紧扑火,反而引火延烧街坊。那次心情烦闷,信步来到黄河边,一眼看见黄河水时,原来感觉被什么东西堵塞的胸口,如河堤溃决,一泄无余。此时恍然惊觉,原以为是多么过不去的事情,不过是自己给自己设置的障碍。心障、魔障、庸人自扰之障。人有很多不顺心,他人设置的障碍固然有,然而更多的是自己与自己过不去。不该得而心欲得之,本该失而勉力挽之,力有不逮而强为之,如此等等,又怎会顺心? 看看黄河吧,遇到高山阻隔,或者力劈重山闯出一条路来,或者因地制宜,从不以避实就虚为耻,反而以九曲十八弯为荣。

一条河流,往往胜过车载斗量的圣训格言,河流以自身的姿态和声音告诉我们,世界是什么,人生是什么。

是的,许多年来,我在无数的河流边流连过。我得不厌其烦地说,我生长在马莲河边,那是一条横穿陇东高原腹地的小河,自北而南,连通了塞上宁夏和关中平原。在我幼小的世界中,这是一条大河,浩浩乎、洋洋乎,无休无止,无始无终。枯水季,它温婉如好女;洪水季,它暴烈如莽汉。然而,当我走出家乡百里远近,第一眼看见泾河时,方知马莲河仅是泾河的一条支流。泾河仍是小河,泾河注入渭河以后,渭河宛然大河。可是在黄河那里,渭河仍是支流。认识世界从一条小河开始,也正如体察人生从一个人起步。谁也无法遍览地球上所有的河流,同样的,谁也无法遍尝人间况味,大略而已,管中窥豹而已。从马莲河开始,泾河、渭河、黄河、汾河、洛河、滹沱河、海河、辽河、白龙江、岷江、嘉陵江、长江、澜沧江、怒江、珠江、伏尔加河、涅瓦河、约旦河、墨累河、塔纳河、加拉那河,等等,河流被造物主分派在地球上的不同区域,但河流的功能从来没有过变化,就是为众生提供生命延续的可能性。河流有大小长短,但每一条河流都是一部史诗,或恢宏壮丽,或蜿蜒千转,那水涛声就是荷马的吟唱,就是屈原的行吟,而两岸生灵的爱恨情仇,构成了史诗的元素。

人类从来不缺才子,每一个才子大约都曾书写过河流,但又有谁曾经完整准确地复原过一条河流,哪怕是一条名不见经传的小河?任何一条小河比任何一个伟大人物都伟大,其伟大在于其不绝如缕,在于其百折不回,在于其滋养众生,在于其劈开路障的勇气和能力,在于其自我清洁的品质。

那么山呢?我自小生长在黄土沟壑区,背山而居,出门望山。注意,是黄土沟壑区,而非黄土山区。人在山下,爬上任何一道黄土高坡,看似到了山顶,其实山顶是平原。那种叫作塬的平原,或大或小,大者百里方圆,小者一个足球场大小而已。自懂事以后,我每天都得爬几趟黄土高坡,那可真是愁死人了。也因此,长大成人后,每见到一座山,无论高低,我内心的第一冲动就是爬上山顶看看。年轻力壮时,狂妄自大,心想世间没有我登不上去的山,包括世界第一高峰珠穆朗玛峰;年老体衰后,登山的冲动仍在心底激荡,但也只是激荡而已,如同扣紧了瓶盖的瓶中之水,无论怎么激荡,也只是在瓶中晃荡。

其实,我见过的山多,在山中转悠的次数多,登上山顶的次数却很少。在故乡工作时,经常去兰州出差,六盘山是必经之地。那时候六盘山隧道还没有开通,坐上四面漏风的班车,一盘一盘,从这边盘上去,从那边盘下去。坐在车上,翻越多高的山都不算登山。而且,行车路是从山垭口穿过的,距离顶峰很远。但登顶的愿望一直在心底激荡。有一次,乘坐专车翻越六盘山,在山垭口停车,遥望山顶,我不禁心旌摇荡。正是冬天,盘山路上积雪被车轮碾压为冰溜子,山坡上悬挂着好几辆翻倒的卡车,还没有被清理。一年四季我曾多次翻越六盘山,春夏秋三季,山下热滚滚,山上冷风飕飕。在冬季,寒风袭来,身体很快进入凝滞状态。没有登顶的道路,稀落的灌木丛在阻挡人的脚步,它们好似一支训练有素的队伍,看似有空隙,只要抬脚,就像古代战阵中的陷坑,无数荆棘围拢过来,抓钩挠扯,寸步难行。荆棘丛中的积雪也没有闲着,看似平整无垠,脚步落上去,却凹凸难料,走出几十米,只好知难而退。六盘山是我长大成人后见到的第一座大山,这让我激动不安。在小学课本上,已经背熟了那首著名的词作:"天高云淡,望断南飞雁,不到长城非好汉,屈指行程二万。"何等开阔,何等气魄。六盘山,以及其他所有的山,凡是超越地平线高度的,都让我神往不已。因为考古实习第一次从六盘山下经过时我便心下明白:此生,将与山结缘。

这是一次启蒙,来自于大山的启蒙。

套用鲁迅先生的话:世界上本无风景,有名望的人曾经驻足叹赏过,便也成了风景。我去过许多号称名山胜水的地方,有的确实算得上一方名胜,所在的地理位置在历史长河中的价值,都无愧于名胜之称。正如古代四大美人之类,其实,谁也不真的知道这些美女究竟美不美,到底有多美。美的具体指标是什么?美女仅限于走向公众视野的这些吗?"养在深闺人未识""绝代有佳人,幽居在空谷",不是所有的美女都会走向历史的前台,不是所有的美女都会在街头招摇。在传统时代,因为山河相隔,因为信息闭塞,号称见多识广的人,其实所见所识都是有限的,说白了,是极其有限的。有限的见识往往会导致两种结果,一是盲区太多,一是以偏概全。有"千古奇人"之誉的徐霞客,毫无疑问,徐霞客之前,没有徐霞客,徐霞客之后,依然没有徐霞客,至少迄今为止没有。"达人之所未达,探人之所未知",是的。但这只是空前,而非绝后。洋洋六十万字的游记,涉及的华夏版图内省份也只不过二十一个,何况国门之外的世界呢。

古人访山问水,受限于出行条件,一天紧走慢走,也不过走出上百里路程。赏游山水不是傻乎乎一味低头走路,旅行家不是走路家,需要赏游山水的品位。徐霞客在出发前,已经装满了一肚子典籍,案头功课业已做足了,尤其对于过往的地理著作已谙熟于心;身体也已长成,一生走在旅途上的时间,满打满算,也不过三十年。最终,他还是病倒在旅途上,被人从遥远的云南护送回江阴故乡。以人的行走能力计算,权当每天都在路上,按一天一百里计算,三十年,也不过百万里,对于整个世界而言,走过的地方也只是一个小小的角落。慢有慢的好处,有时间观察,有旅途的体会。山水之真意、人生之况味,就在沙沙的脚步声中,在忽上忽下的心潮起伏中,在柳暗花明的惆怅与惊喜中。"行行重行行,与君生别离。相去万余里,各在天一涯。道路阻且长,会面安可知?"与人,此一别,也许是永别;与景,此番邂逅,一生可能仅此一缘。

六

应邀出去讲课,已经是生活的常态,虽然我身兼几所大学的教职,但我并非体制内的职业教师。起初,觉得这是一种荣誉,至少在别人眼里,自己还有值得向社会传播的东西,诸如学问、人生见识之类。后来,每次讲课结束,总有一种莫名的惶惑和空虚。我讲的这些对他人有用吗?是发自内心的呼唤吗?是以血为燃料迸发的热量吗?三番五次地反求诸己,仿佛云里雾里。不能说自己的出发点是虚伪的,无论怀着多么巨大的真诚,当面对众人时,总是不由自主地口将言而嗫嚅。无法判定禁忌从何而来，禁忌却无所不在、无时不在，几乎成为内心的一种自觉。这难道就是某位西方大哲所断言的"自由即自律"？如果真是这样，对自己那颗悬浮的心将是多么温柔敦厚的慰藉。然而，不是，这是禁忌。禁忌源于恐惧、控制和自保，而自律则是对于规矩的敬畏，只有尊重和热爱他人，才可主动约束自己。为什么要主动约束自己？人性共有的一切弱点，自己概莫能外。当我们说谁谁在人性上的某些欠缺时，在那一刻，千万不要把自己排除在外，任何人都是自己的一面镜子。可是，我们总是觉得镜子里的那个人是另外一个人，自己在指斥他人时，便理所当然地把自己当成了剪裁他人的尺度。这其实很可怕，可怕并非来自禁忌，而是自律的变异或缺席。也因此，在很长一段时间里，每逢有讲课的邀约，哪怕是针对纯粹专业性的问题，哪怕有多么优厚的待遇，我的第一反应几乎都是婉拒。当内心独白化为大语叫叫时，人格分裂已然形成，若不及时自省刹车，被分裂的不仅是自己，还有那些真诚的听众。

无疑，这是一种辜负，一种欺蒙。

面对大音希声的山川原野时，彼此之间无须多言，多言无益。于是，我常常面对旷野发呆。其时也，心中无所思，亦无须思。滔滔流水，随季节或涨或落或清或浊，谁谓河广，河何言哉？谁谓河狭，河何言哉？广者自广，狭者自狭耳！有时候抬眼望天，或晴或阴，或乱云飞渡，或碧空万里，天何言哉？四时行焉，百物生焉，天何言哉？是故：予欲无言，而小子何述焉？孔圣人在自然万物面前的慎言自律，当然是圣人的至高境界。普通如我，面对自然万物，唯有望物忘我，侥幸得其润泽而已。

也因此，很多人都会看见身在山野的我。知我者，谓我不过是耸身红尘之外，暂时摆脱繁杂事务，呼吸几口新鲜空气，类似于车辆加油,为此后继续活着接续动力。不知我者,不由分说,把我的游历与我的职业联系起来,好像我是为了什么新的作品而搜寻素材。固然,我的许多作品,从素材到灵感,都来自日月的朗照、风雨的浸润,但这只是结果,不是目的。事实上,大多的乡野之游,有的地方去过许多次,熟稔其山川田野、人文风俗,但至今却无一字一句面世,即便是奔着写文章而来,并不是没有什么可写,也未必写不出若干文字。然而,在我看来,有的地方适合用文字表达,而有的地方,对视、凝视、审视,以无言而言之,似乎是无上的选择。陇坂地界我去过多次,许多村庄、旧时代的古道,我都曾徒步勘查过。春夏秋冬,无论阴晴天还是风雪天,我都曾去过。当地对家乡怀有无限深情的朋友,也希望我能写一写相关文字,而且,我也答应过。好几次,都是冲着写文章而去的,可至今都没有写出成形的文字。好几次,感觉有东西呼之欲出了,可坐在电脑前要码字时,眼前却如电脑屏幕一样白茫茫一片。我与陇坂之间隔了一层屏幕。从古到今,陇坂都是关中平原进入西北大地的主要通道,也是艰险的高地。渭水从这里冲破崇山峻岭,倾泻关中,而河谷地带便成为天然通道。正如河水的百折千回,河边道路也是百关千隘,每一步都在考验着来往旅人的心力脚力。秦始皇的祖先在这里为周天子牧马,实力壮大后,西却游牧民族袭扰,东进关中平原,与诸侯争衡天下。任何天然通道都是造物主对一方生灵的恩赐,但要让天然通道成为人文通道,那是需要人力开辟和维护的。这里面有着物资的调剂余缺,有着不同血脉之间的汇合融通,同样也少不了金戈铁马、血雨腥风。

　　要从认知的角度说,所谓陇坂,不过就是六盘山或陇山与秦岭的接合部,六盘山南北走向,秦岭东西走向,在这里冲撞出一片山地。渭河以及众多支流,自西向东,从斜刺里杀来,划开山脉,开辟出许多夹缝式的通道,其中一些通道便成为沟通人文往来的古道。

一条古道上所承载的东西实在太多太丰富了,以至于用任何一种逻辑,站在任何一种立场上去言说,都会挂一漏万、错讹百出。漫不说一篇小文章,即便一本大部头的书,也会让一条万年古道显得语焉不详、支离破碎。一条漫长的古道,除主干道以外,支线、岔路、便道、捷径,像是一棵被砍伐的大树,横披在这片山地中。张骞第一次从西域归来后,将他的匈奴妻子暂时安置在古道上的一个驿站里,他先去长安向皇上奏报出使西域的情况。当他返回古道驿站时,接到的只是妻子冰冷的遗体。两方敌对,无论谁是谁非,相互对抗的都是热血生命,落实到每一个人身上,他们都是具体的儿子、丈夫和父亲。想想张骞当年踏上西行之路时,出发的是一个堪称庞大的使团,最终回来复命的只有九死一生的他自己。一路随行东返的妻子,曾经是敌方的女子,在他被迫羁留异域期间,死的魅影时时刻刻缠绕在身前身后,生还的可能犹如水中月、镜中花。这个时候,一个敌方的妙龄女子来到他的身边,为他做饭缝衣,并且生儿育女。尽管这不是出自我们奢望的男欢女爱的婚姻,但人世间永远就是这样吊诡。精心撒下的龙种,生出的往往是跳蚤;而充满阴谋诡计的婚姻陷阱,也常常盛开爱情之花。这个匈奴女子,当初或出于无奈,或出于对本族的责任,以形影不离的方式,奉命监视或感化这个来自中原的男人,然而当两具热血肉体碰撞在一起的时候,情形悄然发生了改变。也许,这种改变,最初他未必是情愿的,她也未必是情愿的。可是改变了就是改变了,改变是一种事实。他们成为了一对人间正常的夫妻。像所有夫权时代的女子一样,那个匈奴女子嫁鸡随鸡嫁狗随狗,嫁个兔子满山走,未嫁从父,既嫁从夫,如同陇坂一带民歌中所唱的那样,死死活活都要相跟上。

古道入山口有一个小村庄，百十户人家。像当下大多数村庄一样，年轻人带着孩子远走他乡，留守村庄的都是老弱病残。这个村庄也不例外。漫长的街道，宽敞的宅院，两边耸立的山梁，一条从幽深处蜿蜒流出的小溪，一条曲折崚嶒的溪边小道，都暗示着这里有着不凡的过往。是的，这是一条古道，马蹄踩踏过的岩石，车轮碾压过的粗麻石，还时断时续。仅是这样一个小小的村庄，现存庙宇仍有十三座，每座庙里都有香火供奉。有的神祇典籍有载，有的神祇则纯属信奉者臆造。可是，有神就有庙，有庙就有香火。见神就拜，未必能够得到神的护佑，但却有望规避来自冥冥的损害。神祇只能给活着的人提供有可能的安全保障，要求得显而易见的安全，还得兵来将挡水来土掩。村庄的制高点，矗立着一座宏大的土城，山坡上漫撒着碎砖破瓦。据说，这座土城存在了几百年，而且曾经长年驻军。我查阅过史料，是的，这是西风古道上的一处重要驿站，军政邮传民政关税，各种设施一应俱全。询问现有居民，姓氏很杂，祖先来自天南地北，士农工商，五行八作，俨然一个发育完善的小社会。驿站废弃后，有的人离开了，也有人留了下来，扎根于这里，成为古道居民的一分子。古道落寞了，生业萧条了，世事变易了，一些曾经的盛况以废墟的形式留存下来。烈士暮年，英雄气概依稀可见；美人迟暮，曾有的韶华还在残阳夕照中浮现。

过往的一切都隐藏在天地之间，化为天地的一部分，成为天地本身，并与天地相始终。我们这些迟到者，注定也要化为一方天地的一部分。臻乎此，我们还能说什么？又能把什么说得清楚？

行走在天地间，每一次日出日落，每一次月缺月圆，每一条河流，每一座山脉，每一条道路，每一个村庄，乃至每一块被人踢来踢去的土坷垃，真正要像韩愈所说的那样做足了"爬罗剔抉，刮垢磨光"的功夫,每一样都是一本大书,永远写不完也读不完的大书。

七

从走出家门独立生活那一刻起,我似乎一直都在走,在大地上走,在书中走;即便躺在床上,或在梦中,心心念念也都在走。无数次,在梦中,走啊走,走之不足,便奔跑。走着跑着,前面路已断绝,回头,来路已渺不可寻。左看,无路;右看,无路。幸好,我的脚下还有刚够立足的硬地。我就这样呆站着,风从四面席卷而上,揭起衣摆,前心后背都是凉。可我只能这样呆站着,双脚不敢动,双手不敢动,稍一动弹,都有可能失去重心,从任何一个方向堕入无尽的深渊。其实,在这个时候,肉体不能动,精气神也得完全固化。当然是不能回身看的,只能向上向前向左右,眼睛所见都是空茫,自己像一朵浮云、一片枯叶、一颗雨滴,随时都可能消失于虚空大化之中。这个时候,还需要屏气凝神,一缕神思的奔逸都可能连带脚步的蠢动,那样的话,神思就有可能消融于虚空大化中,化为可有可无的一丝气息,而肉体则一定会失足于某种不可知的境地。

梦醒过后,明明可以真切地触摸到床铺,乃至起身连抽几支烟,喝几杯茶,乃至看一会儿书,而神思却仍在梦境中。四肢僵硬,思维呆滞,眼前的一切犹如海市蜃楼,似真似幻,一时不敢确定。

这种情形还不限于在梦境之后,有时,明明在做事,在与人说话,在大街上行走,恍惚间,魂魄如被惊飞的麻雀,不知所终,空余一个躯壳,稻草人似的。此种情形有时候被人发觉了,比如正在与人说话时,与人来往对答,自己并无言语上的重大差错,也许对方从散乱的目光中,或言辞间的空洞中,就能察觉到某种变化。对此,我也是有体会的。与人专心地对话时,哪怕词不达意,语气也是饱满的;当走神以后,对方虽然应对及时,且对答如流,但说出来的话好似空谷回音,说话人和说出的话之间隔着一层什么事物。有了这种认知,每当与人说话时,我都要时刻提醒自己:倾听,凝神倾听,这是对他人的尊重。饶是如此,自己的神思还是好似一个不听命令的捣蛋士兵,总是开小差。这真的非我本意,却常常不由自主。

对此,我往往以走神自嘲并自谅,我也因此不开车。这种情形在我很小的时候便经常发生,因为耽误事儿,没有少受大人的惩戒。甚至正在遭受惩戒的当儿,神思也不知跑哪儿去了,好像被惩戒的不是我。刚参加工作时,年方弱冠,正是青年男子想入非非、乱说乱动的年纪。我代管着单位的公车,很多车,好几个司机与我同龄,尽管再三强调规定,可稍一松懈,他们便会遭人逗引,让别人用公车学着开车。那时候,没有私家车,只有公车。他们特别愿意教我学开车,我却从来没有摸过一把方向盘,不是因为自律,而是完全不感兴趣,并且,我对大型机械有着一种天生的恐惧。至今,自家的车,我都没有摸过方向盘。

我深知,我非但控制不了车辆,有时候,我连自己都控制不了。

我不敢确定,这是否就是古诗文中所说的心焉切切,或心焉惕惕。如果真是,那就是一种病态了。《素问》中说,惕惕如人将捕之。后世的医学家将此种状态与具体病症予以对接,临床表现大约是:寒不甚,热不甚,恶见人,见人心惕惕然,热多汗出甚,刺足少阳。

当然,这已经涉嫌妄解中医了。不过,那确实是一种切切焉惕惕焉的不良精神状态。深层的病因到底来自哪里,旁人是不可能知道的,高明的医生也未必诊断得出。也许,只有我自己知道。自从步入社会以来,我一直在努力克服这种病症,时时刻刻都在克服,但是效果并不明显。有些病症的根是扎在骨髓血液中的，后来的所有努力，未必完全是徒劳，但也确实不由自主。说到底，病根就是一种不安全感。从几位哥哥和姐姐那里得知，母亲在世时，我可真是难缠，因为最小，虽生活贫困，真可谓家贫出娇儿，经常弄得家无宁日，大家的日子都不好过。这些，我也略有片段记忆。模糊记得，那时候大约家境艰难，粮食不够吃，母亲做饭时，总是将面片剁成斜尖形状，大概是显得面片多一些，锅里的饭看起来稠一些。这可难为了哥哥姐姐，每到吃饭时，捞起一叶面片，我总要他们把斜尖咬掉才肯吃，说是面尖儿会把我的喉咙眼儿刺破，若无人帮忙，我便闹着不吃饭。

这一切"优厚待遇"，随着在我不满三岁时母亲病逝都画上了句号。在我能清晰记事时，侄儿们陆续出生，亲戚的孩子也与我差不多年岁。在日常，在吃饭时，我总是那个最不受欢迎、最被忽视的人。在家里，孩子们所犯的错误总是被推在我头上，即使当着大人们的面所犯的错误，处罚也总会由我承担；孩子们犯同样的错误，即使集体被处罚，我也总是被处罚最重的那一个。在我需要被呵护、被关爱的年龄，所有能够带来温暖的事物，包括普照天地的太阳，都是别人的，理所当然是别人的，以至于我从小就有一种寄人篱下的感觉。明明是自己的家，家的感觉却总是比兜里的钱还少。我家虽然败落得一塌糊涂，但是从祖辈那里继承来的待人礼节，非但没有丝毫减损，还得到了发扬光大。而我却很少得到家人的礼遇，在这个家，我倒像一个不速之客，一个不受欢迎的多余的人。

我深知，这个家里的任何东西都不属于我，这个世界上的任何东西都不属于我，哪怕撂在墙角无人搭理的柴棍儿，都不属于我。我也从无占有任何东西的欲望，有的人将此褒奖为慷慨仗义，那可真是想当然拔高了。我挣的血汗钱，给谁花都行，是因为我认为所谓我挣的钱,只是我暂时保管,过一下手而已。十七岁出门远行时,父亲一反常态,主动让我带这带那,我一概不带,哪怕是生活必需品,我都不会带的。我觉得,我能带走的都带上了,我终于长大了,能够独立生活了,自由、独立、自主,就是我能带走的一切。此后,每次回家看望父亲,父亲也会让我带这带那,我都是尽可能满载回家而空手离家。我的理由是,带着东西赶班车麻烦。父亲以为我只是懒,我也以懒为借口。我不愿让亲人难堪,从小背黑锅习惯了;如今我长大了,懒这口黑锅,我是背得起的。我差点儿明确告诉父亲,正是因为懒,生长于这样的家庭,小时候我没有变成不良少年,因为我懒得干坏事;长大独立后,也因为懒,不义之财、不虞之誉、不劳而获,哪怕唾手可得,我也懒得伸出手去。一个懒字,省却无数烦心事。

独立自主了,但一种自小种植在心底的不安全感时时刻刻都在困扰着我。直到现在,每在饭馆吃饭,如果有可能,我都会选择靠墙的座位。在战场上,放心把自己的后背交给战友,这才是战友之间的友谊、担当和责任,而我只有把后背交给坚实的墙壁,心底才会踏实。后背如果不靠墙,我会一直感觉到背后会有人偷袭,不由自主地频频回头。相术中,把有这种习惯的人称之为"狼顾之相",据说司马懿就是这样的人。这种人大多都心怀异志或图谋不轨,可是,我非但对他人、对世界无所图,对属于自己的东西都不怎么在意,为什么也会这样呢?在很长时间内,好心的人经常提醒我,这个事情要注意,那个事情要注意,我并没有说什么过分的话,更不会做什么违规的事,如果这些都要注意,都要如履薄冰、谨小慎微,那活着可真是一种煎熬,对生命是一种辜负。我自信,我对任何人都无恶意,半点儿恶意都不会有,一位多年的同事曾不无惋惜地对我说:"老大不小的人了,经历过那么多挫折,为什么在你的眼里,总是天下无坏人呢?"

是的,在我的眼里,确实天下无坏人。我曾经宣称,我就是一座不设防的城市。

然而,日常不经意的行为习惯,经常出现的梦境,都在明白告诉我,童年的心理创伤,会给一个人造成多么深重而无法真正克服的影响。在北京师范大学进修时,童庆炳先生专门开设了一门课,就叫"心理创伤与艺术创作的关系"。这门课我前后听过两个学期。我恍惚有些明白,每个国家都有自己国家的历史,每个人都有自己的个人史;一个国家无论大小强弱,都会有着自己形成过程的烙印,个人更是如此。现在流行什么原生家庭的说法,我以前是不怎么认可这些的,后来,从自己身上,我越来越明显地看到父辈、祖辈身上的影子。那曾经是我从心底深处厌恶的影子,在很长时间内,我的人生目标就是从思维方式到行为方式彻底斩断与家族的联系。我认为,一个人要是活成那样,比死了还可悲。爷爷饱读诗书,一生无所作为,虽有时代变迁的因素,难道没有自己的责任吗?他去世时,我已经十三岁了,正是告别史无前例时代的前夕,在我能够分辨出谁是谁以后,我就不怎么喜欢他。他年近古稀了,和奶奶分居,分居以后还经常吵架,和自己的六个儿子同在一村居住,却老死不相往来;时常受到上面的专政批斗,却从不参加集体劳动,而口粮照样领取,事实上享受着当时五保户的待遇。政治运动稍一消停,上面不找他的事了,他却时不时地招惹基层干部,给人家找这样那样的茬儿。然后,下一场政治运动到来,他又是被打击对象。小时候,我经常看到,社员群众都在虎口夺粮,挥汗如雨,他却一点儿农活儿不干,站在一边,披着长发,脑后垂着一条辫子,滔滔不绝地给人讲谁也听不懂的天方奇谭。碍于马家家族庞大,生产队长的脸吊得老长,内心的怒火好似地下汹涌的熔岩,只是不便发作。他的一帮儿子孙子,怒火估计不比他少多少，也是碍于长辈威严不便发作，只能把各自的脸色调整到最为难看的程度。爷爷却浑然不觉，一扯就是老半天。

晚年时的爷爷还要自己下深沟，给自己弄饮用水，挑回一担水，要歇息好几次。他自己吃的粮食也要自己动手加工，从生产队饲养室申请到一头驴子，在自家的石磨上磨面。他边磨面，边吼秦腔，声音传遍整个村庄。他又爱管闲事，孩子们的正常玩闹，他总要骂这个打那个。其实，谁也不听他的，包括他的亲孙子。他更是谁也打不着，徒遭孩子们厌烦。招惹了乡村顽童，等于结了仇，我们这帮野孩子，一有时间便去欺负他，故意在他门前乱喊乱叫；等他烦透了，出门干涉，孩子们一哄四散。他高声咒骂一会儿，回到家中，孩子们又呼啸而上，一天又一天，一夜又一夜。大人们，包括他的几个儿子，为此一般也不大管教自己的孩子。依照大人的话说：孩子要哄，老汉要整。大人们默许孩子们将爷爷整治几回，爷爷累了，没有精力烦人了，他消停了，孩子们也消停了；他要是不消停了，孩子们立即就不消停了。可见，人们多么讨厌他，不仅是上面讨厌他，他的儿孙都不待见他。

爷爷少年时染上了抽大烟的恶习，因此卖掉了家中的大片田产。奶奶一辈子都不原谅他。奶奶是家庭妇女，不懂得摧枯拉朽的世道变迁，她将土地被没收以后家族的一穷二白都看成是爷爷不学好的结果。晚年的奶奶，一辈子受够了，再也无法忍受爷爷，与爷爷各居一个窑洞，院子相连，各自开伙。每当在院子相遇时，奶奶会以右手食指狠狠地伸出去，两眼努力挤成两条缝儿，好像两把剪刀，要把谁剪碎似的，再咬牙切齿嘶喊一声："你这个老卖血的！"起初，爷爷还进行分辩，言称因为他抽大烟，卖了许多地，才让全家躲过了政治灾难。言下之意，他是挽救全家的功臣。他的分辩往往会引发奶奶积聚了几十年的愤怒。后来，面对奶奶的攻击，爷爷往往会摆出一副好男不和女斗、君子不与小人一般见识的高姿态，缩脑低眉，趿拉着鞋子，躲进自己的窑洞。他的这种态度更激起奶奶的怒火，奶奶在院子里跳脚叫骂半天，直到累得没力气了才肯罢休。

那时候，我坚定地站在奶奶一边：奶奶不喜欢的人，不用找什么理由，跟着不喜欢一定是对的。渐渐经历一些人间曲折以后，我仍然不喜欢爷爷，却有点儿理解爷爷了，至少愿意去理解了。我无法准确知道他的人生到底经历了什么，但我知道，他在很年轻时已经患上了心灰意冷症，往后日益严重，不可逆转，直至成为人生的绝症。

父亲年轻时倒是兴致勃勃的，身为农民，年仅十八岁就成为了一名中共党员。从此，他的心里只有他所投身的伟大事业，长年不顾家，一堆孩子全都扔给我母亲。大集体是以所挣的工分分配口粮的，而农活儿大都是重体力劳动，一天两头星月，无休无止。哥哥们还小，母亲拖着病体，夜以继日战天斗地，回到家，还要操心一堆孩子的吃饭穿衣。我一直把母亲的早逝归罪于父亲。当母亲去世后，父亲无奈之下才回归家庭。按说，他是一位伟大的、负责任的父亲，一人独立支撑家庭，在外挣口粮，回家负责孩子们的吃饭穿衣。那时候，没有买衣服一说，没钱，也没有那个习惯，所有衣服和鞋子，都是家庭妇女在工余一针一线做出来的。父亲由一个不管家的人，猛然同时成为父亲母亲。那艰难的担子——仅我所见，后来我也自省过——要是搁在我身上，我是绝对挑不起来的，我宁可自行了断，也不愿那样活着。准确说，是不敢这样活着。然而，父亲当过干部的那些毛病，即便在无钱购买两分钱一盒的火柴的情况下，都没有多少改变。他彻底地继承了爷爷的烟瘾。当然不是大烟，而是旱烟。每年有限的自留地，他总要留出几分来，给自己种旱烟。他种旱烟的水平很高，也很尽心，他的旱烟叶总是品质优良。在我年满十二岁以后，长庆油田开发，大量的油田工人拖家带口，抽不起香烟，只能抽旱烟。在寒冬季节，周六放学回家后，我便伙同几个亲戚，半夜起床，挑着旱烟叶，抄荒僻小路，赶赴四十里外的油田基地卖旱烟叶。很快出手后，立即返回，又背上干粮去学校。父亲是不会做这种事情的，哥哥们一个个或出外，或分门另居，这类活儿全部落在了我的身上。当孩子们一个个长大，父亲似乎觉得自己可以功成身退了，像爷爷一样心灰意冷，便把自己不得不干的事情都一股脑儿压在我依然孱弱的肩膀上。那时候，我真的是不堪重负。

父亲身上沾染的干部毛病，按说也不是什么坏毛病，而是那个时代所宣传和提倡的典范干部作风。除此之外，父亲还时刻没有丢掉家族的急公好义基因。自家都揭不开锅了，他也已经无官一身轻了，却还总是把公共事务和他人的事情放在第一位。生产队有什么难题，在队长还没有明确的主意时，他已经有主意了。也许，他从心底认为他是老共产党员，思想觉悟和责任心要高于生产队长，因为几任队长都不是共产党员。整个生产队，三十年来，只有他和我的一个婶子是党员。自家和别人家同时有事，他的第一反应都是先人后己；我和哪个孩子发生冲突，他问都不问谁是谁非，理所当然地先惩戒自己的儿子。至于邻里纠纷和各家的家庭矛盾，他总是大家首选的调解人。别人这样想，有事就找他；他自己也这样认为，常常不请自到。那时候，所有人的日子都过得很艰难，全村没有哪一家是和睦的，按照长辈们的话说就是：打臣跑将，鸡飞狗跳，父子不和，兄弟结仇，婆媳火拼，夫妻反目。每到黄昏时分，不是这家与那家，就是一家人这个与那个之间大打出手，形同决战。一会儿，这个男人明火执仗宣称要灭谁家的门，又一会儿，这个女人要上吊，那个女人又要跳崖。此时，队长出面是没有用的。父亲出面后，把这个臭骂一顿，把那个劝解一番,场面很快就能得到控制。遇到积怨很深、情况复杂的,他还会连夜给说和,乡村人称之为说家务。父亲将事主家所有成员召集起来,先由当事人陈述矛盾产生的缘由和过程,事实摆清楚以后,父亲给判定是非,该骂的骂,该安慰的安慰。就像单位的批评与自我批评会,每个人都必须认识到自己的不是,对今后的行为方式必须当面表明态度。

说一次家务,那家人能够安定许多时日。在传统农村,每个村庄都有父亲这样的人,他们是乡村真正"拿事儿"的。在对待公共事务上,他们说的话就是村里的法。谁违反了,就会有人说,谁谁谁是怎么说的,你连谁谁谁的话都不听,你还是人不是?对于父亲这种人,乡村有一个特殊名号"人器",就是一个村庄的衡器、量器。我所恼恨的是,父亲从来没有关心过我,哪怕一次也行,而我当时正是需要亲人呵护的年纪。那个时候,大集体事实上已经崩溃了,只是谁也不敢也不愿承认这个事实。大家都在混日子,人在大集体,心在自己的小家,谁的心思活、胆子大、路子野,谁的日子就过得好一些。但是,父亲却从不贪占集体半点便宜,哪怕是集体的一撮麦草也不会往家里拿。哪怕是人人有份的分配集体粮食或财物的活动,父亲非但拒绝参与,还干涉生产队长的行动。也因为这样,我家的日子总是要艰难一些,我的日子更不好过。

说良心话,在那个年月,搁到哪儿,父亲都算得上一个难能可贵之人。于公,心底无私;于私,一念在公。可直到现在,父亲已经去世近三十年了,我仍无法释怀。我坚定地认为,正是因为他的不顾家,让我很早失去母亲,既造成了他的人生苦难,也造成了我、兄长们以及姐姐的人生苦难;也因为他的大公无私和先人后己,我童年的天空总是阴云密布。我知道,我对父亲的要求过于严苛了,但我无法真正说服自己,他的所有辛苦都换不回我的母亲;他所有堪称高尚的品质,都是以损害我的利益为代价的。"不惜一切代价",这个激发人们斗志的口号,用在父亲那里,我的苦难便是他付出的代价。

"一屋不扫,何以扫天下",自家屋子都扫不了,又何谈扫天下。父亲便是一个扫不了自家屋子,而还要一心扫天下的男人。

很不幸,在我三十五岁时,有一天忽然惊觉,我已经患上了家族病,心灰意冷,萎靡不振,对什么都不感兴趣;功名利禄什么的,对我来说,通通都是扯淡,都是笑话。这种病症的起因,大约就在我的童年。在整个童年和少年时期,父亲的一些作为,让我的这种病症无药可治,累积为带有家族遗传性质的绝症。经过青年时的潜伏期,在人到中年时大发作,连带着许多并发症。我曾经公开宣布,在我年满四十岁时,我将辞去公职,一身轻松,云游天下。在肉体还没有踏上云游之旅时,我的魂魄早已踏上不可知的漫漫之旅了。

要说还有什么能让我心动,那就是荒凉,无尽的荒凉。我曾说,我的生命中有一种天生的荒原感。我对荒原向来情有独钟。有时候,一整天时间,我都躺在床上幻想一种情境。那是太平洋中的一个小岛,只有我一个人,没有飞禽走兽,没有任何喧嚣,鸿蒙未开时的古朴,死亡一般的静谧。想着想着,又觉得这样还是不够理想,要是有一片沙漠,一望无际的沙漠该多好。远离人间的沙漠中心,正好有一眼泉水,一片篮球场大小的土地,一间茅屋,仅我一人,我或扬清波而踏歌,或在沙丘间无所事事溜达。这还不是最为理想的状态。这种事儿我会幻想一整天,幻想出来的情景与真实的景况一般无二,我时时会为自己幻想出来的快乐笑出声来。在这许多年,在我无边的幻想中,自己几乎无所不能无所不为,侠客枪手,流氓乞丐,各种角色轮流做;今天做这个,明天做那个,有时候在床上躺半天,就可以轮换担任许多角色。更可怕的是我独自走在马路上,也是思接千载,沉溺于新鲜的角色中,自得其乐,旁若无人。

遗憾的是,我从没有幻想或梦见自己成为作家或学问家。也许,在我的心底深处,这是最没意思的事情,而我几十年来每天做的就是这种没意思的事情。我似乎有点儿理解班超为什么投笔从戎了。宁为百夫长,不做一书生,而我却要困守书城一辈子。这是我的宿命。我也尝试过改变,但我无比沮丧地发现,舍此之外,我一无所长、一无是处。尽管读书写作给我带不来荣华富贵,但却能让我暂时脱离饥寒之困。我也深知,这是体制给我的好处,站在个人的立场上,这种体制无比优越。显而易见的是,如果失去体制提供的基本生活保障,仅靠读书写作,我未必能够养家糊口。也因此,我再无他求,凡是从体制内有可能谋得的额外待遇,一概婉拒之。我特别佩服那些索求不已的同行,从不自省自己的能力和贡献如何,心心念念的是自己什么还没有得到,而且什么都敢要,什么都敢拿。吊诡的是,只要敢要敢拿,也往往能要得到、拿得着。这是真正让我恐惧的地方。记得司马光说过:"唯名与器,不可以假人,君之所司也;政亡,则国家从之。"简单说,名器,乃国家最大的资源,必须比对待任何事情都要严肃,不可随便与人。

在现实世界中的无能无力无助,迫使我遁入幻想世界。

这种神游天外的幻想生活,我至少过了二十年,不能说每天都在幻想,总之稍有空闲,心就像一只出笼的鸟儿,不知飞去哪儿了。而且,我染上了严重的烟瘾。当然,不是大烟,不是旱烟,是香烟,一种很廉价的劣质香烟。别的烟,哪怕是什么天价香烟,都不会引起我的兴趣。家族的这份不良嗜好,在我这里臻于极致。我虽然还在读书,还在写作,看起来是一种不失为高尚的爱好,其实只是"躲进小楼成一统"的另一种形式。这种逃避我仍嫌不够,游走山野,便成为逃避的补充。只有在荒僻的山野里,将心思放飞在自己能够真切看到的所在,方可稍稍感知到自己的存在,才可找到有限的安全感。人在山野,看见的山是真的山,我在山中行走,眼里有山,心中有山,全神贯注与山对视,与山为友。有风袭来,在热风里能觉出真切的热;在冷风中,感知到的是与身体有关的冷。我回到了自身,我的肉体负载着我的灵魂,我的灵与肉不再分离。

风在大地上行走,或微风吹拂,或大风浩荡;我在风中,或漫步,或疾行。云在天上流荡,或黑云压城,或白云缭绕;我的心思,或阴沉,或明丽。无法确切知道,究竟是哪一次的野外行走,让我的灵与肉达到了共识,反正自那以后,每当我心神不定时,就会想办法来到旷野。随便哪一处旷野,最好是沙漠戈壁,一眼望不到任何俗世的繁华,心口那儿的堵塞物在这一刻便会化为一团清气,顿时不见踪影,而此时,心境便格外澄澈明敏。我所居住的城市,距离沙漠戈壁毕竟还有不短的距离,自己又不会开车,而黄河边则是抬脚即到的所在,在这里,眼见滔滔浊水东流去,与在旷野的感受可以等同。在黄河边定居之后的岁月里,只要不出差,每天晚饭后,一年中,除了除夕夜,我必须来到黄河边,风雨无阻,而且越是下雨下雪,我越是要到黄河边。雨雪天的黄河边往往只有我一个人,我完全属于黄河,黄河完全属于我。在冬夜,黄河边行人很少,大多数时间里也只有我一个人。河水是自带冷风的,从西边塞外长途奔袭而至的寒风依然如刚刚淬火的利刃,与河谷冷风汇合后,每一股风都是对人的体质和意志的双重考验。在冬夜,我往往穿着单薄的衣服,却并不觉得有多么寒冷,也许是在因为整个童年少年时代,在比当下寒冷得多的漫长岁月里,我从来没有穿过当下这么暖和的衣服。在身体尚未长成时饱经世间寒凉,已然自立了,无根无形的寒风又算得了什么!所谓功不唐捐,天底下从来没有无缘无故的舍与得。

知道我在夜晚常去黄河边的朋友,都为我的安全着想,还举出许多血腥恐怖的事件。我非但没有觉得有什么不安全,还从中觉出了一种前所未有的安全感。想想,黄河万古奔流,哺育了多少生灵,我有幸成为每天都可陪伴黄河的人,这是多大的造化!我在天地间,长天是护佑我的屋宇,大地是载渡我的不沉之舟,每个人都从天地中来,最终都要回归于天地。风走流云,从来处来,到去处去,这一层人走了,那一层人来了,瓜瓞绵绵,生生不息,都是匆匆过客,谁又能万世永存呢?

终于,我还得继续活在滚滚红尘中,我也默认了这种人生状态:我生长于红尘,必将继续生长于红尘中。我也懂得了,人的肉体必须活在红尘中,任何生命都离不开阳光大地。所谓的离群索居,不过只是一厢情愿,只要头顶还有阳光雨露,脚下还有大地沧桑,一句话,只要活着,就得遵守生命的法则。当然,也不拒绝心灵的走神。走神之时,坐地日行八万里,巡天遥看一千河;凝神之际,半城烟火半城花,一杯清茶话桑麻。向命运低头,向生活投降,并非权宜之计,而是必须之举。以读书养神,以写作凝神,以幻想怡神,把天空大地、生灵万物以神供奉之,或许,眼前才会出现一个惠风和畅的世界。

一经这样想,便觉天高云淡、大地无垠,天空中时时祥云流荡,大地上无处不芳草萋萋。能够在人世间走一趟,无论人生际遇如何,那都是了不得的幸运啊!

你侬我侬

一

　　我读的第一部小说是《矿山风云》，那是我上小学三年级时，大约在秋天。

　　我就读的是一所窑洞小学，五年制，生产大队办的，全大队就这一所小学，四名老师，一女三男。只有校长是读过师范的，外地人；另三名是从本大队选拔的民办教师。我们那里似乎没有民办教师这个说法，称呼是社请教师。社请教师按天记工分，风雨无阻。教学期间，他们每天都是满工十分；在节假日，都要参加所在生产队的劳动，上一天工记一天工分。在社员眼里，这几乎是最好的工作，依当时社员群众的说法：整天待在凉窑里，太阳晒不着，风吹不着，不用出力流汗，还见天儿记满工，简直美日他了！"日他"是方言，东西毁坏了，把人打坏了、累坏了，都叫日他。美日他了，就是美坏了，美到顶点了。

　　一个大队由五个生产队组成，其中两个人口较多的生产队在平原上。黄土高原的那种平原，我们叫塬，就是亿万斯年被洪水将完整原面切割成支离破碎状后，残存下来的面积较大的高原平地。塬的面积大小不等，最大的面积达到一千多平方公里，为地球上黄土层最厚、原面保持最完整的黄土质地的高原，名叫董志塬；最小的只有几亩地。董志塬西部被南北向的浦河和茹河切割，与六盘山山地隔开;东部被南北向的马莲河切割,与子午岭分离。

我的家就在马莲河边。

站在河川平地抬头望,面前是一座高山;从漫长的黄土坡爬上去,山顶却是平原。这就是塬。我们称之为塬上。从平川去塬上,称为上塬,从塬上往平川走,称为下川里。那两个生产队"挂"在从平川到塬上的黄土坡上,我所在的生产队则在平川。大队为了照顾各生产队的利益,将学校设在坡顶与塬上的交汇处。学校横跨的两个生产队地畔相连,居住区却隔着好几里路,两个村落之间是一片无人居住区。人们都住在窑洞里,而在这种地形下,窑洞最好借着沟边的自然高度开凿,不占耕地,背风向阳,利水、采光好且安全,门前又有广阔而幽深的黄土沟,可以饲养畜禽,可以打柴,困难时期还可开垦荒地,好处太多了。如此,举目望去,都是宽宽窄窄的梯田,看不见人烟,似乎很荒凉。

五个生产队断续分布在这条黄土山梁上,逶迤十几里。

校址位于一处沟畎上,被两道高峻的黄土山梁夹持着,面前一条深邃而宽阔的黄土沟,不知延伸到哪里。绝无人烟,真正的荒沟。这里原来是一个生产队的牲口圈,选择在这种地方养牲口,是为了方便牲口的粪肥就近撒在农田里,好处多了。原来的牲口圈共有三孔窑洞,紧挨着还有一座废弃的庄院,拥有五孔窑洞,只是窑洞老旧坍塌,成了危窑,院子却是在的。院子很大,有几棵高大的楸树、椿树,还有一棵松树,不远处还有一棵百年老梨树。这是我们上体育课还有课后玩耍的地方。校舍占用了较新的三孔窑洞,后来大队又组织社员,就近开挖了五孔窑洞。八孔窑洞拼接起一个开阔的黄土院落,算是一所气派的学校。教室门前的院子中耸立着一棵高大的山榆树,树冠遮盖了半个校园,树丫上挂着一只铁犁铧,上下课时,老师敲响犁铧,金声玉振,哄传远近。冬夏春秋,山榆树上鸟雀唧啾,与窑洞中的琅琅读书声同声唱和。

这是一座天堂般的学校,整个童年,我对这所学校的依恋,是远胜于家的。学校离我家大约有十里山路,国家有规定,所有的适龄儿童必须上学,我们生产队在这里上学的孩子,高峰时超过了四十名。到校时不必排路队,放学时则必须排路队,每个路队还有学校指定的路队长。我们这个路队,年龄最大的学生约有十五六岁,最小的仅六岁。入学那一年,我是全校,也是我们路队年龄最小的学生。每天放学的固定仪式是,全校学生按照各自所在生产队排成五支路队,在山榆树下集合完毕,由校长总结当天各方面的情况,批评犯了错误的学生,表扬表现好的学生,安排第二天正常教学活动以外的其他活动,然后,立正、稍息、放学。

那天放学时,校长着重安排了的第二天的"其他活动",一下子让我们像失去管束的羊群,从陡峭的山路上一路蹦跳回家,做了一夜数次笑醒的梦。第二天,所有的学生都比平时早到半个小时。到了上午十一点,往常放学吃早饭的时间,却没有人愿意回家。当时农村的习惯是吃两顿饭,早饭在十点左右,在这之前农民空着肚子出工,学生空着肚子去学校;午饭在下午四点左右,晚上收工回来,再随便垫补一下,称之为"喝汤"。都缺粮,只有极个别家境稍好的同学,早上上学时,家里给书包内塞一块巴掌大的面饼。学生们的肚子早饿了,有的已饿得频繁岔气,却都愿意守在学校,眼巴巴望着遥远的像是挂在天边的一条白丝线样的山路。校长其实也没有把握,大概他怕把学生饿坏了,便信誓旦旦地说:"你们赶紧回去吃饭,跑着回去跑着来,刚好能赶上。"

平时回家吃早饭的时间是两个小时,这一天,一个小时刚过,所有的学生都回来了。大家无心上课，无心玩儿，眼巴巴看着那条遥远的像是挂在天边的白丝线样的山路。直到往常下午放学时分，施放了一天光明的太阳已经衰乏了，慵懒地挂在离山头不远处，远处的那条山路上仍然毫无动静。所有的学生也像天边的夕阳一样，激动了一天，此时也衰乏了。唯有校长嘴上说不急，看得出来，他心里比谁都急，神情比谁都沮丧。

大家都没有想到，我们等待的客人不是从面前那条山路上来的，而是从背后这条山路来的。从背后这条山路来学校，人进入校园，才可看得见。来了五个人，四男一女，大队支书我们是认得的，大队民兵营长我们是认得的；公社教育辅导员来过学校，我们也是认得的。这三个人都有一把年纪了，他们各自扛着一包东西，看起来很吃力，已经满头大汗。另外两个人，一男一女，都很年轻，像是大哥哥大姐姐。两个人空着手，衣服干干净净的，头脸上没有汗水，轻松而又安适。客人突如其来，令校长手足无措，好在学生很给校长长脸，很快分年级分班排齐了队伍。听介绍说，那个陌生男是哪里的什么副主任，陌生女是哪里的什么干事，他们是来给学校送书的。

陌生男抑扬顿挫地说了一会儿话，说的都是语文课本上常说的话，然而大家关心的是他们究竟带来了什么好玩儿的东西。陌生男终于说到了包里东西的事情，他说那是伟大领袖送给我们的书，一人一本，人人有份。其他三位老师闻言，不等校长下令，反身火速冲进教室，不一会儿搬来几张课桌。书包打开，一鼻子的书香味，一眼睛的五颜六色。校长让大家排成一路纵队，每个人依次拿一本，碰上哪本拿哪本，不许挑拣，不许损坏书页。同学们蜂拥而上，抢占前面的位置。

我站在一旁，等大家位置固定了，缀在队尾。自从晓事后，我便认定，这个世界上没有什么东西属于我，凡是别人看上眼的，自然都是别人的；凡是我看上眼的，如果别人也看上眼了，理所当然也是别人的。在家里，在外面，都一样。我从不跟别人争抢什么东西，包括世间的一切，也包括女人。从晓事，到如今。这不是自觉啊、礼让啊什么的，小时候，我从有限的生活经验出发，一心认定，世间凡是好吃的、好玩的、好用的东西，都是别人的；既然不是我的，我干吗要自取其辱呢？长大成人后，我从书本上、从别人那里，从自身还算丰富的阅历出发，一心认定，人是有定数的，所有的人都有各自的定数。人是有限的，人的生命是有限的，人的能力是有限的，人的需要是有限的，是你的永远是你的，那个东西上刻着你的名字，煌煌地，在某个地方某个时间，默默地等着你，别人拿不去，拿去了也得还给你；不是你的，你挤破头撕破脸，勉强抓在手里，那上面是沾着新鲜的狗屎的，是带着利刺的，是生着会跑的腿儿、会飞的翅膀的。

于是，我从不争抢，也从无得到的欢欣和失去的颓丧。

所有有娃娃的书都被前面的同学拿完了。我们把有图案的书，一概称之为有娃娃的书，大概是对小人书的延伸称呼吧。拼接起来的看起来很广阔的书桌上，只剩下孤零零的一本书；而手头没书的，只剩下孤零零的我。同学们都沉浸在得到书的欢欣中，互相传看着，比谁的更好看。只有五个客人和四个老师还在留意现场，我慢腾腾走上前去，双手捧起那本没有娃娃的书，慢腾腾转身而去。

书名叫《矿山风云》。

这是我平生得到的第一本课外书。

从得到这本书的过程中，我为我后来形成的"定数"理论，获得了第一份验证材料。得到娃娃书的同学，过了几天，新鲜劲儿没了，互相传看一遍，新鲜劲儿集体消失。而我得到的这本书，我回家用牛皮纸包上封皮,读了许多遍,大多数段落都可以背诵了,新鲜劲儿还在。大家见我对这本书如此痴迷,又反过来向我借。我谁都不借,他们便用手中的娃娃书跟我交换看,我同意,但我的条件是,书是对等的,时间也是对等的,如果我半个小时还他的书,他也得同时还我的书。我用了半个月时间读完了所有同学手中的娃娃书,而我的书,没有一个人读完,所有的人拿在手里翻一翻,都说没意思。但他们对书里的故事很感兴趣,爱听我给他们讲,我也愿意劳神耗时给他们讲书中的故事。

我的口才大约就是那时候开练的,当然不是有意的。每天课间、放学路上、晚上玩耍,我的身边总围着一堆孩子。我一直把书中的故事当成了真的。随着年龄的增长、视野的开阔,我断定,书中所描写的那座煤矿,脱不了山西北部或河北北部一带,而书中的黑子、洪海他们大约还活着,我多次生出去寻找他们的冲动,而当我真的有条件去这些地方时,那种寻找的冲动还在,但我好像已经懂事了。

如今看来,那本书好像还无法进入某些高人法眼钦定的经典行列,但对于我来说却是至高无上的。它给我打开了一扇超越我生活范围和人生经验的窗口。从此,我知道,这个世界比我眼睛见到的世界不知要大多少倍,而在我见到的世界之外,并不像我身处的世界,处处都是我无法触碰的墙。

二

我们都是拴在时代绳子上的一只只小蚂蚱,谁也不比谁高明多少,谁也不比谁尊贵多少。有的蚂蚱被各种野鸟吃了,有的被农家养的鸡吃了。入了农家鸡口的蚂蚱,完全没有必要以跻身主流社会自诩,由此傲视入了体制外野鸟之口的同类。大多数蚂蚱也许熬到了寿终正寝,不过也就是春末到秋末,半年的寿数罢了。

秋雨连绵天气,我们也常玩一种叫蚂蚱推磨的游戏。那个季节的蚂蚱大概正应了"秋后的蚂蚱蹦跶不了几天"这句人类给它们下的带有严重生命歧视的断语。也许是经历了几个月向自然界的索取,也积攒了一定的个头,正如人生一样,奔波辛劳一辈子,总是有些存留的,哪怕仅仅是一些别人看不见的属于自己生命的风雨沧桑。而此时,生命的定数也到了让你不得不交出一切的光景。气温越高,阳光越是火辣,蚂蚱蹦跶得越是欢快,无穷的向往,无穷的精力,无穷的世界。这时候,它们的身形是消瘦的,也是轻巧的。入秋了,几场秋雨下来,蚂蚱看起来很肥硕,一个个硕果累累很有成就的样子。我们利用雨后的软泥,很快在泥地上用指头或柴棍儿划出一道全封闭的圆形壕沟,也就两三寸深浅吧,就像农家磨面时磨坊里供驴子走圈儿的磨道。可能是来自父母的传承,有些伙伴日子过得精细,有些则显得粗疏。精细者用手将磨道拍得溜光,粗疏者只是划出一道可供行走的通道。这个时候的蚂蚱,有的全身碧绿,羽翅硬挺,大约处在火热青春季;有的全身黑黄,羽翅如老树枯干,发出吱吱呀呀的响声,大约已是德高望重的年纪了。有的伙伴喜欢玩儿年轻蚂蚱,有的伙伴喜欢玩儿老蚂蚱。

人在赶驴推磨时,将驴子用磨架绳索固定了,还要用一绺蒙眼布蒙上眼睛。据说,驴子不停地转圈儿,会生出晕眩感;蒙上眼睛,可以克服晕眩感。我相信这个。又有人说,这样做是防止驴子偷吃石磨上的粮食。我不大相信。驴子的嘴边有一根带杈的棍子,一头顶着驴嘴,一头绑缚在石磨上,驴子转不过脖子去,怎会吃到粮食?再说了,驴子不用眼睛看,仅用鼻子即可闻到食物所在方位。人役使着驴子,还要损害驴子的名誉,乡邻骂那些德行欠佳的人,张口即来:你连驴都不如。可见,这种说法是其来有自的。

其实,我的研究结果是,驴子推磨时被蒙上眼睛,是让驴子生出驴在旅途的错觉。假如驴子发现一直在原地转圈儿,会很快生出无意义感的,厌倦、苦闷、愤怒,继而怠工、罢工。驴子眼睛看不见,便像心怀远大理想的人,心里想着自己正在奔向一个未知的,但有着无尽的美妙事物在等待着自己的宏伟目标。

心中有理想,身上便有劲儿,脚下便有速度。

在某些时候,人和驴子并没有什么本质区别。而如是地役使驴子,说明人在整体上还是比驴聪明。某人在骂某人时,往往会说对方是蠢驴。说这话的人,一定是自感比驴聪明,哪怕他其实并不比驴聪明多少。这是人在驴子面前天生的优越感。

我相信我的研究结果,因为我有着多年役使驴子的经验。当然,我也曾经,或者正在像驴子那样,自以为正在向某个光明又美妙的目标前进。

我们把役使驴子的经验转换到了捉弄蚂蚱上。

我们将蚂蚱抓来,用湿泥糊住它们的眼睛,将其搁在甬道里。蚂蚱的眼睛看不见,又不想闲待着,想转变方向,左右都是障碍,只好顺着通道前行。一圈一圈又一圈,直到我们玩儿厌了,或家长呼唤等等因素,它们的苦役才可结束。往往,它们得不到什么善果,有的心底恶劣的伙伴,临走时会一脚踩烂磨坊,连同蚂蚱一起;有的不顾而去,一任蒙着眼睛的蚂蚱自生自灭。

不要妄作联想,任何生命都是一个具有很大独立性的个体,虽然同在一片蓝天下生活,虽然同在一间教室学习,虽然同吃一锅饭,虽然同是一娘生。你是你,我是我,他是他,看起来相关,实际死不搭边儿。妄作联想只会带来无尽的烦恼,也许还有对事实没完没了的误判。驴子被人控制住,在磨道上转圈儿,身边有粮食却吃不着,想停下歇歇,或想想小心思,那根被称为臭棍的棍子便硬邦邦砸在屁股上了。棍子原本不香也不臭,就是一根砍削整齐的小孩儿胳膊粗细的普通树枝。为什么有了臭味儿呢?磨坊主人用棍子抽打驴屁股,驴毛、驴皮、驴肉、驴油等驴的各种生命元素,沾染在棍子上,沁入棍子的木质纹理中,日积月累,那根棍子油光锃亮的,充满着驴的各种味道。这与文玩界盘玉石、盘泥壶、盘古董的原理一样,就是所谓的包浆或沁色吧?

从来没有人愿意做换位思考。把人比作牛、比作马,是可以的,人好像很乐意,好像象征了什么,或抬高了自己;自己某些方面的品质,却不可比作猪、比作狗、比作驴。后三样,都是骂人的。都是人豢养的动物,干吗要分出个三六九等来呢?在我看来,以上动物各有优点,也各有缺点,哪怕比人的优点还多,也不是人;哪怕比人的缺点还多,也不是人。拿它们中的任何一类与人相比,贬损或拔高,都是比喻。而任何比喻都是蹩脚的。退一步说,人既然费心豢养它们,干吗还要给它们分等次呢?你干脆专门豢养你喜欢的,能够比得上你,或能够抬升你的地位和品行的动物不就结了?

话似乎不是这样说的。人其实最不愿意跟与自己有可比性的动物比较,他生怕在自己饲养的动物身上看出更多的自己来。那样,他会活不起。说你像狗,你的所有的忠诚,顿时便与奴才奴性画上等号了;你的所有的任劳任怨,立即都变成了好死不如赖活着;你的所有的善解人意,都脱不了看颜色讨饭吃的卑贱下作。说你像猪,你的难得糊涂便是真的糊涂,猪一样的糊涂;你的闲适安逸,不过就是得过且过、胸无大志。说你像驴,那么你数十年如一日的执着坚守,便是一根筋,便是不知变通的犟驴;你的愤怒出诗人,便是驴脾气大发作,你因愤怒而出的火焰般的诗篇,不过是驴扯着嗓子的干嚎。

谁不是这样活着的? 帝王将相,五行八作。可是,一旦说穿了你的生活本相,你还活得起吗?

人愿意跟与自己没有可比性的动物比,为的是给自己的活着赋予一个具有合法性的理由,为自己卑贱的生命添加一些富贵气。一部《水浒传》,便是一座专门收留珍稀凶猛动物的动物园,有的,已经是传说中的猛兽了。可是,你发现没有,真正武功高强,能闹能打能杀的人,其实,并没有获得猛兽的名号。黑旋风、花和尚、行者,都是一帮子煞星,却没有猛兽的名头。有着猛兽或异兽头衔的人,差不多都是二三流角色,什么旱地忽律啊,什么双眼狻猊啊,什么混江龙翻江蜃出洞蛟立地太岁啦,什么插翅虎跳涧虎矮脚虎病大虫母大虫双尾蝎双头蛇九纹龙九尾龟金眼彪,还有与鬼神牵连的,什么圣水将圣火将活阎罗混世魔王催命判官操刀鬼母夜叉啦,怪吓人的。一流角色里面,玉麒麟地位高、名头响,却没有见他有什么大修为,而麒麟又是瑞兽。豹子头只是说他的头像豹子,并没有说他就是豹子;青面兽只是说他的脸上有青色胎记,也没有指明到底是何种兽。

可见,人是有着拉大旗作虎皮习性的。

出现在《水浒传》中,用来给人冠名的动物,都是野生的,没有一种是家养的。勉强算得上家养的,就算是金毛犬段景住了,或许还可加上鼓上蚤时迁。在梁山的各色人等中,这两个与家养动物有关的好汉,不过是插科打诨的角色。想想也是,家养的动物,哪怕是恶狗,对主人自然构不成威胁,对他人也威力有限。事实上,人要是认起真来,打狗偏偏不看主人的面子,再恶的狗都不是人的对手。

这恐怕是《水浒传》中很少以家养动物给人冠名的根本原因吧。

且不去探究古人的九曲回肠,说说我们现在的人吧。牛是自养的,辛苦饲养当然是因为对自己有用。牛的品种又有所不同,南方多为水牛,北方多为黄牛,青藏高原地区饲养的主要是牦牛。还有牧区和农区接壤地带惯常役使的犏牛,大约是牦牛和黄牛的杂交品种,分外雄壮。这些种类的牛,主要功用是役使。牛的力气比人大,代人出大力流大汗的。当然,现在有了所谓肉牛。近年来,我参观过很多养牛场,东西南北都有。六个月到八个月,一头黄牛就可以长到一千斤到一千二百斤的体重。这些牛看起来很幸福,不用做任何事,不用披星戴月,不用风里来雨里去,不用挨打受气,传说中的地主老财一般,吃了睡,睡了吃,饭来张口衣来伸手,有仆人穿梭照顾得无微不至,还有音乐听呢,都是古今中外名曲。一头肉牛听过的名曲,不见得比当下有些红遍天的歌星少多少。据说,肉牛听着音乐,长出来的肉会如何如何。不过,它们的生命的唯一指向、唯一意义便是:快速生长,快速纳命来。

　　我说的是传统的黄牛:人饲养黄牛的本意,黄牛存在的本来意义。我是放过牛的,只放过黄牛,对黄牛的脾性以及生存状况、社会地位,都有一定了解。当然,也不排除这是我的妄自猜度。我写过一篇颇有影响的小散文,或者说小酸文,题为《牛的样子》,不妨共享。

　　　我家养了两头牛,一头公牛,一头母牛。我老家那里,把公牛叫犍牛,把母牛叫乳牛。都是一身土黄色的皮毛,典型的黄土高原的黄牛。我回老家都在春节前后,那阵儿,人闲得无聊,牛也闲得无聊。回家的动机除了亲情的牵挂,总想为家里做点儿什么事情。我能做的事情本来就少之又少,这个时节,就更少了。
　　　于是,我就去伺侯牛。

牛对我并不亲热，就像老家人待我一样，觉得我是亲人，也是外人，言谈举止，总有一些不必要的客气和忽隐忽现的距离感。牛也如此，似乎知道我是它们出门在外的主人，不拒斥我，也不亲近我。父亲任何时候走近它们，它们都会轻摇尾巴，把眼皮和耳朵慵懒地耷下来，把头不经意地偏过去，一副自家人不设防的样子。我靠近它们，尽管手里端着它们渴望的黑豆和清水，它们老是大睁两眼，睁得不算暴烈，却也是一副提高警惕的样子。耳朵也翘起来，看似要伏下去，又翘起来了。四条腿绷得老直，也是一副提高警惕，随时准备逃窜和防卫的样子。我知道，它们还不了解我的身世背景和倾心结交它们的动机。这也怪不得它们，人对陌生人怀有本能的戒备是应该的，牛对陌生人的戒备和敌意也在情理之中。这个道理我是懂的，我便尽量把脸色调配得灿烂一些，动作轻柔一些。但越是这样，倒越显出我的不怀好意来。父亲给它们添料加水时，神色是正常的，动作是自然的，牛要是调皮捣蛋，他理直气壮地呵斥它们，有时还大巴掌抽它们。可它们不往心上去，就像小孩吃自家饭那样，一切显得理所当然。我去添料加水时，它们很矜持地站在那里，头偏到一边去，似乎在对我说：我本无求，悉听尊便。

家乡人把狼吞虎咽的吃相贬为"蛮"，意为不尊贵、不文雅，即使饿极了，也不可显出蛮相。牛们也不愿示我以"蛮"。童年时，我养过牛，每每草料还未调配得当，它们就呼啸而上，常常将宝贵的食物掀翻在地，气得我老哭鼻子。可我心里高兴，牛以我为依靠，我以牛为伴。在野天野地，我骑在随便哪头牛身上，它们都会摇摇晃晃，优哉游哉任日月朗照、清风吹拂，即使路边有可口的青草，它们也不去吃一口。是不是怕颠下我来？如今，当年我养过的那几头牛早已化为尘埃,人虽是由当年的那个牧童长大的,身心内外无疑是变化了的。狗与牛同是家养动物,待人却不同。狗见了衣服光鲜高视阔步的人,就像乡下人见了城里人,脸上总是带着拂之不去的卑怯,见了穿烂衣服脏衣服而不是主人的人,扑咬得格外起劲;与此相反,牛见了身上披满尘土,头脸上挂满脏汗的人,有一种天生的亲近感,大概同是依赖土地讨生活的缘故吧。我的身上没有尘土,头脸上也无脏汗,在牛的眼里,我就是阶级异己分子。它们患了厌食症似的,带吃不吃地吃一口,还要抬头看看我。我知趣地退出牛棚,隔窗窥去,它们朝棚口看一会儿,才放心大吃起来。

冬天野外没有青草,但牛还是愿意去散心。我带它们去深沟喝泉水。父亲带它们去时,一脱羁绊,犍牛就去磨蹭乳牛,每磨蹭一回,犍牛哞哞,乳牛哞哞,都是快活惬意的叫声。偶或,它们会犄角相对,不轻不重地磕碰几番。不是打架,是打情骂俏。我带它们上路,它们或一前一后,或隔着尺把距离并行,谁也不招惹谁,像在老师眼皮底下,那些羞涩而稳重的男生女生。我心里说,旷天野地,带你们出来,就是让你们自由活动的。带你们的人既不老,也非老封建,何必呢。可它们不领这份情,大概要向我表示,虽然它们同室相处,同息同止,却是不得已的,无可选择的,而它们只是纯洁的同伴关系,就像单位上的男女同事,或教室里的男女同学。

几天下来,我的身上有了一些农民的气味。两头牛渐渐地认可了我,与我的关系日见和谐,可这时,我要走了。当我再回去时,一切又得从陌生开始。牛不会说话,可牛心里装的事可真不少啊,牛要是会说话,许多人生奥义书的作者,大概要以牛署名了。

黄牛身上有许多缺点，比如，迟钝、拖沓、缺少随机应变。人利用语言中的多义歧义现象，欺负牛不会说话，或者，人不懂得牛语，也不打算学习牛语，便把人在其他生物面前向来的武断强加于牛。对待不会说话的生命，会说话的生命，想咋说便咋说，咋说咋有理。牛的这些缺点，偷换概念，稍许转圜，比附于人，便化为人的了不得的好品质，比如，说老实话、做老实人、办老实事、俯首甘为孺子牛。

　　这还不够，远远不够。

　　黄牛满身是宝，物质层面的宝早已让人掘地三尺，略无遗漏，由外及里，从皮毛骨肉到头蹄下水。人还要继续向黄牛的精神世界挺进，无限地挺进。人操控着对语言的绝对霸权，发明权、解释权、使用权。当下的人常常对某些霸权单位的霸王条款怒不可遏，又徒唤奈何。其实，还是暂息雷霆之怒，回头检省一下自己为好。比如，在其他弱小生命那里，你有无霸权行为？人在掌握了对其他生命的支配权以后，那种霸道，来自人性深处的早已化为习惯的霸道，让自己都不会觉察到自己的霸道了。而实现这种霸道的手段，早已不用眉头一皱了，俯拾即是，比吐口唾沫还容易。比如，给黄牛之前加一个修饰词"老"。不显山不露水，完全不经意，完全无心，完全无辜，完全不是无聊。

　　一个"老"字，境界全出矣。

　　一旦叨光老黄牛，那便是"吃的是草，挤的是奶"。奶为何物？哺育生命，与母亲有关。于是，老黄牛拉出的粪便，肥了土地，粮食增产，便有些不登大雅之堂了；老黄牛的皮毛做成的皮衣皮鞋，美了形象，暖了身体，好像也是题中应有之义了。

　　于是，多少老黄牛的死敌，饲养老黄牛时，偷工减料，耍奸溜滑；

役使老黄牛时鞭打棒喝，敲骨吸髓；宰杀老黄牛时，心狠手辣，百般折磨；享用老黄牛带来的利益时，又穷追猛打，锱铢必较。而此类人，最希望别人给他盖棺定论时，在他的名字前加一个朴素而又温暖的形容词：老黄牛。

不说老黄牛了，我们说驴。

说到驴，驴子入画。截至目前，没有人画得比黄胄更好。以文字描述驴子，恕我孤陋寡闻，或偶尔自恋一次：从涉及驴的字数上说，还未发现可与鄙人之作比肩者。当然，你可以说《黔之驴》，我同意你的看法，而且，为你读过几篇古文而甚感佩服。《黔之驴》当然写得好，千古名篇，但主旨却不是为了写驴。我写驴的文章，却是一心一意以驴为主角的。我写过的涉及驴的文字，大约可以汇集为一本书了，但要说给驴的话还有很多。我正跋涉在为驴说话的路上。在此，我也不再藏着掖着，不再谦虚低调，不妨再次展示一下我对驴的认知成果。

在黄土高原腹地，农家饲养的多种动物里面，驴给主人帮的忙算是最大了。猪只能平时踩粪肥，喂肥了，杀了吃肉；羊的作用与猪类似，多一层的贡献是可以剪毛；牛除了耕地，再无别的用途，食量还大得惊人，小门小户的，往往养它不起。现在，每家就炕大一片地，养牛实在是不划算的，所以村庄里很少见到牛了。在家养的动物中，最占便宜、日子过得最舒坦的是狗。农家的狗是看门用的，无须像城市里的宠物狗那样乖巧，闲来无事要绞尽脑汁揣摩主人的喜怒哀乐，以便适时做出种种娇模样来，讨取主人好脸色。农家的狗吃饱了，卧在大门边，主人不在家时，来了生人，把他们挡在门外；主人在家时，喊叫几声，通报主人知道。有时候逢了主人高兴，还可以带它们去野外散心，去赶集，去走亲戚。

农家饲养的所有动物都是家里的宝贝,但正如在子女众多的家庭里,有最受宠的孩子,也有最受气的孩子,动物也是如此。驴是农家出力最多、用途最广也最受气的动物,一年四季有干不完的活儿,也有受不完的气。干的不如站在一边看的,爱闹的孩子多吃糖,誉满天下,必然毁满天下这都是人世间的寻常故事。人之间如此,人对自己豢养的动物也是这样。冬季,风雪弥漫,人干不了什么活儿,但人得用水。人要用水,人饲养的羊、猪、狗,也得用水。水需要驴从深沟的山泉里驮上来。通往山泉的路很陡、很窄,如一根钢丝架在百丈悬崖上。取水困难,取一回要算一回的,而且驮桶也很沉。路上有积雪,间或还有冰溜子,身负重物的驴,一只蹄脚打滑就麻烦了:运气差点儿的,连驴带桶跌下山崖,便只剩一张驴皮,作为对主人的最后奉献;运气好的,卧倒在路上,跌倒了再爬起来,实在太难了。主人在后面帮忙往起抬,驴四蹄打滑,使不上劲儿,主人便以为皮鞭之下出勇驴,凌厉的皮鞭裹挟着凛冽的寒风,一鞭鞭抽在驴背上。驴吃疼大叫,也不排除是因为委屈而高声抗议。主人不管这些,扯起与驴一样粗豪的嗓门儿叫骂着、抽打着,直到驴重新爬起来上路还不罢休,骂骂咧咧地,难听话说一路。

水驮回来了,别的动物欢呼雀跃,在安然享用甘甜的泉水,此时,谁又对水的来源感兴趣呢? 刚挨了皮鞭的驴背火辣辣疼,刚经历过决死挣扎的驴还在呼哧呼哧喘气,此时心里便格外不忿,鼓出一口真气仰天长啸。听得懂驴话的耳朵都知道它喊的是:凭什么! 凭什么! 凭什么? 谁管你凭什么,就凭你是驴! 驴千辛万苦驮回来的水跟驴没有多大关系,主人舀泉水时,驴顺便喝饱了,这一肚子水,足够撑到驮下一趟水的。把驴的驮水行为说成是无私奉献,也不算拔高。

静下来一想,驴的心气渐渐平顺了:比起前辈来,进入新时代的驴,真是幸福生活比蜜甜了。如今驴所干的活儿,先辈的驴一样不少干,先辈还有一样工作,让所有的驴,即便是千秋万代,还可以听见那洞穿历史烟云的怨怼声。先前的人要靠石磨加工粮食,拉磨的活儿全靠驴来承担。先前的人生活水准低,全靠粮食填塞肚皮,饭量便格外大,大点儿的家庭几乎每天都得磨面,小点儿的隔三间二也得磨一回面。驴被套在石磨上,蒙了眼睛,一圈一圈,从拂晓转到日落西山,肚子饿得咕咕乱叫;嘴边就有粮食,嘴却被棍子叉死了,吃不到的。有食物而吃不到,那饿太难忍受了。农忙季节,驴的日子简直暗无天日。半夜被赶起来拉石磨;天亮了,顾不得吃一口草喝一口水,还得下地拉犁耕地。过去,磨面的活儿主要由年轻媳妇承担,她们没有耐心,成天待在磨坊里,扑鼻的驴粪味儿,推拉一天箩儿,腰酸胳膊疼,对婆婆的不满,种种煎熬,让她们满身都在冒邪火,而唯一的发泄对象便是与她们同样不幸的驴。磨坊里备有一根枣木棍子,那是专门用来打驴的,叫臭棍。每家磨坊的臭棍都油光瓦亮,在太阳下血光殷殷。每每在夜深人静时,这些种群记忆便会浮现在新一代驴的脑海中,此时,驴们不禁长叹一声:罢了,罢了,抚今追昔,几曲阑干遍倚,又是一番新桃李。

不知过去的苦,就不懂今日的甜。人的历史靠文字的书写代代传承,驴没有文字,但它们同样有历史,它们的历史是靠至今人还没有破译的种群记忆来完成的。驴凭靠自我调适的能力,送走漫长的冬天,迎来短暂的春天。生活中虽有这样那样的不快,但并没有郁积于心,导致什么抑郁症之类的精神疾病。春天来了,真个是万物复苏、百鸟欢唱啊,驴也禁不住心花怒放,快活地打几个滚儿,仰天长啸,歌唱春天。可是,驴的理想很快就破灭了,新的烦恼随着春天的脚步一并降临。先前,耕地的活儿主要是牛的,如今,主人把牛卖了,理所当然要由驴来代替了。驴倒是可以拉犁耕地的,但并不擅长。牛的力气大,步子稳而慢,人常说"不怕慢,单怕站",看似慢腾腾,一个工作日下来,几亩地耕完了;所耕的地,质量也高,这叫慢工出细活儿。驴的性子急,步伐急而散乱,步子乱了,犁头便跟着乱,田间便暗藏了没有耕到的硬垄。主人不管这些,只知道高扬皮鞭猛抽。驴犯了错,却不知错在哪儿,还以为主人嫌它速度慢呢,便拱起腰猛跑,犁头更加乱,挨的鞭子更多了。好在,如今到处都人多地少,最多三五个工作日,春耕大事就了结了。人的春天来到了,飞禽走兽的春天来到了,春天快要结束时,驴的春天才真正来到了。人常说,春天姗姗来迟,用这条成语形容驴的春天再准确不过了。一天驮一趟水是驴全年雷打不动的本职工作,在春天,水驮回来后,可以在山坡上闲溜达,吃着青草,沐浴着春风,也可以和同在山坡享受生活的同类异性,把生活调剂得有滋有味。人处在幸福状态时最易怀旧,驴也一样。此时,又免不了想起先辈种群在春天的种种苦难,忆苦思甜,便一夜东风,枕边吹散愁多少。

对于驴,夏秋季天天都是好日子。天热了,家里用水量大了,雨水也多了,黄土山乡的人还保留着久远的传统,每见天有了下雨的意思,便急忙将盆盆罐罐搬到院子里接雨水,再把水存入大瓮,留给家畜们喝。说是这样,驴每天大概也要驮回两趟水的:太阳未出山和下山前各一趟,图的是凉快。两趟就两趟罢,一点儿事都没有,生而为驴,有的是力气,也不怕出力流汗,驴怕的是无端受到主人的责罚。早晨一趟水驮回来后,一个白天基本上就无事可做了,驴可以在青草迷离的山坡上吃几口嫩草,把长长的驴脸尽可能地抬高,仰望湛湛蓝天、悠悠白云;也可以和邻家的驴自由奔跑,看谁跑得快。没有人的喝彩,没有主人颁奖牌,玩儿的就是心跳。

主人给了自由，会不会享受自由，自由度有多大，自由的边界和底线在哪里，这是一个原则问题。和主人磨合久了的驴，都可以应付自如的。不用说，这都是在一次次挫折中学到的。比如，驴可以漫山遍野地疯跑，但绝不可跑进庄稼地里。跑进自家的庄稼地里，顶多挨主人一顿皮鞭，就事论事，没有什么后遗症；若是跑进别人家地里，从而引起邻里的不和，或者，邻里本来就不和，借此机会大做文章，事就闹大了，甚至还会导致几代人之间纠缠不清的仇怨。再聪明的驴，所掌握的历史知识都是比不上最蹩脚的历史学家的，但，驴通过察言观色，通过与生俱来的颖悟，未必就不知道人世间许多大的纷争，包括世界大战，双方开打的架势早摆好了，却要费尽心机寻出一个由头的。驴不会招惹超出自己能力范围的麻烦，当然也不会为超出自己能力范围的事情担责。遍查人类历史，没有一次战争是由驴引发的，更没有一场战争是由驴发动的。这是驴的可爱，驴的明智，驴的善良。要问驴有无理由给人制造一些事端，绝对有的，驴吃得差，住得差，有出不完的力、受不完的气。黑馍白馍都有气，凭什么人心里压抑，有些机构还给提供专门的发泄场所呢？哪个人又有驴所受的压抑沉重，而驴的心理问题谁曾关心过？天下所有的道理都是人发明的，为什么最不讲道理的反倒是人呢？反观驴，天下没有不曾受过主人无辜责罚的驴，但，一码是一码，心里怨气再大，任何一头驴，也不愿意因此让主人家破人亡。驴做事处世是有底线的，谁见过驴故意把一车人拉下悬崖报复主人，谁见过驴杀人放火，谁见过驴在公众场合把驴皮扒了搞什么伤风败俗的行为艺术？没有嘛。驴对人的报复，最多是后腿弹起，蹦人一蹄子，即便这样，驴从来不踢妇女，更不会踢孕妇；踢男人时，也一般不会踢到不该踢的部位。

　　先前的驴还有一项美妙的差事：娶媳妇。过去，平原地带的农村娶媳妇,人们差不多都用花轿抬。这在黄土山区是做不到的。羊肠小道,两面悬崖,陡坡曲里拐弯,直上直下,轿夫没法儿抬,新娘坐在里面,弄不好会一头从轿子里扎出来的。这就用得上驴了。给驴头缠一块红布,给鞍辔上铺一层红被褥,一个小男孩儿在前面拽住缰绳,四个吹鼓手,两个走在驴前开道,两个跟在驴后压阵,呜哩哇啦、呕哑嘲哳,音调虽不够优雅,图的是个响亮红火。前一天晚上,事主家会把驴当贵客招呼的,今天是有面儿还是丢面儿,驴至关重要。青草尽饱吃,上黑豆料时,也不再抠抠搜搜。迎新这一天,驴和新郎一样精神。新娘的身子一般都较为单薄,驴并不感到吃力,加之有一肚子好草料垫底,有这么多目光关注,尤其背上那个妙人儿,晃晃悠悠,颤颤巍巍,微风一过,身上的芳香徐徐沁入驴鼻,喷嚏打得那叫个刚劲有力,那叫个爽! 礼仪场合,既要热闹喜兴,又得切忌粗俗。要是叫驴走这趟差,千万得注意,驴心里可以万分得意,但不可胡思乱想,不可乱起意。这个时候如果想起与哪头草驴的风光事儿,一般比较尴尬。后腿间那个玩意儿不经意垂下来,那就麻烦了。这当儿,驴不会有什么麻烦,不会有人拿鞭子抽它,都图个高兴,打驴也是败兴事儿。麻烦的是新娘。一帮搜尽枯肠在琢磨坏点子的坏小子,哪会放过这个使坏的机会,他们会大惊失色叫道:"啊哈,新媳妇儿,不得了啦,你看你看,你怎么把驴肠子压出来了啊!"新娘会羞红脸,嘴上什么都不敢说,那些坏小子就等着她接茬呢。她说一句,会引出一百句怪话的。新娘只敢暗暗骂道:"这死驴!"驴是听得见的,故意装作听不见,它心里正美呢。它为喜庆事情制造了一些喜庆的由头。它昂首一串大叫,身子颤儿颤,把新娘吓得心里暗暗告饶:死驴,要死啊你!

　　一场喜事从头到尾都是个爽。让驴略感不快的是,前面牵缰绳的小孩儿,明明牵的是驴缰绳,为什么非要叫押马娃娃?要叫也得叫押驴娃娃合适啊。难道马比驴高贵？马既然高贵，为什么不用马娶媳妇？驴是知道的，黄土山乡养马用处不大，吃得多，难伺候，马能干的活儿是很少的。驴更知道，所有人都有虚荣心，明明是馍夹肉，非要说成是肉夹馍，谁拿肉夹一次馍让我看看！明明是个歉收年，还非要打一场丰收锣鼓。俗话说，年三十晚上丢了一头驴，不好也得说好。人啊人，做这些虚套子装谁呢。

说东道西，为农家迎娶媳妇这种美差事，眼看也轮不上驴干了。驴站在高山之巅，久久纳闷儿：这么高的山，这么陡的坡，人怎么就可以修出宽阔的路来呢？大路一盘一盘，从山根盘旋而上，盘住山腰，盘上山顶，新媳妇坐在漂亮的轿车里，几股黑烟，几道尘埃，就娶回来了。驴眼巴巴地看着，蓄满了浑身的力气，却得不到主人的重用了。

驴的历史是一部苦难史，也是一部光荣史，驴以自己的苦难给人带来了幸福。一头驴来到世间，到离世而去，所做的从来都是好事，都是有利于人的事，但，在人那里，从来没有落下一个好名声；相反，倒成了反面典型。好不容易走出故乡，被人装到船上运入黔地，既不是公款旅游的，也不是给谁找麻烦的，无端端地，让一头老虎给吃了。吃了就吃了罢，弱肉强食是世间再正常不过的事情，何况，即便遭逢动物界的王者，驴还是进行了英勇的抵抗，如此，竟落了一个"黔驴技穷"的笑料，让人编排了千年，还没有罢休的意思。驴在心里暗暗抗议：那么大的作家，什么不能写，偏偏写驴！写驴也可以，驴有那么漫长的辉煌史你不去写，偏偏盯上了一次败给动物界王者的战争！历史确实是强者的话语游戏，不承认不行。公平地说，人有什么资格嘲笑驴呢？世界上不存在从来没有打过败仗的国家，世界上也从来不曾有过不败的军队，签订城下之盟，挂白旗投降，十几万人齐解甲，这都是人无数次做过的、必将还会做下去的事情。驴败了，败给了百兽之王,可谁也不要忘记驴是被打败的。在嘲笑驴之前,还是好好检视一番人的历史吧。

驴在与老虎的战争中吃了败仗。驴的失败,在于其笨。于是,人在骂人时,便有了一个词汇:笨驴(或蠢驴)。在那头驴被老虎吃掉之前、同时和以后,多少人被老虎吃掉了?人在遇到老虎时,老虎吃他还是不吃,并没有做出最后的决定,但多少人已经被吓得尿了裤子,多少人被吓死了?人习惯于抬出自己种群中出现的个别英雄,给所有的人遮脸,一个人英雄了,似乎所有的人都英雄了,"我"也英雄了。大隋好汉雄阔海抓起老虎扔下山了,就等于所有人,当然包括"我",也把老虎扔下山了。武松以拳脚击毙母大虫,就等于所有的人,当然包括"我",都可以把老虎当蚂蚁捏着玩儿。人在这样想、这样说时,在一旁干活儿的驴昂首一声长鸣,把专心意淫的人吓了一大跳。驴天生就是出蛮力,干粗活儿、累活儿、笨活儿的,驴要是脑子活泛些,指不定谁是人、谁是驴呢。

驴的另一个坏名声是:犟。人把那些一根筋、不知变通、固执的人,往往说成是犟驴。驴是有些犟,可有些人比驴还犟,但评价却是不一样的。说谁犟,当然不是褒义,其实也非贬义,而是中性词。嘴角稍一撇,就由中性词变成褒义词了。比如执着,比如倔强,比如百折不挠等等,而说驴的犟时,却只剩下犟了。人的犟,有时是可以犟出好名声、好结果的,比如谁谁数十年如一日,不到黄河心不死,云云。但驴的犟只会有一个结果:挨揍。人常说:鞭子挨了,犁沟走了,犟驴挨的鞭子多。必须按照人设置的路线行走,必须无条件地执行人的意志,在人那里,驴别说有什么追求自由的行为,在生出自由念头的那一刻,灾难也随之而来了。你犟?谁犟得过人!犟得过人,那才算犟呢。

驴就这样风风雨雨磕磕绊绊,陪伴人走过了成千上万年,把人从茹毛饮血状态送进了机器代替人力畜力的时代,驴的负担也随之减轻了。可是,人减轻负担后,会抽出更多的精力和时间去享受人生;减轻了负担的驴,却等于减少了生命存活的价值。如今,所有村庄的驴都日益减少,说不定,距今不远的哪一天,驴也会被列入珍稀动物保护名单的。真的到了那一天,驴有了大熊猫、东北虎那样的尊贵,如果驴的犟脾气还是今天这个样子,你再看看驴,让我下沟给你驮水?做梦吧你! 你把矿泉水往我嘴里喂,还要看我愿不愿张嘴哩! 别说我没犯什么错儿,无辜挨你的鞭子,就是我故意找茬,一蹄子蹦翻了你,你又能把我怎么样!

　　当然,驴不会这样做的,驴是一种在任何时候都可拿得住自己的动物。不过,驴在发迹前,多了解一些自己种群以前所经历的苦难史,把心态调整得恰当一些,对自己、对种群、对别的生命、对整个世界的秩序,都是有好处的。

　　把这么多文字献给驴,看似多了,在我这里,却只是弱弱地说了说。我在长篇小说《刀客遒》中,曾经大肆地写过驴,仅写驴叫就用了五万字,有评论家说我有炫技的嫌疑。是的,我在炫技,真的在炫技,炫我与驴的交情,炫我对驴的认知。对驴有兴趣的朋友,可以找来看看。

　　不过,我对驴的所有认知都是根源于农业时代。离开农村时间长了,社会在大踏步前进,人的生活日新月异,驴是不是也在与时俱进,我真的不知道。偶尔去乡下,也是见得着驴的,还拍过许多驴照,但与驴再无亲密接触。但我明确感到,中国之大、土地之广、村庄之多,已经容不下一头驴子了。我有下乡扶贫的任务,扶贫点在六盘山深处,那个山村以山地为主,可能是保持传统耕作方式比较完整的西北农村。因其自然条件差,因其贫穷落后,因而需要扶贫。耕种山地的主要劳动力,一是中老年农民(以中老年女性为主),青壮年男女差不多都离乡背井打工去了,中老年男子也有部分出外打工,留守部分成为农业生产的主力军;一是黄牛,青口老口黄牛不限,耕作工具仍与汉朝时中国人已普遍使用的"二牛抬杠"区别不大。与老百姓日常生活最为密切的,改变最大也最彻底的,是粮食加工技术。不再使用石磨了,人们都接受了机器加工粮食的现实,磨坊普遍被废弃,磨盘什么的大多都由城里人廉价收去,在城里建造什么都市里的村庄之类的虚假玩意儿了。毁弃某种生产生活设备,便是告别某种生产生活方式的态度。那是一种决绝的态度,永远不再复辟的态度。

我啰唆这些的意图很明显,就是为了印证乡村抛弃驴子的合理性。在传统的西北农村,驴子最主要的劳动,就是在磨坊加工粮食。别的,比如下沟驮水、驮着妇女赶集回娘家之类,都属于临时性服务。机器的发明与更新,在减轻人的劳动负担,或彻底代替人力的同时,也导致了大量劳动者失业。随着机器加工粮食技术的普及,乡村供水设施的兴建,乡村交通设施的改进,驴子的生存空间和存在的合法性,几乎被剥夺干净了。

三

人是一个利益至上的群体,为驴子写出过锦绣文章的我,对于驴子的尴尬处境,也束手无策。

这个时候,我看见了一头驴子。

那是一个正午,阳光极其明亮。我与同伴无所事事,但身负使命,千里迢迢来到乡村,装也要装得像是一个真心扶贫的干部。我们顶着烈日,向村庄的制高点爬去。那是一段看起来平常,走起来却万般艰难的征程。爬到半山腰，头晕眼花中，看见对面一道山梁上，艳阳下有一个孤独的身影。同伴们都是在城市长大的，有的说那是骡子，有的坚持说是马。我说那是驴。大家还在争论，驴子仿佛一位指导老师，实在不能容忍弟子们在常识面前的无知，或者，它也许知道，我是为它们精心打造过驴文章的人，适时昂首向天撩了一嗓子专属于驴子的宣言。

这是无可辩驳的最权威的鉴定书。辩论自动结束，而我却陷入遐想。我把人的命运与驴子的命运，再度纠缠在一起。

驴子不用拉磨了，驴子的命运也该画上休止符了。一户农家的家族也许很庞大，可再大的家族磨坊都不是很大，再强壮的驴子，力气的上限摆在那儿，磨盘太大，驴子拉不动，磨坊都是量体裁衣设计的。驴子拉着石磨行走的磨道，周长肯定不会超过三十米。可这段距离，却是一头驴子一个生命周期的长度，生命不息，拉磨不止。不知有无有心人计算，或者能否计算出来，一头驴子从被赶进磨坊那一天，到再也无力拉磨，叠加起来，一生拉着沉重的石磨，总计要走完多少路程。有些好事者喜欢这样算账，说把某某人走过的道路里程加起来可以绕地球多少圈，某某工程如果把动用的土石方加起来可以绕地球多少圈。算这种账的人，目的当然是为了让人更明白，更有直观性，可产生的效果却让人更不明白、更不直观。绕地球一圈大约四万公里，可四万公里又是多长，谁有一眼直观四万公里的本事？

反正是为了让人更不明白、更不直观，我们也不妨给一头驴子算这样一笔糊涂账。

一头驴子三岁开始执此役，以二十年寿命为期，假设驴子的主人格外善良，在驴子年满十八岁失去从事重体力劳动的能力时，不是将其杀掉，而是允许其养老，那么，一头驴子的净工作时间约为十五年；每年的净工作时间掐头去尾，折算为三百天，一头驴子一生的净工作时间为四千五百天；每天的净工作时间再掐头去尾，折算为十二个小时，合计五万四千个小时。磨道的周长大约三十米，驴子拉着石磨以匀速在磨道上走一圈，大约需要二十秒钟。那么，一头驴子一生在磨道上走过的路程加起来，也可绕地球七圈多了。

这一下，人再也不需要驴了，关于人对待驴到底怎么样，这些是是非非，"清官难断家务事"，清官同样难断人与驴的事。好在都尘埃落定了。占了便宜的，便宜已成为过去；吃了亏的，吃了也就吃了罢。我要说的是，无论怎么说，驴子总算解脱了，这种物种以后的命运如何，说不定很好，说不定很坏，到时候再说吧。

我要说的是人。

驴子从磨道出来了，人却永远无法从磨道走出来。我说的是无形的磨道。身在磨道的人，眼睛上并没有像驴子那样的蒙眼布。可驴子眼睛上的蒙眼布，在每天的劳作结束后，会被立即取下来的，而人眼睛上其实也有看不见的蒙眼布，它与生俱来，与生俱在，直到生命结束，那块布还牢牢贴在眼睛上。那块布的名称可以叫作"不知足"。因了这块布的蒙蔽，人身上的枷锁，并不像驴身上的枷锁，是由人给强制戴上的，人主动地，争着抢着，乃至抛头颅洒热血，生不遗余力、死不后悔地抢戴枷锁；生时只怕身上枷锁少，死时只求身上枷锁多。而后辈从来都是以自己祖先身上的枷锁多而且沉重为荣。这副枷锁名叫"名利"。

世间的驴子在被人驯化并遭人役使多少个世纪后，终于因为人的能力的扩张而从磨坊里被解放出来了。也许，此一解放，会是永远的解放。但，人是习惯了役使别的生命的一个特别的物种。关于磨坊的学问，早已博大精深，正要继往开来做出更大贡献呢，怎么可以让一门学问成为绝学呢？

于是，人便按照役使驴子的原理，役使同类，也役使自己。有人写过一首名为《不知足》的诗，在此以飨读者，奇诗共赏之：

> 终日奔波只为饥，方才一饱便思衣。
> 衣食两般皆具足，又想娇容美貌妻。
> 娶得美妻生下子，恨无田地少根基。
> 买到田园多广阔，出入无船少马骑。
> 槽头扣了骡和马，叹无官职被人欺。
> 县丞主簿还嫌小，又要朝中挂紫衣。
> 做了皇帝求仙术，更想登天跨鹤飞。
> 若要世人心满足，除是南柯一梦西。

驴子将从祖先那里接过的拉磨苦役拉到了尽头，而更多的人却抢过了那根被驴子扔弃的缰绳，沿着驴子的蹄印，以驴子的姿态，挤进了那个永远不会有尽头的圆圈状全封闭的磨道。在人类的蒙昧时代，在人类的田园时代，在人类的工业化时代，这是一个人社会化的漫长过程。我们中国人在很早的时候，大约刚脱离蒙昧时期，一只脚步跨进田园时代的那个时间节点上吧，就从法理和道德的双重层面，确立了"普天之下莫非王土，率土之滨莫非王臣"的天下秩序观念和个人言行准则。事实上，任何理念的出台，只是确立一种理念，只是为群体确立一种价值的行为取向，离事实还有着不小的距离。普天之下，国王管不着的国土多了去了；率土之滨，拒绝臣服国王的化外之民代不乏人。天下之大，总会找着那么一块不算小的角落，安顿那自由的心、自由的身。首阳山上有可采之薇，桃花源里有可耕之田,哪怕是工业化浪潮摧毁了世界原有的一切秩序,占领了一切有能力占领的空间,总还有大洋中的某个荒岛可供鲁滨逊们漂流。

现在呢,人的能力早已超过了人所在星球的容纳度和容忍度,别说首阳山、桃花源这类地方早被辟为旅游胜地,红尘中不一定有的繁华、奢侈、糜烂,乃至罪恶,这里一定有。原来可供"偷得浮生半日闲"的佛门净地,如今的和尚尼姑,都忙着数钱了。你可以忙着交钱,却没有闲供你一偷。即便你有能力躲到北极南极,躲到珠穆朗玛峰,你想躲开人的视线,那是办不到的。科技的翅膀让人获得了无限的自由,也正是科技的力量剥夺了人的有限的最后的自由。

人在这个世界上唯一可以做的,便是对功名利禄的拼死追逐。人们陷入了这样一个圈套中:你要想生存下去,就得拼命追名逐利,你要想活得好一些,只有钱更多些、名气更大些、社会地位更高些。而人们在追逐这些时,是想不起世间的这些东西本身是有定量的,不会给你上不封顶下不保底无限供应的,而你自己也是有定数的:生命、能力、运气,还有诸多不可预测的因素。还有,你所追逐的这些都是无尽头、无标准的东西,有多少钱算是有钱人了?与没钱人相比,你是有钱人;与有钱人相比,你依然是穷光蛋。而以这个世界可以给人提供的财富空间衡量,你之所得,充其量只是沧海一粟罢了。声名多盛才算有名?你的粉丝数量突破了一千万,突破了一个亿,突破了十个亿,又如何?全世界不是还有大多数人不粉你,不买你的账吗?

然而,人们明于此,亦暗于此。明是深夜秉烛之行,看见的只是被无尽暗夜遮蔽的眼前的一灯如豆;暗却是暗夜本身,容天括地,难见边际。

有趣的还不在这里。当你挣扎半生,耗尽几乎所有心智体能,终于自感有所得,存心要坐下歇歇时,此时,不经意地回头望了一眼你走过的路,你会发现,你自以为一步一个脚印走过的路,路线竟是那样的模糊,脚印早已无迹可寻,上面覆盖着无数别人的脚印;自以为是的你,却原来只是一个可有可无的角色。而当你眺望剩余的道路时,你原以为离终点还很远,你用尽全力攀爬在奋斗之路上,从来都没有顾得上看一眼路上的风景,你现在手头宽裕了,有闲了,好想好好看一看大好河山,却原来,终点赫然于你的面前,一种被称之为晚钟的声音在以不可拒绝的执着呼唤着你。

一切都来不及了,一切都没有商量的余地,你只有恋恋地、恨恨地、无奈地,把费尽心力获得的在手心还没捂热的东西交还出去,而你这时却说了假话。你说:"我这一辈子不后悔,虽还有不少遗憾,但我尽力了。"

你与你的前辈走完了殊途同归的人生路,你的前辈在听到自己的晚钟敲响时,给你说了这些话。你以为人之将死其言也善,前辈说的是真话,掏心窝子的话,是比留给你的物质财富要珍贵许多的精神财富。其实,你不知道,你的前辈在欺骗你,死诸葛不放过生仲达。他做了一辈子驴子,在他的前辈给他设计的磨道上转了一辈子圈,他心有不甘,他把你当成了驴子。当然,你并不明白这些,你是真心在继承前辈遗志,争取更大光荣呢。当特意召唤你的那记晚钟敲响后,你看看走过的路,看看剩余的路,你恍然明白了一切。你决心下定,要从你做起,从现在做起,斩断这条全封闭、循环无尽、虚耗生命快乐和价值的磨道。你佝偻着腰,一步三喘,鼻涕眼泪,咳嗽喷嚏,万分不舍、万分艰难地走完剩余的路。在这段路上,你改变了主意,决定像你的前辈欺骗你一样,把这桩骗人的事业延续下去。于是,你对你的晚辈说了那段言不由衷且充满恶意的话。

一头老驴死了,一头驴驹诞生了,驴驹沿着老驴走过的磨道,周而复始,循环无尽。而驴子终于要彻底退出被役使的队列了,役使驴子的人接过驴子的班,踏上了役使别人,也自我役使的漫漫征途。

用驴子的生命轨迹比附人生,这真的很龌龊,可谁又敢自认自己的人生道路完全是按照自己的意愿走出来的呢?

四

在我不到三岁时,家里出了一件大事,天大的事情。母亲去世了。那一年,母亲大约三十五岁。大约?是的,大约。一个人不知道自己母亲去世时的年龄,人生还有比这更悲哀的事情吗?后来的人生道路上,谁也没有给我说过,我也没有问过任何一个人,包括父亲。我从来不主动提及有关母亲的话题,偶尔有人提及,我或者沉默,或者回避。我能说什么呢?我对母亲没有多少记忆,你让我说什么?重要的是,每当有人问及我的母亲,无异于在我的胸前亮出了白晃晃的刀子,尽管凶手是无辜的。

对母亲的记忆只有一点是极为清晰的。我看见,母亲躺在刚修成不久还没有正式启用的、被称为边窑的窑洞里。所谓边窑,就是一座窑洞庄院正面土崖上最左边的那孔窑洞。正面土崖上的窑洞都是单数,根据庄院大小决定窑洞的数量,三五七九不等。当然,极端情况下,还有一孔独窑洞组成一座窑洞庄院的情况。无论正面土崖上有多少孔窑洞,位于最中间的那孔窑洞就是整个土庄院的核心,地位最高。这孔窑洞一般住着家里担负主要家务劳动的女性,以及她的丈夫和孩子。靠近山墙砌一盘土炕,往里是锅灶,锅灶与土炕之间砌一道一尺多高的土墙隔开,下面的火道是相通的。再往里,就是日常灶房设施了,米面、调料、水缸、案板之类。这样设置的目的在于方便承担主要家务的女性打理家务，干活儿时，将幼小的孩子搁在炕上就近照顾；而土炕哪怕是盛夏，都是要烧热才可住人的。做饭时，火焰和烟气从下面火道通过，进入炕洞，再从烟囱出去，这个过程中，不用专门烧炕便可保持土炕的基本温度。这样节省柴火，白天基本不需要专门烧炕了。黄土山乡的居民在外面说回家，当然是指回这座窑洞庄院了；在家中说家，则专指这孔窑洞。这孔窑洞意味着母亲，意味着吃饭穿衣，还有温暖。

右手的窑洞称之为客窑，一般都是老人居住，来客人了，也在这孔窑洞接待，由老人专门陪着，既不显得慢待客人，也可显示这个家真正的主人是老人，取尊老之意。主要陈设也是靠山墙砌一盘土炕，往里，则主要存放粮食或家中的贵重物资。窑洞庄院的主要形式都是汉字笔画秃宝盖头样子的，正面土崖的窑洞构成庄院的主体，两边的两面土崖，称之为庄膀子，像是鸟儿的两扇翅膀。在庄膀子上，也要根据面积大小凿出窑洞，按方位不同，安排各种用途。必须坚守的是，右手为尊，右手庄膀子的窑洞里，一般由成年儿女居住，也可由已经结婚但还没有分家的儿子儿媳居住。左手庄膀子上的窑洞，最宽敞的安置磨坊，狭小一点儿的堆放柴火、饲养畜禽等等。在任何情况下，都不会有人家将磨坊安置在右手庄膀子上，那样做，等于给全家人头顶压了一块磨盘。你想想，这还能抬头过日子吗？

之所以这样不厌其烦地介绍窑洞庄院的形制，是要说明，我家也是窑洞庄院，正面土崖上凿有三孔窑洞，而父亲早已与爷爷奶奶分家，也就是说，我家最要紧的窑洞就是中间的"家"。母亲去世了，母亲的七个孩子同时失去了家。母亲的遗体只好暂时放在这孔还没有正式启用的边窑里。

边窑空无一物，在窑洞最里面窑掌的空地上有一层干草，母亲蜷缩在上面。这个年龄去世，当然是没有事先预备棺材的。在院子里，木匠正在为母亲赶制棺材。似乎几天没有见着母亲了，我突然看见母亲原来躲在这里。父亲蹲在边窑门口的地上，与我不认识的人说话。我站在地上，父亲用双手将我箍在胸前。我挣脱父亲的怀抱，跌跌撞撞扑向母亲，父亲反应过来，追上来拉住了我。我哭喊着要母亲，引发了一地的哭声，包括父亲。

这是我对母亲唯一准确的记忆，长大后，有好几位当时在场的成年人，证实了我记忆的准确性。模糊的记忆还有：那似乎是一个冬天，我要喝水，母亲溜下土炕，从我们称之为电壶的暖瓶里给我倒了半碗开水递给我。我站在炕边喝水时，手一松，碗掉在地上，摔碎了，母亲在我的屁股上拍了一巴掌，我哇哇大哭。这件事情没有旁证，唯一的证人去世了，我也无法求证，但我相信，这仍然是准确的记忆。

我对母亲的全部记忆只有这些。

大哥十五岁，还有年仅四个月的弟弟，七个孩子，六个男孩，一个女孩。女孩只有八岁，还不能承担家务劳动。而我们那块黄土山乡的男人，按现在的说法就是大男子主义特别严重。一个男人从生到死，没有做过一顿饭，没有刷过一次锅碗，没有洗过一次衣服。这样的男人多了去了。而这样的男人被当作真正的男人，无论日子过得怎样、社会地位如何。

父亲是男人中的男人。自小，读过书的爷爷送他去上学。学校在门前那条马莲河下游拐一个弯的另一个村庄里，两个村庄之间由一座矗立河岸的巨大山嘴隔挡着。两村比邻，面面相对，可要互相走动，中间却是有着至少五里远近、弯弯曲曲乱石杂陈的河滩路的。每天早晨，父亲和与他同龄的小叔，也就是我的小爷，背着干粮一路小跑下了河湾，走出人们的视线；黄昏，两个人从河湾爬上来，进入人们的视线。如此九年。爷爷是一个只知道读古书抽大烟的旧派读书人，真正的四体不勤、五谷不分，从来不管地里的庄稼、家中的日子，还有子女的成长情况。他满以为儿子在上学读书。父亲兄弟六个，他是老大，后来家道中落，弟兄们只有他一人获得了读书的机会。父亲的脑瓜极其聪明，可他极其不喜欢做的事情就是读书。九年中，据他后来极其不好意思地给我说，他去过学校的时间加起来也不满一个月。冬天，叔侄俩在河里溜冰玩，春夏秋在河里玩水。虽然快到民国后期了，学校还是旧式学堂、旧式教育方式，先生看见父亲终于来到课堂了，便让他背诵《三字经》。父亲一句都背不出来，先生扯过父亲，扒去裤子，在屁股上狠狠抽了一顿竹板子。打毕，先生背着手，摇晃着头，踱着八字步出了教室门。父亲以为先生走远了，提上裤子，站在讲台上，摇头晃脑背诵道："人之初，性本善，越打老子越不念。"岂知，先生出门去只是一个圈套。他三步并作两步奔进教室，一把扯过父亲，扒去裤子，边用竹板使劲抽打，边问："我看老子念不念？"父亲边号叫边表态："老子念啊，这下老子要好好念的！"

先生不再管父亲，父亲彻底自由了。有过九年读书经历的父亲是认得自己名字的，却不会写；此外还认识什么字，我不知道。读小学时，我用那本《矿山风云》与同学交换娃娃书看，有一次，我交换到了一本《小英雄谢荣策》。那是一本连环画册，内容大概是儿童团团长谢荣策被国民党团长抓住后，如何大义凛然，最后被杀害的故事。我对这种书不感兴趣。说不上为什么不感兴趣。那个时代、那个年龄段的孩子，最感兴趣的是看打仗故事，可我喜欢看古代的打仗故事，也爱看打日本鬼子的故事，唯独不爱看打国民党的故事。我不明白是什么原因，多年以后，我有些明白了。怎么说国共都是兄弟，兄弟阋墙，打得你死我活，好玩儿吗？按照我们那儿长着榆木脑袋的人的榆木意识,哪家要是父子兄弟失和,别说你死我活了,哪怕是闹一场普通的家庭矛盾,家丑不幸外扬,都算是门风不正、家门不幸了,一家人是不好意思抬头看人的。作为同宗同族的晚辈,把前辈的这些事情写进书里,大肆宣扬,过分地歌颂一家,又过分地魔鬼化另一家,什么意思嘛,还嫌乱得不够、打得不够惨烈吗?

当然,这是我以后经过漫长岁月的历练后的想法。当时,这可绝对是挨千刀的想法啊!那时候,我要是能够生出这种想法,那我成什么人了,我还是人吗?

夏天的正午时分,父亲下地回来,肩上扛着上面正在推广的新式山地铁犁,赶着两头牛。我看父亲那天的脸色不错。父亲这种不错的脸色,在我十六岁离家远行之前,没有见到过几次。我将画册掏出来给父亲看。父亲的脸色很温和,伸手接过去,在艳阳下端详了好一会儿,指着一个字说,好像是个"小"字。那就是个"小"字,小英雄谢荣策的"小"字。结婚后,说起父亲,我把这个情节说给老婆,老婆撇嘴说,你真会糟践人,老爹读过九年书,我就不信只能认得一个"小"字。

也许,父亲还认识别的字,但绝不会认识很多,也绝不会超过十个字。我只能准确地说父亲只认识这一个字。与他同学九年的小爷,认得的字比他多些,那是之后在农民扫盲夜校认得的。在我回乡劳动时,小爷担任过记工员,写在工分本上的字一半以上都是错别字,包括他自己的名字,其中的一个字就是错字。

父亲不识字,并不等于父亲没学问。水浒三国说唐说岳,还有大段大段的秦腔戏文,父亲可以一字不落地复述出来。这都来源于乡村说书先生和秦腔戏班子。在父亲成长的年代里,说书、唱戏,尤其说唱这些后来被钦定为封建迷信的东西,还是合法的。这些艺人靠这门手艺吃饭,僻居乡村的人靠艺人说的调剂艰辛枯燥的生活。另外,话说得大一些,在荒蛮的乡村,老祖先的道德教化和那盈盈一线文脉,就是以这种形式传承的。说得学术一点,便是"高台教化"。父亲听几遍,就可准确地复述书词戏文,然后,在漫长的冬夜和农闲时节说给伙伴听。

我没有夸张,没有刻意塑造父亲聪明的不良企图。我有切实的证据。我在县城读初中时,从同学手中借到一本《说岳全传》。那是一个周末,那时候的周末只放一天假,同学让我周日晚自习还书。做人要讲信用,好借好还,再借不难。周六一放学,我奔跑二十里山路回家,火速干完喂猪喂鸡烧炕这类必须要干的活儿,到了往日点亮煤油灯的时分。寒冬夜,同龄伙伴在野地里疯玩:那时候,只要孩子干完他们该干的家务活儿,每家的大人是从不限制孩子玩儿的,只要你想玩儿,你有精力,玩儿到天亮都不会限制你。也没有做家庭作业这一说,而哪家孩子晚上居然要看书,要做作业,那一定是脑子出毛病了。宝贵的煤油是要留给女人们做鞋做衣服用的,油灯捻子压到最低限度,一孔幽深的窑洞,只能点一盏油灯。真是一灯如豆啊!白天,煤油灯是搁在高处的,防止孩子或大人不小心打翻灯盏浪费煤油;晚上,取下来,搁在隔挡土炕与锅台的那道被称为栏杆的土墙上,点亮后,快速做完必须做的最要紧的事情,便熄灯睡觉。我趴在紧靠栏杆的土炕边上,那是我平时睡觉的地方,对野外伙伴们的沸反盈天无动于衷。我摊开书本,趴在炕上,一目十行地读起来。父亲在一旁抽旱烟,一锅接一锅,昏暗的窑洞里烟雾弥漫。父亲突然问,你看的什么书?我说了书名。这似乎提起了父亲的兴致,他让我念一段给他听。我求之不得,哄父亲高兴了,可以让煤油灯多亮一会儿。那是一本发黄的书,竖排的,繁体字,有些字认识,有些字要半猜半蒙。我心想,反正你又不识字,蒙你还不是随便。我抖擞精神,抑扬顿挫地念起来。念一段，父亲伸手在我的屁股上抽一巴掌，说念错了，那是什么什么；再念一段，又是一巴掌；念完一页书，挨了好多巴掌，父亲轻蔑地说，你到底念的什么书，白字先生！

像父亲那种认字又不真的识字的人，在我们那块儿，被称为"白识字"。书上的内容是知道的，却不认得字。父亲的巴掌很温柔，像是母亲的巴掌，我内心对父亲佩服得五体投地。但我对父亲的佩服，由佩服而生出的惧怕和憎恨，在与日俱增。

母亲去世后，天大的难题摆在了父亲面前。父亲从来没有接触过灶房事务，水烧开是什么样子他都不懂得。父亲是长子，是奶奶给这个家族培养的接班人。爷爷不管家中俗务，奶奶不能不管。父亲是奶奶按照男人中的男人的标准培养的，最显著的标志便是，身为男人，不能涉足女人的事务。做饭洗衣这类事当然不用说了，连打猪草这类男孩子也可以干而且必须干的活儿，都不让父亲涉足，哪怕他多么愿意做。父亲在结束自己的学业不久便走向了社会。马莲河的对岸是红区，几十米宽窄的一条河，隔出了两个天下，双方对峙了好多年。那一年，马莲河两岸都成红区了。父亲十八岁便入了党，搞土改、支前什么的。在我们村搞土改，就是把我家的土地分给别人。父亲支的最大的一次前，是运送军粮，随彭德怀的部队西行三千里，直到河西走廊才停下继续西行的脚步，返回家乡。都是徒步，都是用肩膀挑着粮食。长大后，我突然想起一个问题，我说三千里路程，单趟至少要一个月，一个人最多只能挑二百斤粮食，不算返程的一个月，这还不够自己吃啊，支的什么前？父亲说，你以为谁算不清这笔账？政治任务嘛，上面说了，支前就是个形式，最好让女人也去支前，好让国民党看看，不光男人在反对他们，连女人都在反对他们，他们的江山不垮才怪呢。

其实，父亲的支前，不仅是支共产党的前，也支国民党的前，谁占上风给谁支前。家乡是陕甘宁边区最富庶的一片地方，十多年来，边区的主要物资供应都出自这里。内战开始时，彭德怀的部队并不占上风，先是胡宗南部队，后是马步芳儿子率领的骑兵部队。彭德怀的部队不知道撤退到哪儿了。那时候的县城还是宋朝范仲淹主持修筑的那一座，卡在陕甘的交通咽喉上，一城而控三水，距我家九十里路程。没有路，都是在河滩转来转去，不发大水，在河滩走。也可涉水走捷径，不断地涉水，我们叫"截河走路"。遇到涨水，河滩被水淹了，就得绕着河水走，爬上高坡，不断地翻越沟壑，九十里路程大约被扯长到二三百里。驻守县城的国军部队给我们村下达的任务是，每户人家每天必须缴纳一百二十斤干草喂马。这种事不可能让爷爷做，他也做不了。刚满二十岁的父亲每天凌晨三点左右，起来装好干草，吃过奶奶做的饭，再带上一天的干粮，和伙伴一起挑着干草，一路跨沟越涧，中午时分交了草料，子夜前赶回家，匆匆吃完晚饭，睡一会儿，又得起程。

好在马家骑兵大约在县城驻守半年以后，彭德怀打回来了，父亲的苦役才宣告结束。我在十四岁那年，第二次失学回家当农民时，在生产队已经拿到满分工了，就是一个劳动日记十分工。这是黄土山乡最为强壮的劳动力享受的待遇。什么概念呢？就是挑一百斤重担爬坡，可以连续工作十小时以上。当我的工分本第一次记上十分后，父亲叹息说，有机会还是要读书的，好坏要混一碗轻松饭，靠体力，你是非要饿死在我面前的。

父亲说得没错，像我这种体力，在我们那里吃农村饭，即便饿不死，吃不饱也是一定的。

一个十八岁的普通农民，社会背景、影响力、突出贡献等等什么的一样都沾不上边儿,却被那个许多人努力很多年仍被拒之门外的组织,一举吸纳为其成员,这只能算是父亲的幸运吧。此后的十多年间,他把全部心思和精力献给了组织。他本身就是一个不怎么管家的人,唯一能够证明他还在管家的就是他的妻子:他的儿女们的母亲,一个很少有空闲的肚皮和连续生出一个个儿子的乡下女人。父亲的职务由互助组组长,到初级社社长,再到高级社社长,一两个月不回家是再也正常不过的事情。多年来,母亲腆着大肚皮,领着大点儿的孩子,抱着正在吃奶的孩子,像所有男人一样,起早贪黑参加生产队劳动。因为只有劳动,才可挣到工分,而口粮是按工分多少分配的。父亲的身份是农民,却在干着国家干部的事情,一分钱工资没有,只给记基本工分。他是一个不是农民的农民。纯粹的农民干完生产队的活计后,可以用心经营自家的自留地,可以给家里打柴挑水,干一切需要体力的男人干的活计。可父亲不会,所有的重担都在母亲一个人身上。挣回粮食,加工粮食,生的做成熟的;全家人穿的衣服鞋面,买布的钱是她一分分挣回来的,再在煤油灯下一针一线缝制,经常通宵达旦。天快亮了,她赶紧安顿好孩子,然后,奔赴生产队劳动场地。从大哥到最小的哥哥,他们五人的出生地都不在自家的炕上,生产队的劳动场地上,挑水的路上,牲口圈里……母亲正在劳动,他们降生了。据说,我是生在炕上的。当时母亲病重,无法劳动,我降生了。我很幸运。母亲在为生产队虎口夺粮抢收小麦时,突遇暴雨,沉重的身子热汗滚滚,冰火相激,母亲生下了弟弟,而这也是她最后一个孩子。她再也没有爬起来过。半年后,她的七个孩子都失去了自己的母亲。

　　这是我渐通人事后,从心里憎恨父亲的心理暗疾。我坚定地认为,我母亲在世时,他是一个优秀的共产党员,但他不是一个合格的丈夫，更不是一个合格的父亲。当母亲去世后，他不是一个合格的党员，但他是一个合格的父亲。他没有再娶，他的妻子死去后，他成了一个合格的父亲，事实上可以算作伟大的父亲，可他的儿子们在内心对他充满了怨恨。

他的儿女们过早地失去了母亲，至少他应该承担一半的责任，他的儿女们其实心里都是这样想的，只是大一点儿的孩子可以这样想不敢这样说。我心里这样想，也这样说，那是直到我年满十四岁，第二次失学回家当了农民后，在那个热死人的午后，我与父亲一块儿给生产队劳动下工歇响，父亲喝了一罐子浓茶，马上动手做饭时。我们那儿的男人，哪怕与自家婆娘干同样的活儿，比如，都在一块田地做同样工种，一同回家后，男人也是躺在炕上或树荫下，喝茶、抽烟、睡觉，直到女人做熟饭，才款款起身吃饭。父亲彻底将自己当成一个母亲了，我在离家前，在家中享受的是男人的待遇，从没有做过饭，偶尔洗过锅碗，但从未洗过衣服。至于喂鸡喂猪喂狗打柴挑水打猪草等等这类性别区分不是很明显的家务活，别人家的男孩子都是要干的，别人家的男人有时候也是要干的，而我只做过一般的家务活。成家后，老婆发现我真的不会做饭，不会洗衣服，怎么都不相信，她以为我在那样的家庭长大，花应该都会绣的。那个炎热的正午，我看见父亲动手做饭，我轻叹一声说，要是我妈在多好。父亲正在忙乱的手停顿了一霎，叹口气说："你妈都是累死苦死的。"

后来，父亲还说起过一件事，有为自己评功摆好的意思，但其实是怀着深深的永远也无法弥补的愧疚的。他说，有一次，他已经两个月没有回家了，那天黄昏，突然心绪不宁，决定回家一趟。临走时，他下了最大决心，在公社食堂拿了几个馒头，又将一条平时不穿的裤子扎住裤脚当口袋，装了三十斤杂面，摸黑跋涉三十里山路，半夜赶回家。从公社往家拿食物，公社所有的干部都在干这种事，他是社长，默许别人这样做，自己从未做过。他只做了那一次，救了全家人的命。他回到家时，母亲和所有的孩子几天都没有吃饭了，母亲连向邻居借粮讨饭的力气都没有了。

闻到粮食味儿，全家人都从昏睡中苏醒过来，先让奄奄一息的姐姐小哥哥吃了些许馒头。已经无力动弹的母亲，此时却一跃下炕去做饭了。全家人得救了。母亲从未责怪过父亲，相反，她认为，父亲是全家人（包括她自己）的救命恩人。

五

父亲的公共事业之路轰然塌陷，摆在他面前的事业远比他倾情倾力的事业要严峻、复杂、艰难得多。说到底，亿万人千秋万代的大业，有他不多，没他不少。

父亲的身份仍然是农民。在父亲生活的年代，从农民中走出一步，说是比登天难，可能有些夸张；和登天一样难，却是实情。哪怕你从农民中走出，走向比农民还辛苦的重体力工人队伍，走出这一步，所耗费的精力，绝不亚于一趟两万五千里长征。我说的不是工作性质，而是身份的跨越。工人吃的是"皇粮"，是国家的人，哪怕吃不饱、吃不好，到点儿了，双手揣着供应证，从国库里按量领回家就是了。农民吃的是自产粮，自己生产的粮食大部分上缴国库，剩余的少部分上缴集体粮库，再由你所在的集体按规定分配给你。集体粮库的粮食是你生产出来的，钥匙却不在你的手中，也不是定量供应的。仓里有粮，掌管钥匙的人给你可以多分，可以少分，也可以不分，完全取决于你和当权者的关系。何况，集体的粮库似乎从来就没有饱满过。

父亲在干部的岗位上做了十几年，但他不是干部，连工人都不是。他是农民，他属于集体，他回到了集体。没有人告诉他这十几年在为谁做事，是如何来到这支队伍的；如今要离开这支队伍了，该有什么说法。没有的。别人没有考虑过，父亲也没有考虑过。

　　我们家所在的生产队，自从妇女参加农田劳动以来，形成的相当牢固的传统是妇女早上不出工，哪怕是虎口夺粮季节也是如此。为啥呢？在旧社会，我们那儿的女人从不下地劳动，女人就是生养娃娃、做饭、伺候一家老小，也伺养五畜六禽。男人呢？家务事不用他管，一切出力流汗的活儿都是他的。哪个男人让自己的女人干种地这类活儿，丢死人了。相应地，哪个男人干女人该干的活儿，也是很没面子的。解放了，妇女也随同整个国家解放了。妇女从家庭中解放出来，走向了社会。说是男女同工同酬，其实，直到我成为劳动力以后，在大集体快到了"寿终正寝"的时代，男女同工早都实现了，同酬却从未有过。我们生产队的记工标准从未变过：男十分，女八分，老汉娃娃记六分。有的女人干起活儿来比男人强悍，可再强悍，你也是女儿身，还是一个工作日记八分工。妇女解放了，妇女能顶半边天，广大农村妇女活跃在农业生产第一线。可是，原来属于男人的活儿，至少有一半让女人分担了，春种秋收一样不少；原来属于女人的活儿，女人一样都少不了。

　　在那些岁月里，妇女比男人干的活儿要多，要成倍地辛苦，但都没有获得与男人同样的劳动报酬。至少，在农村是如此。我们生产队的妇女算是幸福的，邻近的生产队真正实现了男女同工，深秋在雨地里抢收抢种，寒冬在黄土高坡上平田整地，妇女哪怕在孕期哺乳期，哪怕经血淋漓，没人会觉得这是什么问题。我们生产队的妇女可以早上不出工。我们向来吃两顿饭，早上十点左右吃早饭，下午四点左右吃午饭,晚上睡觉前随便垫补一些,称之为喝汤,不算一顿饭的。早上出工的时间大约是天蒙蒙亮时,男人们空着肚子出工,女人在家伺候老人孩子,料理一应家务,最重要的是做饭。

其实,早上做这些活计一点儿也不轻松,比起下地来,劳动量会更大。因为田间劳动比较单调,又是给集体干活儿,偷懒的办法多的是。而妇女所干的家务活,一是一,二是二,没有任何偷工减料的余地。但从说法上,妇女到底是待在家里的,免除了田野的奔波劳累与风寒之苦。这给人一种温暖的错觉,而许多苦难正是以温暖的名义进行的。

父亲享受到了妇女的待遇:早上可以不出工。

这是他卸下生产队队长担子以后的事情。父亲出任生产队队长时,我的记忆已经变得稠密了,能够记起许多事。不是记起了他当队长时的什么事儿,而是根据此后陆续获得的人生经验,与能够记起的父亲的事儿互相比较参证。午后的一场暴雨,山水遍地横流。山水就是山洪。我们把暴雨不叫暴雨,叫白雨。雨水的颜色确实是白的,在空中是白的,砸在地上是白的。在地上是白的还是说得过去的,说是黄土地,土色其实显白不显黄。还在空中的雨水为什么是白的?我遭遇过无数次白雨的突袭,有几次差点儿丧命,而导致我失去母亲的也正是白雨,我却不知道这个名称的来历。就像我想报杀母之仇,却不知道仇人姓甚名谁一样。白雨来得急,走得急,朗朗乾坤,灿灿艳阳,莫名其妙地一朵乌云飞出,莫名其妙地大地深处起一股旋风,莫名其妙地半边天黑了,莫名其妙地雨水滂沱。雨柱泼洒在疏松的黄土坡上,汇聚成地表径流。原来被山水冲出的泄洪道,也许是够这次山水通过的,可泄洪道的土质仍是疏松的,山水携带着巨量泥沙,泥沙好似粗硬的砂纸,有着强大的搜刮能力,如同一只耗子钻进了豆腐块,一会儿便可将豆腐块捣腾得七零八落。山水满载泥沙,一头扎进田地里,任何庄稼都是禁不住如此摧残的。

这次的洪灾不算严重,至少在我这个大约五岁的乡下孩童眼中不算严重。白雨过后是艳阳,天空是被电闪雷鸣抖擞了、又被雨水冲洗过的,太阳是那种脸上让白粉涂抹了厚厚一层看不见本色的浪荡女人的样子。在我童年和少年时期,女人好坏的评判标准,主要是看品行的好坏,一个重要标志,就是看这个女人是粉面还是素面。后来知道,那也不是什么粉面,无非是给脸上擦了一点儿雪花膏。大约人们日常见到的人脸是焦黑的、菜色的、萎靡的、土呛呛的,乍看见谁的脸稍稍干净了些,便格外扎眼。眼中发现了异己,心中便格外不忿,便以浪荡女人对待了。"这算什么异己的脸呢?充其量只是驴粪蛋儿上生了一层白霜。"这是赵树理先生的文笔,单凭这一句精准而特立独行的描写,无论谁掌握文坛,都不可以忽视他老人家的存在。

黄土山乡白雨过后的太阳便是这种色相。还有那光线,根根条条地缕缕分明,一头接着虚无的天空,一头扎进泥泞的大地。我们住在半坡上,如果以马莲河的水面为海拔原点,海拔估计有五六十米。父亲拽着我,来到大门外。我家大门外面是一道黄土陡坡,陡坡上栽满了各种各样的树木,都是母亲亲手种植的。其中最多的是洋槐,还有红柳、椿树等。大门的两边各栽了一棵树,左边的是杏树,右边的也是杏树。同样的杏树,品种却是不同的。左边的杏树,树干高拔,树叶墨绿,结的杏子又大又圆,却成熟得慢,大约到了秋伏天,杏子才从墨绿中泛出一点儿亮黄,然后,亮黄逐渐扩大,墨绿逐次淡化。当通体变成金黄时,就可以吃了,而这时,也到了吃桃子的节令,天气都有些凉意了。右边的杏树却是家乡大地上最常见的老品种,树干像一个不修边幅的邋遢人,随便找一块地,随便那么一杵,不到一米高就分枝杈,就像一个随便的女人。粗壮点儿的枝杈继续分叉,各枝杈这么随意分出去,组成的树形便不大好看。树叶从发芽到凋谢都是黄乏乏的那种,结出的杏子只有拇指肚大小,被人们谑称为羊屎蛋。名字难听,样子难看,却是极好吃的一种杏子。杏子密匝匝挤满一树,一根筷子粗的枝条上,就可缀上数十上百颗杏子。这种杏子,也许也懂得人间笨鸟先飞的道理,很早就成熟了。田地里的麦子颜色由绿泛黄时,它也由绿泛黄了。这种杏子是与本土人们最重要的主粮麦子共进退的。而这个季节,山乡所有的果树都还在落花结果时分,经了一冬一春的酷寒和酷旱,人们日日以咸菜拌饭生活,嘴里、肚肠里、心眼儿里,早都淡出鸟来了。这种杏子便获得了一个不得了的尊称——麦黄杏。麦黄杏便是及时雨,救命的解馋物。田地里的麦子黄熟时,麦黄杏也黄了,枝叶稀薄,杏子华光充分外露,在金灿灿的阳光下,一树杏子,让半边天都金了。这种杏树还有一种好:枝杈开得低,孩童随便就可爬到树上去,稳稳地骑坐在某个枝杈上,大爷般地,悠闲自在地享受杏子。

当下,麦子已收割完毕,打麦场里码起十多座特大号的麦垛,做好防雨,晒干,等到农闲打碾了,就可吃到今年的新麦了。麦黄杏随着麦子进场,也结束了这一季生命的轮回。而左边的那棵杏树上,杏子的整体还是绿的,偶或在某颗杏子的某处隐隐浮现出一星半点儿黄色。父亲使劲抽了一口旱烟,看似鼓足了气力,面朝远天远地喊出一嗓子:"上工了!"无须等待,与我们一起住在平川的人家,响应声立即从各个庄头的树丛间撩向这边。远处的山头上,也有辽远的响应声朝这边汇拢。各个方位都有了响应,父亲才款款撩出一嗓子:"下地扶玉米!"

山水漫倒了玉米,不立即将倒伏的玉米扶起来,在根部培上土,玉米棵子就会烂在泥泞中。陆陆续续,男男女女老老少少,人们从各个窑洞庄院,从各个山头,汇拢在平川的玉米地里。人们手中的劳动工具大致为铁锨、镢头、锄头,以铁锨为主。这时我才知道,父亲是生产队队长。队长站在自家门前吼一声,人们在吼声中来到指定的地方劳动。

劳动场地上只有我一个小孩儿,别的小孩儿都在自家门前玩儿,玩得沸反盈天。当了农民后,我知道了,我们这儿农作物是两年三熟,以冬小麦为主粮,别的都是杂粮。一块地连种两季冬小麦,要休耕一季。休耕不是弃耕,等于让土地休息半年。头一年六七月份冬小麦收割后,不再接着种冬小麦,一个秋天、一个冬天,农田在休息。到第二年开春了,清明前后,点瓜种豆,种上玉米、高粱、黄豆等大秋作物;秋天收割了,再接着种冬小麦。据说,秋田作物不仅不损伤地力,还会营养农田,人们便对这一茬冬小麦寄予厚望。休息过一茬的农田,被称为回茬地。玉米地的旁边是刚收割完冬小麦的土地,生产队利用在大田干大活儿的间隙安排其他作业。比如哪个早上出工时分发现天色阴沉,又不知道老天爷到底下雨不,生怕长途跋涉走到大田,雨来了没法干活儿,又得返回来,白白浪费半天工夫。这当口儿,就得看队长对天候的把握能力了。为了稳妥起见,队长往往会临时调整活计,指挥大家就近从各家收集粪肥。麦田里只剩下白晃晃的麦茬,经了白雨的拍击,麦茬变了颜色,有的不那么白了,有的已经变黑了。麦茬地成了鸟儿和老鼠的乐园。

人们无论如何细心,收割小麦时,总是会遗落若干麦穗的。收割小麦都叫抢收小麦。和谁抢呢?和老天爷抢。这个季节多白雨,多冰雹,老天爷抽冷子来那么一刻半时,一年的辛苦算是白费了,日子就得受熬煎了。但又不能说和老天爷抢。你是谁呀?老天爷是谁呀?你敢跟老天爷抢，惹出老天爷的坏脾气，有你的好看。人们把早已绝迹的老虎列为对手，说是虎口夺粮。老虎又不吃粮食，让给老虎吃、请老虎吃，老虎都会拒绝的。所以，人们在心底里也是不愿得罪老虎的，如同请老牛喝酒抽烟，礼多人不怪，领一个空头人情，显得你懂得礼数，被请者虽是空欢喜，也是欢喜嘛。虎口夺粮时节，村中不能有闲人，壮劳力挥镰收割，老人小孩儿跟在后面捡拾遗落的麦穗。有些腿脚不灵便的老爷爷老奶奶，双腿或跪或坐在新鲜而尖利的麦茬上，一屁股一屁股往前挪，把散落在土里的麦粒一粒粒搜寻出来。这时候大家要看当队长的人有无担当。老实一点儿的队长，按后来有些据说是什么学者精英的说法，就是左倾或极左的队长，会严格按照上级的命令，让大家将捡拾到的麦穗和麦粒上交生产队，按数量计算工分，决算时，再按每个工值多少粮食再行分配。大家都知道，这是没准儿的事，交够国家的，留够集体的，剩下的粮食才是分配给社员的，而可供社员分配的粮食从来就没有丰裕过，哪怕是在大丰收的年景。社员心目中的好队长，此时当然不能下达明确命令，但长年在一起生活的社员们，从队长发布命令时站立的姿势、说话的口气，早已拿准了队长的态度。人们心照不宣，壮劳力收割麦子时，镰刀抢得格外欢实；捆扎麦秸子时，手工活儿又格外粗糙，这样遗落的麦穗就多一些。捡拾麦穗的老人小孩儿，心里记着队长的恩德，表情上、嘴上却是万万不可表现出来的。你要是有这种表示，无异于在出卖队长，和叛徒汉奸卖国贼差不多。老人小孩儿将捡拾到的麦穗装进柳条筐里，装出要上缴的样子，却虚怯着脚步，做贼似地，一个个溜回家存放好，然后赶紧再回到劳动场地。

　　大哥二哥已是壮劳力了，三哥也是半劳力，姐和小哥哥自然是捡拾麦穗的主力军。我也参与进去，缩手缩脚，捡不了多少，还要劳烦姐姐和小哥哥照看我。可那也是一种虎口夺粮的态度,重在参与嘛。那时是最热的时节,大太阳整日在头顶悬着,壮劳力蹲在地上,一步一挪,镰刀划出一道道白灿灿的光芒。男人光着膀子,在艳阳下,身上的汗水明晃晃的,可人们却在心里期盼着天再热些,阳光再明艳些。天上有太阳,便意味着天是晴的,太阳暴晒,麦秆干脆,收割起来省力,镰刀一挥,嚓嚓嚓。一茬麦子收下来,所有人都累得只剩下半条命,可喜悦挂在每一张疲惫到极点的脸上。那是一张张被晒到发黑、脱皮的脸;那是一张张被汗水尘土反复浇筑过一个多月的脸。

新收的麦子在两个月内是吃不着的,这个时节还要伺候大秋作物,补种小秋作物,翻耕、运肥、除草、培土,一样样农活牵绊着社员们的手脚。直到把这一切都弄妥了,秋伏天过后,再把一座座麦垛卸下来,散开,套上大牲口,用石碌碡一圈圈碾压脱粒,筛干净,晒干,送公粮完毕,入库完毕,才可享受分配给自己的或多或少的收获物。而老人孩子捡回去的麦穗,在大太阳下暴晒数日,大人深夜从工地回来,带着小孩儿用棒槌敲出颗粒,在石磨上磨出面粉,就可以吃到新麦子了。

麻雀在麦茬地里闪展腾挪,叽叽喳喳,忙碌而快活。鸽子、乌鸦的数量比不上麻雀,可它们的派头大,也霸道些,一只所统治的领地赶得上好几只麻雀。鸽子和乌鸦要是看上某个地方,只须翅膀抖一抖,嘴里说几句人们听不懂的话,就能让麻雀给它们挪地方。鸽子、乌鸦看起来心安理得,麻雀好像也不计较:你不让我在这儿,我便去那儿,只需轻轻一个纵跃,也不费我什么事。挪到新地方的麻雀,似乎也没有饿着,还是像在老地方那样忙碌。而新地方正是乌鸦和鸽子刚才占据的地方。老天爷给每一个生灵都准备了一碗饭呢,村里的老人们经常这样叹息。老鼠也很忙碌,在麦茬地里窜来窜去,它们的肚皮贴着麦茬,也不怕被麦茬扎伤了。在这一点上,人不能与老鼠比,人要是不小心,手脚很容易被麦茬扎伤。我的手就被麦茬扎伤过,我好像听见了扑哧一声响,手上猛地一疼,低头看,被扎的部位,血豆子一颗一颗从创口蹦跳出来,像是一只只刚吸饱了人血,肥硕得跳不动的跳蚤。大人们告诫说,谁要是看见老鼠的儿子大不吉利。我就曾看见过。在捡麦穗时,我忽然看见两只大老鼠领着一窝小老鼠从眼前过。老鼠的窝刚才被割麦的人搂了一镰刀,暴露在外。要我说,割麦的人完全是无心所致,问题出在这一对大老鼠有些懒,窝造得太浅了。大老鼠看起来很着急,一只在前开路,一只断后,八只小老鼠简直就是八颗会走路的肉蛋蛋,只有大人食指肚大小,说是跑,其实是滚。我看得呆了,这么小的老鼠,完全无毛的老鼠,不会跑只会滚的老鼠。我本来是要惊叫的,却不知因为什么心中一动,把这个天大的秘密隐瞒下来,任这一窝老鼠匆忙搬家。

我认为我的隐瞒是有成果的,至少对于这一家老鼠而言,那是救命的大恩。不一会儿,另一处有人发现了一窝老鼠幼崽,他一声喊叫,人们蜂拥而上。正在挥汗如雨的大人们,正在低头寻寻觅觅的老弱妇幼,镰刀挥舞,脚踩,土块砸,眨眼工夫,一窝老鼠化为肉泥。参加工作后,我还见到过一窝老鼠幼崽。我住在一栋简易二层办公楼二楼的一个房间,办公室兼卧室。积攒些许钱款便用来买书,公家配备的一个书架不够用,我找来一只纸箱,将不经常看或已经看得烂熟的书码在里面,安置在床下。忽一日,我生出爱美爱清洁之心,决定彻底料理一次房间卫生。打开纸箱后,猛可可吓了一大跳:一窝老鼠于此安家了,幼崽粉嘟嘟的,浑身无毛。我一时不知该如何处理,身上鸡皮疙瘩暴起,双手端着纸箱,连同里面的书籍一块儿撂进楼后垃圾堆了。正好碰见一位同事,他见我面孔扭曲难看,走路踉踉跄跄,问是何故,我咧着嘴将刚才的情形大体说了。他问我还要不要纸箱中的书籍,我咧嘴说,哪儿还能要,心里瘆得慌。他笑笑,顺手摸出打火机,再从垃圾堆中找出几张干净些的报纸揉成团状,塞进纸箱,点燃了。不一会儿,纸箱里传来吱吱呀呀的叫声。

父亲领着社员们在做他们自认为庄严要紧的事情。两个人合作,一人小心地将玉米棵子从泥泞中抽出,扶起,抖去叶脉上的泥块,弄周正了,另一人给玉米棵子的根部转圈培土。大人们手中动作,嘴也不闲着。这个说,还好,根没有拔出来,还能成活的;那个说,就是就是,多亏只是漫倒了,山水再大一点儿,秋庄稼就麻烦了。黄土地本来就松软,一场雨后,又有从别处挪来的湿泥堆积,大人们都光着脚,一走动,脚下便扑哧扑哧的,比穿着鞋在干硬的土地上劳动显得有趣。这种趣味,看过三五眼后,便也没什么趣味了。我于是走向旁边的麦茬地。麦茬地也让山水漫过了,可那是刚收完庄稼的硬地,还有麦茬护着,山水一下子钻不透地皮,流到别处了,只给地皮上洒下一层薄薄的泥泞。正是一年中热量最足、水分最足的时节,麦收过后只不过几天工夫,各种野草便在麦茬的间隙蓬蓬勃勃生长,苦苦菜、酸溜溜、荬芥、灰条条、蒿蒿蒿、花花苔、胖娃娃等等,我能叫上名字的植物都有。也许,先前它们都知道这是麦田,它们都是被当作野草的,不好意思生长,不愿与人们喜欢的麦子争长论短;如今麦子收割了,地闲下来了,它们不再妨碍谁,憋了半年的劲儿,一时全部发了,只几天工夫便有了郁郁葱葱的景象,整个麦茬地都绿了。而这些植物其实也不能完全当野草对待,我之所以认识它们,完全是跟着哥哥姐姐打猪草得来的见识。这些都是猪爱吃的东西,统称为猪草。

当然,猪是不能来到田地的,哪怕麦子收割了,它们也不能出圈。它们天生就是定吃定喝等着人伺候的家伙。这也不能怪它们,也许,它们和所有的孩子一样,都希望摆脱大人的管束,来到野天野地疯跑疯玩。可人们宁愿伺候它们,目的是减少它们的活动量,一是堆膘,二是积肥。大人们在忙他们的比打猪草更重要的事情,大些的孩子,因天降大雨,相当于学校放假,不能干活儿,心安理得地去玩儿了。我无处可去,只能随父亲来到劳动场地。我家也养着一头黑猪,食量很大,却不见长膘。我将猪爱吃的草一根根揪起来,堆在一起。天黑收工时,父亲他们已经到了玉米地的另一头儿。这是一块纵深很长的农田,从这头儿到那头儿不下二里地。也许这时,父亲和他率领的大人们才恍然想起,随着他们下地的,还有我这么样一个小孩儿,于是惊叫声遍地响起。那年月经常闹狼,有些狼,大白天的,居然敢深入农户,将在院子里玩耍的,甚至在炕上睡觉的小孩儿叼走。据说,狼叼小孩儿是很有技巧的,一嘴咬住小孩儿咽喉,免得小孩儿叫嚷惊动大人。小孩儿负痛,双手紧搂狼脖子,狼稍一耸身,小孩儿便骑在狼背上了。即便被人或被狗发现,哪怕狗对主人再忠诚,也是很难追上狼的。狼无论怎样纵跃奔跑,小孩儿都稳稳地骑在背上,如优秀的骑手一般,骑着狼躲开人和狗的联袂追击。

我听见了父亲的惊叫声,也听到了别人的惊叫声。可我那会儿不想说话,不知道因为什么,我那会儿一点儿说话的欲望都没有。我在专心做自己的事情。面前已经堆积了很多猪草,我在想象着,我家那头面目丑陋、贪吃却不长膘的黑猪,在吃我给它打的猪草时,那种愉悦起来更显丑陋和好玩儿的眉眼。玉米棵子阻挡了所有人的视线,而我个头儿太小,随便一个土坷垃都可成为我的掩体。我并没有藏躲别人的意思,我只是专心做自己想做的事情,我只是不想说话。父亲和他的那一帮人,跌跌撞撞赶到他们预想的我有可能存在的地方,发现我真的在那儿存在着。他们喊我,大声喊我,可我还是没有说话的愿望。

人们以为我在拔草玩儿,父亲一定也是这样以为的,要不怎么当人们嘲笑我居然会将这种一点儿趣味都没有的游戏玩儿了整整一个下午,还如此忘我,如此乐此不疲时,父亲回应的笑声是干笑,是苦笑,是惨笑。这些都是我长大成人以后,根据记忆,对当时的情景反复回味后做出的猜想。那时候,我哪知道那么多啊,什么干笑苦笑惨笑的。咧开嘴,露出牙,以嘴为圆心,荡漾起一圈柔和而温暖的波纹,那就是笑,就是友好,就是快活;而同样咧开嘴,露出牙,以嘴为圆心,荡漾出的波纹是僵硬的、寒冷的,那便是哭,便是仇恨,便是不乐意。我只认得人的这两种表情,和这两种表情代表的对人对己的态度。父亲喝令我跟他回家,我抬头看了他一眼,没有理睬。执行命令吧,没有具体行动;拒绝他的命令吧,没有言语表达。我的事情还没有做完,周围还有很多猪草。父亲他们站在地畔,与我还有着一段距离。我是父亲的孩子,一般来说,应该由父亲亲自领走自己的儿子,可父亲是队长,队长是应该有随从跟班的,随时为他办这些队长不便亲自办理的琐事。而随从跟班却不能等待队长下达命令后再去执行,应该想队长之所想,做队长之所不做,或不便做、不屑做的事情。这叫有眼色。大约是一位堂哥吧,此时十分有眼色,蹦蹦跳跳冲进麦茬地,拽住我的一条胳膊就要将我拖走。对此,我大为不满,我表达不满的方式便是拧着脖子哇哇乱叫。而堂哥眼睛随便一瞥,便发现了一个天大的机密。他松开我的胳膊,一手指着那堆猪草,白日遇鬼似地惊叫道:"猪草,啊,猪草!"

所谓的机密其实是公开的,只是人们没有见识机密的心理准备而忽视了机密。经堂哥一提醒,人们同时发现了这个机密,各自牙疼似的咿咿呀呀一番，都说，这娃还是个会过日子的人哩！别人夸赞自己的儿子，作为父亲，此时却要保持应有的低调和谦卑。他说，他哪知道日子是个什么。嘴上这样说，还是来到麦茬地，低头伸手扒拉一下那堆青草，笑说，还真都是猪草呢。好大的一堆青草，这是意外的收获，事先没有准备草筐。父亲心里肯定是高兴的，一时却束手无策。我上学后，学到毛主席语录，说的是：高贵者最愚蠢，卑贱者最聪明。对这句话我深以为然，至今也深以为然。在社会的最底层活命，几乎没有一样生活必需品是现成的，都要靠临场发挥去克服一个个困难，没有这点儿本事，饿死困死，不会有人同情。父亲从小是长门长子，他需要修习的不是解决生存困难的小技巧，而是统驭才能。这么一件小事便让他为难了。堂哥十八九岁的样子，举头扫视一周，当即便有了解决方案。他三步并作两步，将盘绕在地畔的一丛羊角蔓三脚两手揪扯下来，又三脚两手拧成绳子，将一堆猪草捆扎了起来。

回家的路上，大人们都在夸赞我，所用言语不同，意思大体相同，说的都是我如何会过日子。我嘴上没有反驳，心里却在一遍遍驳斥他们的胡说八道。我并不知道什么叫过日子，我只知道这叫猪草。我家的猪爱吃的草，我家的猪长得难看，吃起草来，大嘴挥斥，铿锵有声。我喜欢看那种吃相，喜欢听那种声音。大人对我打猪草的行动显然是过度解读了。后来，随着年龄阅历的增长，我知道了，对某件事情的过度解读，是所有人的通病，而病根不在于所针对的事情本身，全在于解读自己设身处地的需要。比如，谁成了当红的大人物，人们便把他孩提时代的一些完全属于小孩儿玩闹的言行，按照时下的功利需求目的无限拔高放大，以此证明其之所以时下当红绝非偶然，而是有着悠远扎实的根基，是有着水到渠成的必然性。

直到现在我都不是一个会过日子的人，今天有饭吃，便不考虑明天的早餐在哪里。什么人生的规划呀、未来的设计呀,哪个人今天对我有用,哪个人以后对我有用,诸如此类问题,我从来没有考虑过。包括自己万般珍视的读书写作,都没有什么计划,更无什么具体目标。今天爱读这个就读这个,管它有用无用,今天有写东西的心情就写,没有就不写。老话说,眼前的路是黑的。我信,坚信。走哪儿算哪儿,走不下去再说。只要你想活,到处都是活路,怎么活都是一种活法。自己的算计少一些,老天爷就会照应你一些——不是说,人算不如天算吗?把自己看低一些,对生活的要求低一些、少一些,与生活的和解多一些,对抗少一些,眼前的路也会宽一些。

我以读书为生,但我越来越不信书;可越是不信书,越要读书。也因此,我越来越不相信人;越是不相信人,越是相信我所见到的人,其所表现的并非人的本性本相。而人的本性本相究竟是什么,我不知道,至今不知道,我要在书中去寻找。这就是我几十年不厌其烦读书的根本动力。

六

父亲辞去了生产队队长一职,母亲的去世,让父亲由社会逐步回归家庭。父亲先前的人生轨迹是往外走,反感学校,以学生的名义度过九年不用进课堂、不用做家务, 自由自在的童年少年时光;然后,心向革命,加入革命队伍,给国民党军队服苦役,给共产党军队支前,走出离家三千里之远;返家后,支持土地改革,率先分掉自家土地财产,主持互助组、初级社、高级社,直到人民公社,而这也是他获得的社会身份的顶点。

那时候,在父亲的心目中,也许只是将母亲定位为一个无知无识的家庭妇女,甚至作为他生儿育女的机器。这没有贬低父亲的意思,人为的拔高,恰好会损害父亲的形象。与父亲同时代的本地男人,对于女人差不多都是这种观念,若非此,则不是一个好男人。父亲这样看待母亲,其实,母亲也是这样看待自己的。与母亲同时代的女性,对自己人生角色的基本定位亦是如此,非如此,便不算良家妇女。那些投身革命、投身公共事业的女性,乃至为了什么理想抛头颅洒热血,反复离婚、反复嫁人的女性,在我们家乡那一块,非但另类,简直就是不可理喻的。这与阶级立场、是非观念、世界观什么的完全不沾边,甚至与先进、落后什么的都不沾边。这只是一种文化传统造就的文化事实,一定要寻根溯源,那不知要上追多少代了。

一个基本的事实是,家乡是陕甘宁边区的重要组成部分,刘志丹等人闹革命的起点并不在他们的陕北家乡,而是在甘肃这一块,主要活动场所就在我所在县管辖的那片森林里。我们那里参加革命的人很多,我就读中学时,县城的街上随便遇到的哪个老人,其貌不扬,都是老红军、老革命,与如今高居云天的大人物有着血肉相连的交往。但家乡出没出过女革命者,出没出过女红军,我不知道,至今不知道,至少没有出过有名的女革命者。在作为中国工农革命最重要、最巩固的根据地的十多年间,家乡的土地上诞生的当时最有名、直到现在都有名的女性是封芝琴,即电影《刘巧儿》的原型人物,新凤霞扮演的那个刘巧儿。但那似乎与革命还略有区别,一定要与革命挂钩,那就是她属于反抗封建婚姻、推动婚姻革命的革命者。即便如此,这仍然出自塑造者之手。所谓反抗封建婚姻,只不过是她不愿意被父亲同时将她许配给两个人,同时收两家彩礼;所谓推动婚姻革命,也不过是有心人发现了这个案例,从中挖掘到了推动婚姻革命的素材。事情的起因与她有关,事情的进展和结果,其实已经与她无关。她只是一个符号。一个时代是需要符号的,各种各样的符号,你,我,他,正面的、反面的,遇到谁是谁,谁遇到是谁。

　　家乡的女人始终生活在久远的文化传统中,生儿育女、孝敬公婆、和睦邻里、相夫教子等等是最基本的妇道。其实,这些都是那些读过几本书,习惯了"以其昏昏使人昭昭"的俗滥文人,给家乡妇女乱贴的标签。若要准确地、触及灵魂地描述那个时代家乡妇女的生命状态,就是嫁鸡随鸡嫁狗随狗,嫁个兔子满山走。家乡的妇女自己不革命,不知革命为何物,却从不干涉丈夫革命,对丈夫干革命的后果无怨无悔地承受着。比如,革命的丈夫在遭遇反革命的势力追捕时逃跑了,与革命完全无关的妻子却默默地为此承担着各种各样的责任:被关押,被侮辱,被杀头……

　　对于女人来说,婚姻是一场彻头彻尾的赌博,嫁给好男人是你命好,手气顺;嫁给坏男人,是你命不好,手气不顺,怪不得任何人。上了战场的人不是人,上了赌桌的钱不是钱,女人嫁人,如同赌徒上赌桌,把未来全部交给命运。赢了,别说你的本事有多大;输了,那是命。

　　一个"命"字,蒙混了中国妇女无数岁月。

　　处心积虑者这样蒙混妇女,妇女也这样蒙混自己。

　　自己不蒙混自己,又该如何呢? 一切都认命吧。

　　是"命"就得认,不得不认命。

　　于此,我万分敬仰那些率先站出来投身社会革命的先辈。解放自己,放弃几千年来相沿成习的所谓男权;解放大众,砸碎对人有形无形的种种禁锢;解放妇女,妇女能顶半边天。

　　父亲把自己交给了社会,而母亲同时承担了父亲与母亲的双重角色。母亲在世时,父亲并没有意识到这一点;母亲去世后,父亲发觉自己的一只脚忽然踏空了,连带的是整个人生的倾覆。他这才觉出，人生的基石其实是他的妻子，而此时，所有的醒悟都于事无补了。

母亲倒下去，父亲站起来。父亲说，母亲去世后，他第一次知道了水烧开是什么样子。先前，他肯定是喝过开水的，也肯定是烧过开水的。但在火炉中烧开水，和在锅里烧开水并非一回事。当今的人，包括依然生活在偏僻农村的人，若非是过来人，并不明白二十世纪六七十年代中国西北农村人的日常生活是怎样的。可以这么说吧，让当下在城里生活的年轻人，去那时候的乡村，以那时候的方式，只要独立生活十天，没被饿死愁死吓死，那他们都可加入特种兵队伍了。

有些人说当今的年轻人生活真是幸福，有管饱吃的饭，有管够穿的衣服，有爹妈无穷无尽的疼爱，有社会提供的应有尽有的优质教育资源，等等，我也曾经这样认为过。但我现在不这样认为了，至少不这么简单地认为了。一代人有一代人的福分，不是这种福分，就是那种福分；一代人有一代人的苦楚，不是这种苦楚，就是那种苦楚。人既然不能脱离自己所处的时代，无法完全按照自己的想法生活，那么，还是与自己的时代你侬我侬吧。自己没有亏欠自己的时代，也就等于自己的时代没有亏欠自己。